게르니카의 황소

게르니카의 황소

한이리
장편소설

은행나무

차례

1

어머니는 하느님의 목소리를 들었을 때 샤넬 No.5의 향기를 맡았다고 한다. 그녀가 쓰던 오 달러짜리 드럭스토어 향수가 아닌 진짜 샤넬 말이다. 목소리가 들려오는 곳은 오른쪽이었고, 그쪽은 교회가 있는 방향이었다. 어머니는 고개를 돌려 눈부신 빛에 감싸인 하느님의 얼굴을 보았고 그분의 거룩한 음성을 들었다. 하느님께선 그녀가 남편과 딸을 죽이고 자살하기를 원하셨다. 그래서 어머니는 닭을 자르던 부엌칼을 들고 거실에서 〈두 남자와 ½〉을 보던 남편에게 다가갔고, 곧 한 남자를 거의 둘 또는 ½로 만들었다. 그녀의 신앙심은 남편의 머리를 몸통에서 거의 분리시킬 정도로 강했던 것이다.

임무 하나를 완수한 어머니는 빨간 눈사람처럼 그 자리에 우두커니 선 채 내가 친구 집에서 돌아오기를 기다렸다. 한 시간 후

집에 들어선 나는 거실에 새 카펫이 깔린 줄 알았고, 그 카펫이 피라는 걸 깨달은 순간 어머니의 칼이 날아들었다. 어머니의 조준이 빗나갔는지 아니면 내 반사 신경이 뛰어났는지, 첫 번째 일격은 내 목이 아닌 왼뺨을 2인치쯤 찢어놓는 데 그치고 말았다. 두 번째 일격을 피해 달아나는 데 가까스로 성공한 나는, 이렇게 스무 살이 넘도록 멀쩡히 살아 숨 쉬고 있다. (하지만 가끔씩 난 아직도 그 두 번째 일격을 피해 계속 달리는 중인 것만 같다.)

워즈 아일랜드의 커비 법정 정신병원에 감금된 어머니는 계속해서 날 만나게 해달라고 간청했지만 받아들여지지 않았다. 결국 그녀는 신성한 임무를 미완성으로나마 완성하기 위해 침대 시트를 찢어 목을 맸다. 당시 커비 정신병원의 부원장이었던 닥터 칼 번햄이 내 양아버지가 되어 내가 케이트 번햄이란 이름을 갖게 된 건 이런 믿지 못할 일련의 사건들 때문인 것이다. 아니, 내가 '믿는' 사건이라 해야 할까? 왜냐하면 이건 양아버지로부터 들은 이야기들을 짜 맞춰 내 멋대로 재구성한 것으로, 정작 난 그 사건이 일어난 무렵인 열 살 이전의 기억이 전혀 없기 때문이다. 한국인 부모 밑에서 태어나 한국어를 하며 한국인으로 살았을 십 년간의 어떤 기억도 내겐 남아 있지 않다. 가끔씩 마주치는 한글 간판이나 글귀들은 내게 아랍어만큼이나 생경한 무늬들에 불과하다. 심지어 내 원래 이름이 무엇인지조차 나는 잊었다. 어떻게 이런 일이 가능하느냐고? 나도 모른다. 엄마가 아빠를 죽이고 자신도 죽이려 한 경험을 가진 모든 이들이 이런지는 모르겠지만 적어도 내겐 이런 완전한 기억상실이라는 축복이 내려졌고, 애써 기억을 되살려 이 축복을 걷어차고 싶은 얼간이 같은 욕망 따윈 내게 없다.

내 진짜 첫 기억은 〈게르니카〉를 처음 보았던 순간이다. 열한 살 때 번햄 가족 여름휴가로 떠난 스페인 여행 중 들렀던 마드리드의 레이나 소피아 미술관. 게르니카는 눈이 마주친 그 순간 곧장 달려든 고래처럼 나를 머리부터 발끝까지 통째로 집어삼켜버렸다.

그 그림의 어떤 부분이 날 그토록 사로잡았던 걸까? 내 몸의 세 배에 달하는 높이와 어른 열둘이 나란히 서도 다 가리지 못할 만큼 거대한 크기였을까? 혹시 그림 속에 누워 절규하는 머리 잘린 시체가 친아버지의 죽음을 떠올리게 했던 걸까? 아니면 램프를 치켜든 여자의 단호한 얼굴이 부엌칼을 들고 달려들던 순간의 친어머니를 닮아서일까? 그것도 아니면 그 아래 몸을 웅크리고 도주하는 여자에게서 나 자신의 모습을 보았던 것일까? 내 생명을 창조한 이가 그것을 도로 거두려 하는 악몽 속에 길을 잃고 헤매는, 넋 나간 그 텅 빈 얼굴을? 모르겠다. 그저 나는 고래 뱃속의 요나처럼 그림에 붙들린 채 꼼짝도 할 수 없었다. 아버지 칼이 — 내 실제 기억 속 유일한 아버지이므로, 난 그를 친아버지로 생각한다 — 다가와 이제는 떠날 시간이라고 했을 때, 나는 고개를 저었다. 그리고 한참 후 속삭이듯 말했다. "갖고 싶어요…… 저 그림……." (그 사건 후 일 년 동안의 침묵을 깬 내 첫마디였다고, 아버지는 후에 말했다.)

"좋은 안목을 가졌구나, 케이티. 저 그림은 인류 역사상 가장 비싼 그림이란다." 아버지가 말했다.

"얼마인데요?" 내가 물었다.

"이걸 그린 피카소가 절대 팔지 않겠다고 했기 때문에, 록펠러 조차 살 수 없었어. 록펠러는 이 그림을 너무나 원했던 나머지 복제품을 태피스트리로 특별 제작해 UN에 걸어두었지."

돌아서는 내 눈에 어린 실망감이 그 그림만큼이나 커 보였는지, 아버지가 내 손을 꼭 잡으며 말했다. "우리도 진짜랑 꼭 같은 복제품을 하나 만들자꾸나, 록펠러처럼. 넌 이제 좀 더 큰 방이 필요하겠다."

아버지는 내 열두 번째 생일에 그 약속을 지켰다. 그리니치빌리지 이층집에서 브루클린의 로프트로 이사했을 때쯤 난 이미 그 말을 까맣게 잊어버렸는데도 말이다. 나는 통조림 공장을 개조한 그 로프트의 천장이 게르니카보다 1센티 높은 3.5미터인 것도, 2층 내 방 벽의 가로 길이가 8미터라는 것도 몰랐다. 생일날 오후 학교에서 돌아와 방문을 연 순간에야 나는 알게 되었다. 내 방이 게르니카를 담기에 꼭 적당한 크기였음을. 실물과 똑같은 그 그림이 내 방을 가득 채우고 있는 것을 보았을 때 나는 다른 것도 알게 되었다. 인간은 고통스러워서가 아니라 행복해서 눈물 흘릴 수도 있다는 것을.

"생일 축하한다, 케이트." 아버지가 내 눈물을 닦아주며 말했다. "비록 생일 케이크는 없지만."

왜인지는 모르지만 나는 생일날에 케이크를 먹는 것도, 나이 숫자만큼의 촛불을 불어 끄는 것에도 극도의 거부반응을 보이며 울어버리곤 해서, 내가 기억하는 내 생일엔 언제나 케이크가 없었다. 난 케이크뿐만 아니라 초콜릿이나 아이스크림 같은 달콤하고 크리미한 디저트들도 절대 입에 대지 않는다. 이 사실을 처음 안 사람들은 내 몸매가 그토록 혹독한 다이어트의 결과인 줄 몰랐다며 놀라곤 하지만, 난 내 봉인된 기억의 통점이 혀끝의 미뢰에 지뢰처럼 분포하고 있다는 걸 본능적으로 느끼고 있을 뿐이다. 이제 알겠는가? 기억상실이 축복과도 같다고 한 이유를.

그날 이후 내 방은 온전히 게르니카만을 위한 공간이 되었다. 나는 그림이 걸린 벽 쪽엔 신발 한 짝도 놓지 않았다. 옆 건물에 면해 있어 창문이 없는 그 벽은 오로지 게르니카만이 차지할 수 있었다. 뒷마당 쪽으로 난 널따란 창으로 들어온 햇빛의 각도가 변할 때마다 그림 또한 조금씩 달라 보였다. 나는 그림 맞은편 벽 한가운데 놓은 침대에 기대앉아 시간에 따라 변해가는 게르니카를 하염없이 바라보곤 했다. 아무도 내게 시간이 다 됐으니 이제 그만 나가라고 하지 않았다. 내 방은 나만의 레이나 소피아 미술관이었다.

동북향인 창으로 아침 햇살이 들어올 때 게르니카는 가장 빛났다. 그림 속에서 도주하는 여자는 눈부신 램프 불빛에 몽롱하게 취한 것처럼 보였다. 한낮의 고른 햇빛을 받으면 그림 속 빛과 암흑의 전투는 결국 빛의 승리로 끝날 것 같은 예감으로 떨리는 듯했다. 그러다 해가 기울면 빛의 군대의 패색이 완연해지며 경악한 눈동자들이, 절규하는 입들이, 필사적인 손가락들과 무력한 발들이, 죽음을 향해 치닫는 육신들과 이미 꺼져버린 생명의 무참함이 생생하게 살아났다.

나는 벽난로 불꽃 가까이 갖다 댄 손을 화상 직전까지 떼지 않는 사람처럼 그 고통의 향연으로부터 눈을 돌리지 않으려 애쓰곤 했다. 그러다 더 이상 견딜 수 없을 때쯤 내 두 눈은 늘 황소를 향했다. 황소는 그 모든 고통을 가장 담담하고 우직하게 견뎌내고 있는 듯 보였다. 어쩌면 아무런 고통도 느끼지 않고 다만 조금 놀랐을 뿐인지도 몰랐다. 황소를 보고 있으면 나 역시 그렇게 강해질 수 있을 것만 같았다. 나는 그 황소가 마음에 들었다. 어느 날 내 방으로 뛰어든 오빠 댄이 황소의 눈에 다트 핀을 겨누며 "불스아이!(명중!)"하고 외쳤을 때 그에게 달려들어 다트 핀으로 손등을 찍어버릴 뻔했을 정도로.

"정신지체가 틀림없어. 저렇게 괴상한 그림을 하루 종일 보고 있다니." 댄이 벌게진 얼굴로 돌아서며 말했다.

"정신지체가 아니라 정신분열이라고 하는 거야." 언니 레이첼이 나를 돌아보며 댄에게 속삭였다.

댄은 내 방을 나서려다 말고 그림 속 황소를 가리키며 소리쳤다. "저 황소는 눈이 비뚤어졌어! 저 눈들은 기형이야, 기—형! 무슨 뜻인지 알아? 저건 황소가 아니라 괴물이라구!"

그날 밤 나는 황소의 비뚤어진 두 눈알이 천천히 나를 향해 움직이는 것을 보았다. 나는 겁이 났다. 불을 끄고 이불을 덮어썼지만 느낄 수 있었다. 어둠 속에서도 황소가 여전히 날 노려보고 있다는 것을.

그 후로 며칠간 나는 황소에게 눈길조차 주지 않았다. 하지만 엿새째 되던 밤, 나는 결국 그 비뚤어진 두 눈을 보고야 말았다. 외눈박이처럼 두 뿔 사이에 달려 있는 눈 하나가 나를 보고 있었고, 다른 눈 하나는 왼뺨에서 흘러내려 그 아래 목 잘린 남자의 입속에 들어가 으깨질 것만 같았다. 일그러진 두 눈이 나를 응시하며 한 번, 두 번, 세 번 깜빡였다. 핏발 선 눈알들이 번쩍 뜨이는 동시에 황소가 벼락처럼 뛰쳐나와 내게 달려들었다. 그리고 두 뿔로 내 몸속을 갈기갈기 찢어놓았다.

나는 정신을 잃었다.

깨어났을 때 침대 시트는 온통 붉게 얼룩져 있었고, 내 몸속에서 선홍빛 피가 흘러나오고 있었다. 내 비명에 놀란 아버지가 뛰어 들어왔다. 파자마 차림에 안경은 미처 쓰지도 못하고 손에 든 채였다. 내 방 불을 모두 켠 아버지는 안경을 걸치고 시트에 묻은 피를 살피더니 내게 몇 가지 질문을 던졌다. 내 대답에 아버지는 놀라기는커녕 오히려 안도의 한숨을 내쉬었다.

"보이지 않으세요? 난 죽어가고 있어요!" 내가 외쳤다.

아버지가 고개를 저었다. "넌 자라고 있어."

"아니에요. 이건 저 황소가 한 짓이라고요!"

나는 황소가 어떻게 그림 속에서 뛰쳐나와 내 몸을 찢어놓았는지 설명하며 울먹였다. 날 보던 아버지의 얼굴이 문득 동상처럼 굳어졌다. 그의 두 눈은 나를 향해 있었지만 내가 아닌 다른 것을 보고 있는 듯했다. 그가 나지막이 혼잣말을 중얼거렸을 때 내가 모르는 단어 하나가 귀에 들어왔다.

"유전성이 뭐예요?" 내가 물었다.

아버지는 아무 대답이 없었다. 내 질문은 열흘간 계속되었고, 내가 결코 멈추지 않으리란 걸 깨달은 아버지는 내 친어머니가 받은 계시에 대해 말해주었다. 아버지는 그것이 전조증상으로 무아경을 수반하는 측두엽뇌전증 환자의 증상이라고 했다. 내가 환각을 경험한 건 어머니의 질환이 내게 유전되었을 가능성을 뜻한다고 그는 말했다.

"그럼 나도 사람을 죽이고 자살하게 되나요?" 내가 물었다.

14

"아니, 아니다. 넌 절대 그렇게 되지 않아. 환영을 본다고 살인 자가 되는 건 절대 아니란다. 사실, 평범한 사람들보다 더 위대한 사람이 될 수도 있지. 예를 들어……." 아버지가 내 머리를 쓰다 듬으며 미소 지었다. "잔 다르크도 측두엽뇌전증 환자였단다. 그 녀는 네 나이 무렵에 하느님의 계시를 받고 조국 프랑스를 구했 어. 네가 모마에서 가장 좋아하는 〈별이 빛나는 밤〉을 그린 고흐 도 같은 병을 앓았지. 어떤 면에선 병이 그를 천재로 만들었다고 도 볼 수 있어."

"난 전쟁이 싫어요. 차라리 화가가 될래요." 내가 말했다.

아버지가 웃음을 터뜨렸다. "좋아. 거실 제일 큰 벽 하날 비워 둬야겠구나. 네 그림이 걸릴 자리 말이다."

대부분의 사람들이 평범해지기 싫다는 이유로 예술가가 되려 는 것과는 반대로, 나는 평범해지고 싶어 예술가의 길을 택한 셈 이다. 예술가와 광기는 요리사와 칼만큼이나 진부하기 짝이 없는 조합이니 말이다. 광기는 의사를 연쇄살인범으로 만들 수 있는 것과 비슷한 확률로 화가를 백만장자로도 만들 수 있다. 난 내 광 기를 이왕이면 가장 비싼 값에 팔 작정이었다.

내 방 안 게르니카에는 녹색 벨벳 커튼이 드리워졌고, 나는 아 버지가 처방한 분홍색 알약들을 정기적으로 복용하게 되었다. 하 지만 그 후로도 가끔 황소는 커튼을 젖히고 나타나 매끄럽고 단단한 상앗빛 뿔로 내 몸을 애무하곤 했다. 처음만큼 아프진 않았기에 나는 더 이상 두렵지 않았다. 황소에게선 묵직한 가죽과 달콤한 감귤 같은 감미로운 향기가 났다.

황소를 끌어안으면 나는 낳아준 부모도 없이, 조국도 없이, 아무런 기억도 없이 세상에 홀로 남은 텅 빈 존재가 아닌 온전한 인간이 된 것 같았다. 나 자신이 살아 있다는 걸 느낄 수만 있다면 고통조차도 위안이 될 수 있었다.

나는 곧 커튼을 걷어버리고 다시 게르니카를 매일 바라보았다. 나의 황소가 오기를 기다리며. 아버지에게 말하면 복용량이 늘어 황소를 잃게 될 것이 뻔했으므로, 나는 이 만남을 아무에게도 말하지 않고 나만의 비밀로 남겨두기로 했다.

회화에 대한 나의 광적인 집착이 시작된 것은 이때부터였다. 나는 걸신들린 듯 모마와 메트로폴리탄, 구겐하임과 휘트니 미술관의 모든 그림들을 보고 또 보았고, 뉴욕 공공도서관의 화집들을 섭렵했다. 게르니카의 황소처럼 어느 그림 속에선가 내게 발견되기를 애타게 바라는 존재들이 기다리고 있을 것만 같았기 때문이다. 내가 알아보기만 하면 그림 속에서 살아 나와 나를 위로해줄 또 다른 친구들 말이다.

나는 고갱의 개가 오렌지빛 긴 꼬리를 천천히 흔드는 것을 보았고, 귀 잘린 고흐의 매캐한 파이프 담배 연기를 맡았고, 마티스의 달콤하고 즙 많은 복숭아를 맛보았고, 드 쿠닝의 여인이 호탕

하게 춤추며 윙크하는 모습을 보았고, 마네의 피리 부는 소년이 연주하는 서투른 음악을 들었다. 하지만 어떤 것도 게르니카의 황소처럼 그림 속에서 살아 나와 나를 안아주지 않았다.

그래서 나는 직접 그림을 그리기 시작했다. 큰 그림들, 동물 그림들을. 실제와 똑같지 않아도 실제처럼 살아 움직일 수 있다는 것을 피카소가 가르쳐주었기에, 나는 초록색 강아지를, 핑크색 북극곰을, 하늘색 기린을, 빨간색 코끼리를, 하늘을 날아다니는 물고기를 그렸다. 그렇게 그리고 또 그리다 보면 언젠가 나도 마법을 일으킬 수 있을지 모른다는 희망을 가지고.

내가 그린 그림들은 번햄 가(家) 로프트의 넓고도 드높은 거실 벽 하나를 다 덮어버릴 기세로 무섭게 늘어갔다. 아버지는 손님들이 찾아오면 그 그림들을 하나하나 가리키며 그것들이 어째서 놀랍도록 독창적인지 자랑스럽게 설명하곤 했다. 하루는 그런 아버지의 모습에 질투를 느낀 레이첼이 내 그림들을 찢어버린 적이 있었다. 그러자 아버지는 찢어진 조각들을 모두 다시 붙여놓으라고 언니에게 명령했다. "넌 네가 얼마나 큰 잘못을 했는지 이해하지 못하고 있어 레이첼. 이 그림들은 언젠가 미술계에 남을 귀중한 유산이 될 거란다."

아버지 말씀은 늘 옳았으므로, 나 역시 내 성공을 이미 일어난 듯 믿게 되었다.

열두 살에서 열일곱 살 무렵까지의 순간들을 화집처럼 순식간에 넘겨본다면, 사소한 순간들은 단지 잔상으로 지나가고 단 두 가지 모습만이 또렷이 드러날 것이다. 그림을 보고 있는 모습과 그리고 있는 모습. 배경들은 계속 바뀌고 내 모습도 점점 달라지겠지만 대부분의 시간 동안 나는 마치 시간이 멈춘 듯 정지된 자세로 그림을 보고 있을 것이며 그리고 있을 것이다.

하지만 그 시절 내가 본 그 끝도 없는 그림들, 거실 벽을 세 번이나 채우고도 남을 만큼 그려댄 그림들 중 어떤 것도 피카소가 게르니카에 부린 것과 같은 마법을 내게 일으키지 못했다. 왜 꼭 게르니카여야만 했고 왜 하필 황소여야 했을까? 혹시 그 그림이 내가 본 가장 큰 그림이었기 때문일까? 아니면 그것이 내가 가장 많이 본 그림이기 때문이었을까? 나는 그것이 늘 궁금했지만 아무에게도 물어볼 수 없었다. 황소와의 만남은 나만의 비밀이었기에.

내가 열여섯을 넘기자 황소의 방문은 점점 뜸해지기 시작했다. 내가 만질 수 있고 안을 수 있고 냄새 맡을 수 있는 유일한 마법이 희미해져가고 있었다. 나는 불안에 휩싸였다.

내 생물학적 어머니가 하느님의 충실한 종이었듯 나는 회화라는 종교의 광신도였고, 게르니카의 황소는 그 찬란한 신전의 수호자이며 신의 대리인이었다. 나는 황소와의 접촉을 통해 신과 연결되었고, 우주의 비밀 중 가장 은밀한 파편 하나를 찰나 동안 흘깃 보았던 것만 같았다. 이런 황홀한 느낌을 예술가들이 영감이라고 부른다는 걸 나는 알게 되었다. 게르니카의 황소가 내게 영감의 세례를 주는 뮤즈와 같은 존재란 것도. 그런 황소를 잃는 다는 건 신전에서 추방되어 곧장 지옥—아마도 내 친어머니가 기 다리고 있을—으로 굴러떨어지는 것만큼이나 두려운 일이었다. 나는 몇 달 만에 꿈결처럼 찾아온 황소를 안은 채 제발 떠나지 말 라고 애원했다. 네가 없으면 난 아무것도 아니라고. 내가 살아 있 는지조차 알 수 없다고. 하지만 열일곱이 된 후로 게르니카의 황 소는 나를 떠나 그림 속으로 영영 돌아가버리고 말았다.

헛되이 게르니카를 보고 또 보는 일에도 지쳐갈 무렵, 나는 남 자들을 만나기 시작했다. 그것은 갑작스럽고도 이상한 변화였다. 전에는 남자란 존재가 내게 한 번도 매력적으로 느껴진 적이 없 었기 때문이다. 그 변화는 과학 수업을 듣고 있던 어느 날 시작되 었다. 내가 늘 그렇듯 노트에 스케치를 끄적이고 있는 동안 선생 님은 양자물리학에 대해 설명하고 있었다.

"모든 것들은 동시에 두 공간에 존재할 수 있지. 하지만 우린 그걸 제대로 볼 수가 없어. 이 말은 곧 우리가 보고 있는 게 실제 그대로가 아니라는 뜻이지."

나는 실제보다 더 실제 같았던 황소와의 순간들에 대해 생각했 고, 어떻게 해야 그 순간들을 되찾을 수 있을지 생각했다. 그때 내 뒷자리에 앉아 있던 한 남자아이가—이름은 기억나지 않는다. 미식

축구 팀 주장이었던 그는 풍선껌을 불었고 머리에 왁스를 발랐고 가죽 재킷을 즐겨 입었다―내 귓가에 속삭였다. "헤이 케이트, 넌 '양자적'이야. 늘 여기에 있지만 여기에 없으니까 말야. 무슨 뜻인지 알지?"

그 순간 그가 입은 재킷의 질 좋은 가죽 냄새와 달콤한 과일풍선껌 향기가 나를 자극했다. 그 두 가지 냄새의 조합이 황소와의 순간들을 떠올리게 했기 때문이다. 나는 그 애를 돌아보았다. 코가 맞닿을 만한 거리에서 그 애의 초록색―아니 푸른색이었나? 혹은 회색이었나?―눈을 들여다보았다. 그리고 속삭였다. "글쎄, 지금은 바로 여기에 있어. 무슨 뜻일 것 같아?"

그날 밤, 폐차 직전인 그 애의 회색 BMW 안에서 나는 그를 가졌다. 그는 가죽재킷을 벗으려 했지만 나는 입고 있으라고 했다. 그 애는 땀을 많이 흘렸다. 나는 그 후로 두 번 다시 그 애와 말을 섞지 않았다.

그런 일들이 한동안 계속되었다.

나는 폭주족 흉내를 내는 한 얼간이의 커다란 눈이 황소를 닮았다는 이유로 그와 주유소 화장실에서 섹스했고, 황소처럼 우람한 어깨를 가졌다는 이유로, 황소를 닮은 야성적인 기운이 느껴진다는 이유로, 심지어 황소의 뿔과 비슷한 상아 목걸이를 하고 있다는 이유만으로 찌질이, 문제아, 아웃사이더 들과 다양한 곳에서 충동적으로 관계를 가졌다. 두 번째는 결코 없었다. 섹스가 끝난 후에는 혐오감만이 남았기에 난 언제나 그들이 다시 말을 걸기 전에 그곳을 빠져나왔다.

하지만 영감으로 충만했던 순간들을 이런 식의 자기파괴적인 행위들로 되찾을 수는 없었다. 나는 상실감에서 벗어나 다시 그림에 몰두해보려고 발버둥 쳤지만 이제 그림 그리는 일은 더 이상 순수한 기쁨이 아니었다. 그것은 마치 한 팔이 잘린 채 수영하는 것처럼 힘겨운 일이 되어갔다. 나는 내 황소를 되찾아야만 했다.

나는 황소를 처음 만났던 날부터 지금까지 매일 아침저녁으로 한 번도 거른 적 없었던 분홍색 알약들을 들여다보았다. 그리고 이것들을 먹지 않는 것만이 황소를 다시 만날 유일한 방법이란 것을 깨달았다.

처음 한 알을 건너뛰는 데에는 큰 용기가 필요했다. 그다음은 그보다 쉬웠다. 두 번째, 세 번째, 네 번째가 될수록 두려움보다는 설렘이 더 커졌다. 시각과 청각이 놀라울 정도로 생생하게 깨어나고 있다는 걸 느낀 건 닷새째부터였다. 일주일이 지나자 그동안 반쯤만 열려 있던 내 몸의 모든 감각의 문이 활짝 열어젖혀진 듯, 망막에 맺힌 풍경들이 온갖 색깔로 찬란하게 피어났고 빗소리의 리듬조차 음악처럼 아름답게 들려왔다. 나는 추방되었던 신전의 문턱에 다시 들어선 것이다. 곧 신의 대리인인 황소가 그 당당한 모습을 드러내리라고 나는 확신했다. 그림 그리는 일은 예전처럼 순수한 기쁨의 행위가 되었다. 나는 먹는 것도 자는 것도 잊은 채 그림에만 몰두했다. 마치 뇌가 손에 달려 있기라도 한 듯, 생각하기도 전에 손이 먼저 온갖 색깔과 형상들을 펼쳐나갔다. 때로는 그림을 다 그린 후 다른 이의 그림을 보는 듯 깜짝 놀라기도 했다. 난 이제 더 이상 허우적거리는 불구의 수영선수가 아니었다. 나는 바다에서 태어났고 언제까지나 거기에 속해 있을 가장 크고 빠른 물고기였다.

며칠 째인지 모를 잠 없는 밤, 나는 방에서 그림을 그리다 허기를 느끼고 주방으로 내려갔다. 종일 아무것도 먹지 않았다는 걸 깨닫고 시리얼에 우유를 부어 허겁지겁 먹고 있을 때 아버지가 다가와 말을 걸었다. 그저 일상적인 대화를 주고받았을 뿐인데 나를 보는 아버지의 눈빛에 불안이 떠올랐다.

"요즘 많이 들떠 있는 것 같구나 케이티. 혹시 약을 거르고 있는 건 아니니?"

"아뇨. 그동안 포트폴리오에 소홀했던 걸 만회하려는 것뿐이에요. 입시가 얼마 안 남았으니까요." 나는 아버지가 더 캐묻기 전에 시리얼을 비우고 내 방으로 올라갔다.

하지만 언제까지 그런 식으로 아버지의 눈길을 피할 수는 없었다. 이틀 후 온 가족이 둘러앉은 저녁 식사 자리에서 나는 떨리는 손으로 대구를 집어 접시에 담으려다 떨어뜨렸다. 내 몸이 내 뜻대로 움직이지 않았고 내 입에서는 생각지도 않은 말들이 흘러나왔다. 나는 내가 무슨 말을 하는지도 모르면서 말을 했다. 꼭 다른 사람이 내 입을 통해 말하고 있는 것 같았다. 내가 아버지의 죽은 딸이라고 말했을 때는 나 자신조차 깜짝 놀랐다.

"죽은 딸? 그게 무슨 뜻이야? 네가 죽었다고?" 레이첼이 바퀴벌레를 막 발견한 듯한 얼굴이 되어 물었다.

"그럼 내가 보고 있는 넌 유령이겠네?" 댄이 내 머리를 잡아당겼다.

"이거 놔!" 내가 소리쳤다.

"그만둬 댄." 어머니의 얼굴은 댄을 향했지만 두 눈은 나를 보고 있었다.

"유령은 통증을 느끼지 않아." 댄이 마지못해 손을 거두며 말했다.

아버지는 고개를 숙인 채 아무런 말이 없었다. 방으로 돌아온 나는 아버지가 추궁하러 오기를 기다렸다. 하지만 아버지는 한참이 지나도 오지 않았다. 불길한 예감에 창가를 서성이는데 뒷마당 쪽에 회색 밴 하나가 와서 섰다. 나는 그 밴을 알아보았다. 아버지가 재작년에 원장으로 부임한 라과디아 정신병원에서 환자들을 비밀리에 이송할 때 쓰는 차량이었다. 아버지를 따라 병원에 갔을 때 저 밴에서 한 여자가 직원 두 명에게 붙잡힌 채 나오는 걸 본 적이 있었다. 여자는 침을 질질 흘리고 동공이 풀린 채 좀비처럼 비틀거렸다. 내가 누구냐고 묻자 아버지는 환자라고 했다. 왜 앰뷸런스를 타고 오지 않았느냐는 물음에 아버지는 어깨를 으쓱해 보였다. "어떤 환자들은 프라이버시를 필요로 한단다."

밴에서 내린 건장한 남자 둘이 정문으로 들어섰다. 나는 지갑을 주머니에 쑤셔넣고 창틀에 올라섰다. 홈통이 팔을 길게 뻗으면 닿을 거리에 있었다. 나는 한 손으로 그것을 붙잡은 후 몸을 날려 힘껏 매달렸다. 1층 창가에 이르렀을 때 위에서 아버지의 외침이 들려왔다.

"케이티! 돌아와 케이티!"

나는 돌아보지 않고 뒷문을 향해 달렸다. 직원들에게 잡히기 전에 지하철역까지 뛰어야 했다. 전속력으로 달리면 2분 내로 도착할 수 있을 것이었다. 주니어 때까지 트랙팀 단거리 선수로 메달도 땄던 내게 승산이 없을 리 없었다. 나는 온 힘을 다해 달리고 또 달렸다. 몸 전체가 펄떡거리는 심장이 된 것 같았다. 마침내 지하철역에 도착했을 때 직원 한 명이 나를 따라잡았다. 나는 몸부림치며 비명을 질렀다.

"살려주세요!"

지나가던 행인들이 달려와 그 남자를 붙잡았다. 그 틈을 타 빠져나온 나는 계단을 뛰어 내려갔다. L트레인이 들어오는 소리가 들렸다. 나는 개찰구를 훌쩍 뛰어넘고 승객들을 밀치며 플랫폼을 따라 달렸고, 지하철 문이 막 닫히는 순간 안으로 뛰어드는 데 성공했다. 날 거의 따라잡은 남자의 낭패한 얼굴이 닫힌 유리문을 뚫고 들어올 기세였다. 나는 가운뎃손가락 끝에 키스한 후 그의 코앞에 흔들며 작별을 고했다. 지하철이 질주했고 내 몸속의 피는 L트레인보다 더 빠르게 돌고 있었다. 아드레날린이 분수처럼 솟구쳤다. 옆에 서 있던 한 남자가 나와 눈이 마주치자 씩 웃어 보였다. 그의 피부는 황소와 꼭 같은 짙은 갈색이었다. 그는 악기가 든 가방을 어깨에 메고 있었다.

"무슨 악기예요?" 내가 물었다.

"색소폰." 남자가 말했다.

"듣고 싶어요." 내가 말했다.

나는 그를 따라 103번가 역에서 내렸다. 그라피티로 뒤덮인 낡은 건물들을 지나 그의 비좁고 너저분한 방에 들어서자 더 이상 참을 수 없었다. 나는 그의 재킷과 셔츠를 벗겨 부드러운 갈색 피부가 드러나도록 했다. 건장한 어깨 근육이 꿈틀거리며 움직이자 나의 아름다운 황소가 돌아왔다는 것을 느낄 수 있었다. "왜 이렇게 오래 걸렸어?" 내가 속삭였다.

나는 황소의 넓은 등에 입을 맞췄다. 황소는 따뜻했고 꿀처럼 부드러웠다. 아무리 안고 또 안아도 그동안의 굶주림을 채우기엔 턱없이 부족했다. 움직임이 격렬해질수록 산산이 조각났던 나 자신은 다시 온전해져갔다. 쾌락의 극치는 영원히 끝나지 않고 계속될 것만 같았다. 눈부신 햇빛이 쏟아져 내리는 듯한 감각의 홍수 속에서, 이러다 내가 다시 수천 조각으로 쪼개질 것 같다고 느낄 때쯤 황소는 나를 놓아주었다.

황홀경이 상실감으로 바뀔 무렵 남자가 색소폰을 꺼내 불었다. 색소폰의 선율이 푸른색에서 보라색으로, 빨간색으로, 오렌지색으로 바뀌어가다 빛바랜 갈색이 되어 벽지와 하나가 되었다. 연주가 점점 현란해지자 벽지의 페이즐리 무늬가 물결처럼 흔들리기 시작했다. 나는 색소폰 음률의 패턴을 보았고 벽지의 패턴을 들었다. 그 두 패턴이 마치 하나가 된 듯 움직이며 어떤 그림을 연주해가고 있었다.

나는 그 음악이 서서히 그려가는 형상을 홀린 듯 바라보았다. 마름모꼴 격자무늬가 시계방향으로 돌아가며 바둑판 모양처럼 바뀌었고 가로선들이 희미해져가더니 세로선들만이 남았다. 꼭 감옥의 철창처럼 생겼다는 생각이 들었을 때쯤 그 안에 갇힌 어떤 존재의 그림자가 보였다. 그림자가 천천히 이쪽을 향해 다가왔다. 그 형상은 한 여인의 모습이 되었다. 여인이 철창에 가까이 다가서자 어둠 속에서 그녀의 얼굴이 드러났다. 언젠가 본 적 있는 얼굴 같았는데 누구인지 기억나지 않았다. 여인은 철창문을 양손으로 붙잡고 흔들어대기 시작했다. 저러다 철창이 부서지겠다고 생각한 순간 철창이 뜯겨나가며 여인이 걸어나왔다. 여인은 커다란 식칼을 들고 있었다. 그녀가 그 칼을 내게 겨눈 채 다가왔다. 시퍼렇게 날이 선 칼에 끈끈한 선홍색 피가 묻어 있었다. 피비린내가 내 온몸을 마비시켰다. 여인이 내 목에 칼을 갖다 대었다.

"어머니!" 내가 외쳤다.

어머니가 내 목을 그으며 흡족한 듯 미소 지었다.

"아무도 주님의 뜻을 거스를 수 없어."

내 목에서 솟구친 피가 내 눈을 적셨다. 핏빛 어둠이 나를 집어삼켰다.

*

깨어나니 라과디아 정신병원 입원실이었다. 날 보는 아버지의 두 눈에 비애가 어려 있었다. 아버지가 말없이 내 손을 잡았다. 나는 눈물을 터뜨렸다. "전 그저 그림을 잘 그리고 싶었던 것뿐인데……."

"케이티…… 예술은 인간의 삶을 더 풍요롭게 만들어주는 한 가지 수단일 뿐이다. 그 반대가 되어선 안 돼." 아버지가 나를 끌어안고 속삭였다. "네 삶을, 네 생명을 결코 한낱 수단으로 만들지 않겠다고 약속해다오."

나는 아버지에게 다시는 약을 거르지 않겠다고 맹세했다. 그것은 평생 황소 없이 살아가는 법을 배워야 한다는 것을 뜻했다. 그것은 실제로는 죽어 있으면서 살아 있는 것처럼 느껴야 한다는 뜻이었다.

퇴원 후 돌아오니 게르니카 속 황소는 아무 일도 없었던 듯 담담한 얼굴로 거기 서 있었다. 비뚤어진 두 눈은 더 이상 나를 보고 있지 않았다. 아니, 나를 보았던 적이 단 한 번도 없었을 것이었다.

나는 서랍에서 나이프를 찾아 들고 그림으로 다가갔다. 그리고 그림 속 램프가 가장 밝게 비추고 있는 캔버스 한복판부터 찢어나갔다. 게르니카가 함락되어갔다. 고통 속에 절규하는 입들이, 무력한 손과 마비된 발들이, 생명이 꺼진 육신들이, 딱딱하게 굳어버린 가슴들이, 승리한 어둠과 패배한 빛이, 그리고 기이한 내 사랑이 모두 찢겨나갔다.

2

8. 20. (월)

꿈이 지나치게 생생하게 느껴지는 것도 일종의 정신병일까?

꿈이 점점 더 생시처럼, 때론 생시보다 더 생시처럼 느껴지는
게 내가 또다시 미쳐가고 있다는 증거일까?

아버지에게 묻고 싶었지만 차마 그럴 수가 없었다. 이런 말을
한다면 아버진 내게 결국 그 말을 하실 테니까.

그림을 그만두라고.

아버지가 내게 일자리를 주신 것도 바로 그 때문이란 걸 나는
안다. 대학원까지 마치도록 한 번도 재능을 증명해 보이지 못한,
보조금을 따내거나 갤러리 소속작가가 되는 데에도 실패한 내게
현실을 직시하게 만들기 위해서.

아버진 내가 당연히 거절할 줄 알고 그런 제의를 하셨을 것이

다. 라과디아 정신병원. 열일곱에 미쳐서 반년 동안이나 갇혀 있었던 곳. 그곳에 돌아가 미친 사람들에게 그림을 가르치느니 차라리 내가 그림을 포기할 거라 생각하셨겠지. 이렇게 내가 정말로 병원에 돌아와 환자들을 가르칠 줄은 모르셨을 거다. 나 역시 상상조차 못했던 일이니까.

다시 미치길 바라게 되기 전까진.

그래서 차마 물을 수가 없었다. 벌써 석 달째 매일 밤 찾아오는 그 꿈들에 대해서. 그 꿈들이 점점 더 무섭도록 현실과 똑같아져가고 있다고, 이제는 오히려 현실보다 더 생생해지고 있다고, 그래서 설레면서도 한편으론 겁이 난다고 아버지에게 말할 수가 없다. 그러면 그림을 그만둬야만 할 테니까. 오래전 황소에 대해서 끝내 말할 수 없었던 것처럼, 이 꿈들에 대해서도 아버지에게 물을 수가 없는 것이다.

그래서 이 노트를 다시 펼쳤다. 누구에게도 물을 수 없으니 나 자신에게라도 묻고 싶어서. 아무에게도 말할 수 없으니 여기에라도 털어놓고 싶어서.

스물두세 살 때 여기다 글을 썼던 것도 그 때문이었다고 생각했다. 그런데 다시 읽어보니 그것만은 아니었던 것 같다. 지나치게 부풀리고 아름답게 꾸며놓은 일화들. 나는 그리워했던 것 같다. 그 끔찍하도록 미쳤던 나날들을.

그래, 그때도 나는 그리워하고 있었던 것이다. 제정신인 채로 미쳤을 때처럼 그리기 위해 미친 듯 노력하던 그때에도. 약 기운으로 몽롱한 머리를 깨우려 커피를 물처럼 마셔가며, 자는 시간조차 아까워하며 깨어 있는 내내 그림을 그렸던, 동기들에게 미쳤다는 소릴 들을 때까지 그리고 또 그렸던 나날들. 그때도 나는 이미 알고 있었던 것이다. 약을 거르려는 충동과의 이 힘겨운 싸움을 포기하기만 한다면, 몇 년 내내 애써도 도달할 수 없었던 수준의 그림을 단 몇십 분 만에도 그려낼 수 있을지 모른다는 걸.

우스운 일이다. 이제 와 후회하고 있다니. 그 길고도 혹독한 싸움에서 마침내 승리해, 이젠 석 달이나 약을 걸러도 아무렇지 않을 정도가 된 지금에 와서야…….

석 달?

정말 그만큼이나 됐나?

카츠 교수에게 도둑으로 몰렸던 날이 5월 중순쯤, 약을 거르기 시작한 것도 바로 그 무렵부터였으니…….

그래, 약을 거른 지 벌써 석 달째가 된 것이다.

꿈이 시작된 것도.

혹시 그게 바로 증상인 걸까? 밤마다 찾아오는 꿈들이 무섭도록 생생해져가는 게, 내가 약을 걸렀기 때문인 걸까? 그게 바로 내가 다시 미쳐가고 있다는 증거인 걸까?

8. 21. (화)

으아아악. 오늘은 구내식당에서 아버지와 레이첼과 함께 점심을 먹었다. 수업이 끝나자마자 빠져나오려 했는데 그만 레이첼에게 붙잡히고 말았다. 그녀는 이제 내게 진짜 친언니라도 되는 듯 군다. 피부색과 머리색이 그렇게 다르지만 않았더라면 병원 사람들 모두 우리가 친자매인 줄 알 것이다. 차라리 질투에 차 날 괴롭히던 예전의 레이첼이 그리울 정도다.

하긴, 레이첼이 여태 날 괴롭힐 이유가 어디 있겠는가? 아버지 뒤를 이어 언젠가 라과디아 정신병원의 원장이 될, 아버지의 가장 자랑스러운 딸이 이젠 바로 그녀 자신인데. 레이첼은 아직 레지던트 신분인데도 병원 안 어디든 열 수 있을 듯한 커다란 열쇠 꾸러미를 갖고 다닌다. 레이첼이 복도를 지나갈 때마다 그녀의 가운 주머니 속 열쇠들이 짤랑거리며 노래하는 듯하다. 위대하신 칼 번햄 박사의 분신, 그의 가장 자랑스러운 딸, 그게 누구지? 바로 나, 레이첼 번햄. 그러니 모두 썩 비키라구. 내가 바로 아버지의 가장 자랑스러운…… . 참, 자랑스럽기로 따지면 댄도 빠뜨리면 섭하지. 로스쿨을 최우등 졸업하고 이젠 뉴욕 남부검찰청으로 출근하시는 검사 나으리, 번햄 가문의 자랑 대니얼 번햄.

난 번햄 가문의 수치답게 투명인간처럼 굴려고 했다. 복도에서 우연히라도 아버지나 레이첼을 마주치지 않도록 늘 조심해왔던 것이다.

특히 아버지의 눈에 띄지 않으려고.

아버지의 눈. 혈당측정기의 바늘만큼이나 예리하게 내 핏속 광기의 양을 가늠할 수 있는 그 눈길로부터 가능한 한 멀리 떨어져 있으려고. 내가 다시 약을 거르기 시작했다는 걸, 다시 미치길 바라고 있다는 걸 들키지 않으려고.

하지만 오늘은 딱 걸리고 말았다. 미술치료실 문 앞에서 레이첼이 떡하니 날 기다리고 있었던 것이다. 평소라면 당직실에서 금쪽같은 쪽잠에 빠져 있을 그녀가 좀비 같은 몰골로 거기 서 있는 모습을 본 순간 깜짝 놀라 도망도 못 쳤다. 저승사자에게 이끌리듯 레이첼을 따라 구내식당으로 가니 거기 아버지가 기다리고 계셨다.

"요즘 작업 때문에 많이 바쁜가 보더구나. 다 잘돼가고 있니?" 아버지가 마침내 내게 물었을 때 나는 씹고 있던 정체불명의 해산물(물에 불린 종이 맛이 났다)을 내뱉고 뛰쳐나가려는 충동을 억누르며 끄덕였다. "네. 꽤 잘돼가요. 새로운 스타일을 시도하는 중이라 시간이 많이 걸리긴 하지만요." 나는 심지어 아버지 눈을 장장 1초 동안 똑바로 보며 미소까지 지었다. 뱉어놓고 보니 새빨간 거짓말은 아니란 생각이 들었던 것이다. 매일 밤 내가 몇 시간이고 쉬지 않고 그림을 그리는 건 사실이니까.

꿈속에서.

하지만 그 꿈이 이젠 생시보다 더 생시처럼 느껴지니까, 이젠 꿈속에서도 깨어 있을 때와 똑같이 물감을 고르고 섞고 붓질까지 할 수 있으니까, 어떤 면에서 난 진실을 말하고 있는 것이다. 그런 마음으로 아버질 보았기 때문일까? 아버진 예전처럼 걱정스럽게 날 보는 대신 미소 띤 얼굴로 물으셨다. "하지만 작업실에서 지내기가 너무 불편하지 않을까 걱정이구나. 같이 사는 친구 이름이 뭐라고 했지?" "니콜이요. 니콜 리모네즈. 걘 요즘 집에 거의 안 들어와요. 두어 달 전 드바인 갤러리에 수습 큐레이터로 취직했거든요."

드바인. 그 이름을 꺼낸 건 정말 현명한 선택이었다. 화제는 곧바로 그 미술계 하느님, DD(아빠), 신성한 드바인(Divine DeVine)에 대한 이야기로 흘러가게 됐으니까. 지난 봄 크리스티 경매에서 이천만 달러에 팔린 그림을 그린 맥스 마이어가 드바인 갤러리 소속이란 것, 그가 마흔다섯의 나이에 드바인의 눈에 띄기 전까진 86번가 지하철역 노숙자들 중 하나였다는 사실은 아버지의 흥미를 끌기에 충분했다.

"드바인은 요즘도 숨겨진 화가를 발굴해내려 창고까지 뒤지고 있대요." 내 말에 가수면 상태로 샌드위치를 먹던 레이첼의 두 눈에 초점이 잠시 돌아왔다. "니콜이 근무하는 곳도 그런 창고들 중 하나예요. 전 세계 무명화가들이 보내온 포트폴리오 수십만 개가 거기 쌓여 있는데, 니콜은 거기 살다시피 하면서 매 주 열 점씩을 골라 드바인에게 올리고 있대요. 그런데 여태까지 그의 눈을

0.5초 이상 사로잡은 그림은 한 점도 없었다는 거예요."

"1초면 1초지 0.5초는 뭐야?" 레이첼이 주머니에서 울려대는 호출기를 꺼내들며 물었다.

"니콜 말로는 그게 육상경기 같다는 거야. 0.1초 차이가 챔피언과 실패자를 가른다나. 드바인의 눈길을 3초 이상만 붙잡는다면 그건 올림픽 금메달이나 마찬가지래."

"그냥 벗은 여자 그림을 한번 올려보라지 그래? 그럼 못해도 3초는 보장될 테니 말야. 아, 누드화는 네가 직접 그려서 그 친구한테 주면 되겠다." 레이첼이 자기 농담에 스스로 빵 터지며 먼저 일어섰다. 아버지 역시 오후 진료 때문에 서두르셔야 하는 모양이었다.

만세, 드디어 해방이다. 식당을 나서자마자 작별인사를 하려는데 그 순간 아버지가 물으셨다. "케이티, 이제 그만 집으로 들어오지 그러니? 낮엔 작업실에서 그림이 더 잘 그려진다 쳐도, 밤엔 집이 더 편하지 않겠니?" 나는 곧바로 대답했다. "아뇨, 요즘엔 주로 밤에 작업을 많이 해서요." 그림이 그려지는 건 이제 꿈속에서뿐이니까요. "게다가 하나도 안 불편해요. 깨끗하고." 볕은 전혀 안 드는데 비까지 새서 벽마다 곰팡이 꽃이 한창이랍니다. "조용하고." 집 앞 공터가 부시위크 깡패들 집합소예요. 밤엔 거기서 단체로 마약도 하는 것 같아요. 가끔은 총소리에 깜짝 놀라곤 한답니다. "거의 집만큼이나 편한걸요." 보일러가 고장 나 더운 물

도 안 나오고, 잠은 니콜이 쓰던 거적때기 같은 간이침대에 누워
잔답니다. 그래도 집보단 훨씬 편안해요. 거기선 아버지 눈을 피
해 은밀히 미쳐갈 수 있으니까요.

은밀히 미쳐가는 것.

그래, 난 미쳐가고 있는 것이다. 꿈속에서.

하지만 꿈속에선 누구나 다 미치지 않나?

8. 22. (수)

어젯밤 꿈에선 정말로 내가 깨어 있는 듯 느껴졌다. 코를 찌르
는 테레빈유의 냄새, 손에 쥔 붓의 무게와 나무 손잡이의 질감, 캔
버스에 붓을 댈 때 손목에 느껴지는 탄성마저 실제로 그릴 때와
어쩌면 그렇게 똑같은지. 이젠 심지어 내가 그림을 그리는 공간
마저 생시와 똑같다. 꿈에서 그림을 그리다 무심코 주위를 둘러
보니 작업실 벽 곰팡이무늬마저 생시와 하나도 다르지 않았다.
마치 내가 간이침대에 누워 잠든 게 아니라, 잠깐 누웠다 일어나
두 걸음을 걸어 캔버스 앞으로 가기라도 한 것처럼.

생시와 다른 게 하나 있다면, 그건 그림 그리는 것이 너무나 쉽
다는 것이다. 깨어 있을 땐 그토록 힘든 일이 꿈속에선 그렇게 쉬
울 수가 없다. 너무도 쉬워서 정말로 내가 미쳐서 그리던 그때 같
다. 꼭 내가 미쳐서 그릴 때처럼 너무나 쉽고 황홀하다. 이제 나는
그림을 그리기 싫어서가 아니라 그림을 너무 그리고 싶어 침대에

눕는 것 같다.

꿈속에선 그 목소리가 들리지 않으니까.

"말해 봐, 그 그림들은 누구한테서 훔쳤던 거지?"

"세상사람 다 속여도 난 못 속여. 붓 자국 하나만 봐도 난 다 알 수 있거든. 자네가 입시 때 제출한 그림들은 분명 다른 사람 것이었어. 지난 육 년간 자네가 했던 모든 시도는, 그 사람을 흉내 내려는 어설픈 몸부림일 뿐이었고."

"아, 겁먹을 것까진 없어. 이제 와 장학금을 다 토해내라거나, 뭐 그런 식의 법적 조치를 취하겠다는 건 아니니까. 난 그냥 정말 궁금해서 물어보는 것뿐이야. 그때 그 그림들을 그린 사람은 누구였는지, 혹시 그 사람이 지금도 그림을 그리고 있는지 알고 싶다는 생각이 들어서……."

미스 카츠의 그 허스키한 목소리가, 호기심 가득한 두 눈동자가 캔버스 위로 자꾸 떠올라 날 괴롭히는 일 따윈 없으니까.

꿈속에선.

8. 23. (목)

왜 꿈에서 그린 그림들은 깨어나면 하나도 기억나지 않는 걸까? 잠에서 깨기 직전까지 눈앞에 생생했던 그 무시무시한 그림들은, 왜 눈만 뜨면 대략적인 윤곽조차 기억해낼 수가 없는 걸까?

꼭 머릿속에서 누군가 그림들을 꺼내가기라도 한 것처럼.

오전 내내 이 생각에 빠져 있었다. 꿈에서 아무리 엄청난 작품을 완성한들 무슨 소용 있을까? 현실에선 몇 달째 캔버스에 붓질 한번 못하고 있는데.

이제 난 심지어 환자들에게조차 질투를 느낀다. 정말이다. 오늘도 수업 시간 내내 질시에 찬 눈으로 그들을 바라보았다. 한번 시작하면 결코 멈추는 법이 없는, 그리는 행위가 단지 순수한 즐거움 그 자체인 그들을. 나는 불감증에 걸린 섹스중독자가 타인의 섹스를 관음하듯 환자들이 그리는 모습을 지켜보았다. 내가 오래전 추방당한 신전에서 자신들만의 황소와 머물고 있는 그 행복한 미친 사람들을.

황소 하니까 생각난다. 빌 젠슨. 늘 미술치료실 맨 뒤 창가자리에 앉아 송곳처럼 뾰족하게 깎은 파버카스텔 색연필로 황소만 주구장창 그려대는 빌. 내가 황소의 털이 사실적이라고 칭찬했을 때(그는 늘 그 털들을 한 올 한 올 심듯이 그린다) 빌은 뭔가에 씐 듯 초점 없는 눈으로 날 올려다보며 웅얼거렸다. "이건 황소가 아니라 버펄로예요."

버펄로 빌(이게 내가 그에게 붙인 별명이다)은 그때부터 꼭 내게 화가 난 것처럼 수업 시간마다 날 뚫어져라 노려본다. 혹시 그는 버펄로와 황소를 구별하지 못하는 인간은 죽어 마땅하다는 생각이라도 갖고 있는 걸까? 아니면 내가 자꾸 '버펄로' 말고 다른 것도 그려보라고 권해서 짜증이 난 걸까?

그러고 보니 버펄로 빌이 날 노려보는 시간이 갈수록 길어지는 것 같다. 오늘은 겁이 다 날 정도였다. 무심코 빌 쪽으로 시선을 돌릴 때마다 그의 초점 없는 황록색 눈동자가 어김없이 날 보고 있었기 때문이다. 유령에라도 홀린 듯 날 보는 그의 눈빛엔 악몽을 연상시키는 뭔가가 있다. 혹시 빌이 위험인물은 아닌지 레이첼한테 한번 물어봐야겠다.

악몽.

그래, 내가 쓰려던 게 바로 이거다. 오늘은 작업실에 일찍 돌아와 캔버스 앞에 앉았는데 갑자기 나 자신이 꼭 악몽 속에 있는 듯 느껴졌던 것이다. 오늘에야말로 꿈이 아닌 현실에서 조금이라도 그림을 그려볼 작정으로 한참을 애쓸 때 그 기묘한 생각이 날 엄습했다. 온몸이 마비되기라도 한 듯 꼼짝도 못한 채 텅 빈 캔버스를 보고만 있는 나 자신이 비현실적으로 느껴지면서 이것이 혹시 꿈이 아닐까하는 의심이 든 것이다.

무대에 섰는데 목소리가 안 나오는 악몽에 시달리는 가수처럼, 나는 지금 전형적인 화가의 악몽 속에 빠져 있는 걸까?

한번 그런 의심이 시작되자 모든 게 다 낯설게 느껴졌다. 오전 내내 근무했던 라과디아 정신병원의 그 낡고 으스스한 벽돌 건물, 미술치료실에서 콧노래를 부르고 침을 흘리며 그림에 몰두해 있던 열다섯 명의 미친 사람들, 초점 없는 눈으로 한 시간 내내 날 노려보던 버펄로 빌, 로르샤흐 검사용 무늬 같은 곰팡이 자국에 둘러싸여 캔버스의 공백을 두 시간째 바라보고 있는 나 자신.

이 중 진짜 현실처럼 느껴지는 건 없었다. 날 둘러싼 모든 것들이 전형적인 악몽을 위한 무대이고 나 자신은 거기 딱 어울리는 주인공인 듯 느껴진 것이다.

자신의 의지와는 무관하게 상황에 끌려다니는 전형적인 악몽 속 주인공.

나 자신이 꼭 그렇게 느껴지자 기운이 빠져 더 이상 앉아 있을 수가 없었다. 간이침대로 가 몸을 눕히고 눈을 감으니 간밤 꿈이 떠올랐다. 그것이 얼마나 생생했는지, 몇 시간이고 도취된 채 그림을 그리던 나 자신이 얼마나 살아 있는 듯 느껴졌는지가.

날 정말로 두렵게 만든 건 바로 그다음에 떠오른 생각이었다. 어쩌면 사실은 그것이 꿈이 아니라 현실이었는지 모른다는, 지금 잠들면 이 악몽에서 깨어나 그 꿈처럼 달콤한 현실로 돌아갈 수 있을지 모른다는 생각.

그 순간엔 그것이 미친 생각이란 것조차 깨닫지 못했다. 정말 이대로 눈을 감고 잠들면 악몽에서 깨어나게 될 것 같아 안도감마저 들었던 것이다. 때마침 니콜이 들이닥치지 않았다면 나는 그대로 꿈속에 빠져든 채 그것이 정말 현실이라 믿었을지 모른다.

일주일 만에 집에 들어온 니콜은 술이 떡이 돼 있었다. 화장실에서 한참을 게워낸 그녀는 침대에 드러누워 한 시간 동안 술주정을 해댔다. "하느님은 나와 정반대의 취향을 갖고 있어!" "내 눈에 황금으로 보이는 건 하느님 눈엔 똥이야. 내 눈에 똥인 건……
뭐 그것도 하느님 눈엔 똥이지. 하지만 그건 적어도 1초 정도는
봐줄 만한 똥이란 말야.""1초! 어어어엄청나게 기이이이이인 시
간이지 하느님한텐.""알아, 틀린 건 나고 옳은 건 하느님이지. 아
빠(DD)는 모든 걸 아니까. 신성한 드바인은 어떤 게 위대한 작품
이고 어떤 게 위대한 쓰레기인지 0.5초 만에 구별할 수 있는 절대
미감을 가졌으니까. 신성한 그의 손길이 닿으면 브롱스의 똥 덩
어리도 첼랴빈스크 운석으로 변할 테니까!"

니콜은 혀 짧은 소리로 이런 말들을 계속 외쳐대더니 이제는
코를 요란하게 골아대며 잠들어 있다. 여태까지 잠 못 이룬 채 이
걸 쓰고 있는 게 저 코 고는 소리 때문인지, 꿈을 꾸는 게 두려워
서인지 모르겠다. 아침 일찍 일어나 출근하려면 조금이라도 눈을
붙여둬야 할 텐데.

8. 24. (금)

오늘은 오후에 6번 창고에 갔다. 아침에 눈 떴을 때부터 니콜
이 애원했기 때문이다. 하느님의 눈길을 더도 말고 딱 3초만 사
로잡을 그림. 그런 그림을 나보고 골라달라는 것이었다. 그녀 자
신은 이 주 연속으로 DD의 눈길을 거의 1초나 사로잡는 데 성공
했지만, 그건—계속된 좌절에 자포자기한 심정으로—자기 눈에 최
악인 그림들만 일부러 골라 올려봤기 때문이라나.

"내가 DD와 완전히 정반대 취향을 가지고 있다는 거, 이게 지난 석 달간 매일 열여섯 시간씩 창고에서 살면서 내가 배운 단 하나의 확고한 사실이야." 니콜이 말했다. 그러고는 다짜고짜 나라면 알아낼 수 있을 거라고 했다. DD에게 0.5초도 안 돼 퇴짜 맞은 그림들과 장장 1초의 엄청난 은총을 입은 그림들의 차이가 무엇인지를.

"넌 안목이 있잖아, 케이티." 내가 출근 준비하는 내내 니콜은 우는 소리를 해댔다. "넌 언제나 무서울 정도로 절묘한 안목이 있었어. 학교에서도 누구나 그걸 알았지. 너한테 타고난 동물적 직관 같은 게 있다는 걸. 그러니 한 번만 나 좀 살려줘." 그녀가 하도 끈질기게 졸라 그러겠다고 약속할 수밖에 없었다.

퇴근하고 갤러리로 향했을 땐 내심 기대가 됐다. 드바인의 비밀스런 소장품들을 구경할 수 있을 것 같아서였다. 하지만 니콜은 자신이 출입할 수 있는 건 6번 창고뿐이라고 했다. "일개 수습 큐레이터한테 수천만 불짜리 작품들이 가득한 최첨단 보안창고를 드나들 권한이 주어질 리 없잖아. 게다가 그 창고는 분관이 아니라 매디슨 애비뉴 본관 지하에 있어. '0번'. 그게 그 창고 번호야." 그러니까 창고 번호는 거기 보관한 작품들의 급을 의미한다는 것이 니콜의 설명이었다. "6번. 이제 그 의미를 알겠지?"

니콜은 제2분관 지하에서도 가장 구석진 곳에 있는 6번 창고 문을 열며 자조하듯 말했다. "쓰레기장. 그게 직원들이 여길 부르는 이름이야. 이곳은 사 년 주기로 완전히 물갈이되는 시스템이라, 난 그저 쓰레기들 틈에 혹시 십 달러 지폐 같은 게 실수로 섞여 들어가진 않았는지 감시하는…… 일종의 감시견 같은 존재라고나 할까?"

하지만 만약 단 한 점의 그림, 그것만 찾아낼 수 있다면 이 지하 감옥을 탈출해 본관으로 진출할 수 있다고 니콜은 말했다. "문제는 내가 아무리 봐도 이것들의 차이를 알아낼 수 없다는 거지. 내가 아는 건 1초의 기적을 일으킨 이 그림들이 내 취향과 정반대라는 것뿐이니까." 어둠 속에서 슬라이드 환등기를 돌리는 니콜은 자신의 죄목이 무엇인지도 모른 채 감옥에 갇힌 죄수처럼 보였다.

니콜은 몰랐지만 난 알 수 있었다. DD에게 외면당한 백이십오 점은 파격적인 소재와 구도, 색상으로 이루어졌지만 조형적인 밸런스가 완전히 무너지지는 않은, 일말의 미적인 완성도를 담보하고 있는 작품들이었다. 반면 1초라는 엄청난 기록을 세운 다섯 점은 어떠한 조형미나 형식미도 찾아볼 수 없는, 아름답기보단 오히려 추해서 혐오감마저 불러일으키는 작품들이었다. 그걸 알아차린 순간 나는 깨달았다. 미술계 하느님이 찾아 헤매고 있는 것이 어떤 그림인지.

그가 찾는 건 미친놈이 그린 그림이었다. 역겨울 만큼 추하기에 오히려 그만큼 아름다운 모순적인 그림. 드바인이 뜬금없이 쓰레기장까지 뒤져볼 생각을 한 건 혹시라도 그 안에서 진짜 광기를 발견할 수 있을지 모른다는 실낱같은 희망 때문이었다. 하지만 1초의 은총을 입은 다섯 점엔 그것이 없었다. DD는 깨진 싸구려 병 조각들이 반사한 빛을 은화의 반짝임으로 찰나 동안 착각했던 것뿐이다. 나는 알 수 있었다. 그 다섯 점 모두가 쓰레기장에 딱 어울리는 폐기물 쪼가리에 지나지 않다는 것을.

내가 꿈에 미쳐서 그린 그림들에 비하면.

그림들을 골라주고 혼자 작업실로 돌아오는 내내 이 생각에 빠져들었다. 물론 내가 꿈에 그린 그림들의 색깔도 형상도 나는 기억할 수 없다. 하지만 그것들이 바로 DD가 찾는 그런 그림들이었다는 건 알 수 있다. 그 그림들이 얼마나 무시무시하게 미쳐 있었는지, 얼마나 강렬한 모순으로 날 압도했는지만은 내 몸이 아직도 기억하고 있으니까.

딱 한 점. 한 점의 그림이면 난 벗어날 수 있는 거야, 이 어둡고 갑갑한 감옥에서.

니콜이 했던 이 말이 머릿속을 맴돈다. 딱 한 점. 그것을 6번 창고에서 찾아내려 애쓰는 니콜과 달리 나는 0번 창고와도 같은 방이 내 안에 이미 있다는 것을 안다. 문제는 그 방을 드나들 권한이 내게 주어지는 게 꿈속에서뿐이라는 것이다.

딱 한 점. 꿈에서 그린 그 놀라운 그림들 중 한 점만이라도 현실의 캔버스에 고스란히 되살려낼 수 있다면.

그러면 난 벗어날 수 있을 텐데.

하루하루 악몽처럼 내 숨통을 죄어오는 이 답답한 현실로부터.

8. 25. (토)

오늘 새벽에 일어난 일을 가능한 한 자세히 기록해둘 필요를 느낀다.

잠에서 깼는데 느낌이 이상했다. 밤새 꿈에서 완성한 그림이 머릿속에 아직 남아 있었던 것이다. 눈앞의 어둠 속엔 텅 빈 캔버스가 입을 벌리고 있었다. 지금이야. 어서. 시간이 없어. 나는 간이침대에서 일어나 두 걸음을 내디뎌 주방 벽의 스위치를 눌렀다. 형광등이 켜졌다. 다시 두 걸음 걸어 캔버스 앞에 앉았다. 테이블엔 그저께 펼쳐놓은 화구들이 그대로 놓여 있었다. 꿈에서 본 색들이 머릿속에서 흐려지기 전에 만들어야 했다. 어지럽게 흩어진 물감들 중 몇 개를 골라냈다. 팔레트에 그것들을 섞어 색깔을 만들었다. 오일을 섞어 점도를 조절하는 동안에도 조바심이 났다.

지금이야. 어서. 가장 큰 붓을 골라 밝은 색부터 칠해나갔다. 이색이 정말 그 색인가? 정말 여기서부터 이렇게 칠해나갔던가? 반신반의하던 마음이 점점 확신으로 바뀌어갔다. 내 몸이 꿈속의 감각을 아직 기억하고 있다는 걸 깨달았던 것이다. 붓을 움직일수록 무엇을 그려야 할지가 머릿속에서 오히려 더 뚜렷해져갔다.

그 그림을 따라잡으려 나는 더 빨리 움직였다. 붓 바꿔 쥐는 시간조차 아까워 쓰던 붓을 테이블에 내팽개쳤다. 깔아놓은 신문지의 '총격'이란 글자 위에 피처럼 물감이 튀었다.

반쯤 그렸을 때 문득 이것이 혹시 꿈이 아닐까 하는 의심이 들었다. 이것이 현실이라면 이렇게 쉬울 리 없을 거란 생각이 들었던 것이다. 아냐, 그럴 리 없어. 나는 두려움을 떨쳐내려 더 거침없이 붓을 휘둘렀다. 내 팔 힘에 이젤이 흔들릴 정도였다.

마침내 그림을 완성한 순간, 캔버스가 뒤로 밀쳐지며 이젤이 오른쪽으로 기우뚱했다. 나는 팔을 급히 뻗어 쓰러지려는 이젤을 붙잡았다. 그러는 동시에 깨달았다. 이것이 꿈일 리가 없다는 것을. 왼쪽 지지대에 생시와 똑같은 커다란 흠집이 난 이 이젤은 생시와 똑같이 경첩도 헐거워져 있었다. 여태껏 꾼 그 많은 꿈 중 이젤이 이렇게 꼭 생시처럼 고장 나 있는 것은 처음이었다.

나는 심호흡을 하며 뒤로 한 걸음 물러섰다. 그리고 반신반의한 채 작업실을 유심히 둘러보았다. 옆 건물 벽이 어스름히 보이는 창유리의 얼룩덜룩한 손자국, 책꽂이에 어지럽게 꽂힌 화집들의 순서, 주방 벽을 뒤덮은 올리브색 곰팡이무늬의 모양, 싱크대 위 동그란 세면용 거울에 점점이 튄 치약 얼룩, 식탁에 놓인 다 먹은 사과 심이 노랗게 말라가는 모습까지, 생시에 보던 풍경과 하나도 다르지 않은 듯했다. 주방의 낡은 냉장고가 웅웅거리는 소리와 밖에서 들려오는 쓰레기 수거 차량의 요란스런 소음마저도. 이것이 꿈이라면 이토록 생시와 똑같을 리 없다는 생각이 들었다.

"이건 꿈이 아니야."

나는 연극배우처럼 소리 내어 중얼거려보았다. 말할 때 목구멍에 느껴지는 압력, 혀와 입술의 움직임, 방에 울려 퍼지는 목소리도 생시와 전혀 다르지 않은 듯했다. 이것이 현실이란 생각이 점점 확신으로 굳어지자 눈앞의 그림이 새로운 의미를 띠며 찬란히 빛을 발하는 것 같았다. 저 그림, 저토록 추하면서도 눈물 나게 아름다운, 저토록 낯설면서도 나 자신의 몸처럼 익숙한 그림을 방금 완성한 사람이 바로 나란 걸 믿을 수가 없었다.

"세상에."

눈물로 흐릿해진 눈을 비벼가며 보고 또 봐도 실감이 나지 않았다. 나는 축축해진 손을 잠옷에 문지르며 그림으로 다시 다가갔다. 그리고 캔버스를 향해 손을 뻗으며 생각했다. 만약 내 손에 물감이 묻어난다면 이건 꿈이 아니라 현실이 분명해.

떨리는 손끝이 캔버스에 닿았을 때 이젤이 기우뚱하며 쓰러졌다. 캔버스가 바닥에 엎어져 나뒹굴었다. 나도 모르게 비명이 터져나왔다. 방금 완성한 그림이 더러운 리놀륨 바닥에 닿아 망가졌을 터였다. 나는 재빨리 허리를 숙여 캔버스를 조심스레 들어올렸다. 다행히 바닥엔 갓 묻은 물감 자국은 보이지 않았다. 나는 안도하며 손에 든 캔버스를 바라보았다. 그리고 그대로 숨이 멎은 채 얼어붙었다.

눈처럼 새하얀 공백.

내 눈앞에 있는 건 그림이 아니라 공백이었다. 나는 방금 내가 완성한 그림이 아닌 텅 빈 캔버스를 보고 있었다. 그 순간 나는 깨달았다. 꿈이 내 그림을 훔쳐갔다는 것을. 그동안 계속 꿈이 그림들을 훔쳐가고 있었다는 것을.

"훔쳐간 거야, 꿈이."

나는 이렇게 외치며 다시 잠에서 깨어났다. 눈앞의 어둠 속에 텅 빈 캔버스가 아까처럼 입을 벌리고 있었다. 하지만 이번엔 머릿속에 그림이 떠오르지 않았다. 방금 전까지 눈앞에 그토록 생생했던 그림이 거짓말처럼 조금도 기억나지 않았다. 여태껏 잠에서 깨면 늘 그랬던 것처럼. 꿈이 정말로 내 머릿속에서 그림을 훔쳐가기라도 한 것처럼. 그래서 나는 내가 이번엔 정말로 깨어났다는 걸 알았다.

8. 26. (일)

꿈이 내 그림을 훔쳐갔다.

말도 안 되는 이 생각에 아직까지도 사로잡혀 있다.

좋아하지도 않는 노래의 한 대목이 머릿속에 계속 맴도는 것처럼, 수업시간 내내 내게 달라붙어 있는 버필로 빌의 집요한 눈길처럼, 꿈속에서 떠오른 이 미친 생각이 내 머릿속에 똬리를 튼 채 사라지지 않는 것이다.

대체 왜?

꿈에서 그걸 깨달은 순간 느꼈던 충격이 너무나 생생했기 때문이었을까?

그래, 언제나 그게 문제다. 꿈이 지나치게 생생하다는 것.

어쩌면 진짜 문제는 현실이 지나치게 칙칙하다는 건지도 모르겠다. 그리고 거기서 벗어날 방법이 아무리 생각해도 보이지 않는다는 것이.

꿈속으로 도망치는 것 말고는.

8. 27. (월)

오늘 무서운 일이 있었다.

수업이 끝난 후 교실을 정리할 때 버펄로 빌이 내게 다가왔다. 며칠째 계속된 생각에 빠져 있던 나는 그가 교실에 남아 있던 것조차 모르고 있었다. 그런데 화구들을 비품 캐비닛에 넣고 문을 잠글 때 등 뒤에서 '애나'라고 부르는 한 남자의 목소리가 들렸다.

깜짝 놀라 돌아보니 빌이 거기에 서 있었다. 그 커다란 힘줄투성이 손으로 내 목을 당장 조를 수도 있을 만큼 가까이에. 뭔가에 씐 듯 초점 없는 눈동자로 날 내려다보는 빌의 건장한 모습이 악몽에서 막 뛰쳐나온 유령처럼 보였다.

빌의 입에서 '애나'란 이름이 다시 튀어나왔을 때, 나는 정말로 유령에게서 도망치듯 가방을 집어 들고 교실을 뛰쳐나왔다. 겁에 질린 채 뛰다시피 걷다보니 어느새 북관(北館) 복도였다. 그때까지도 내 심장은 계속 방망이질치고 있었다. 내가 왜 이렇게까지 그를 두려워하는 건지 이해되지 않을 정도였다. 그래서 복도 끝 숙직실로 가 레이첼에게 물어보기로 했다. 빌이 날 해칠 수 있을 만큼 심각한 상태인지.

다행히 레이첼은 막 소파에 누워 잠을 청하려던 참이었다. 이미 잠들어 있었다면 무슨 방법으로도 그녀를 깨울 수 없을 것이었다(그녀 주머니 속 호출기가 울리기 전까지는). 내가 너무 심각한 얼굴로 물어서인지, 아니면 빨리 끝내고 조금이라도 더 눈을 붙이려는 마음에선지 레이첼은 곧바로 빌에 대해 자신이 아는 걸 모두 말해주었다. 회계사로 일하며 남부럽지 않게 살아가던 빌 젠슨이 교통사고로 성불구가 된 후 미쳐가기 시작했고, 결국엔 자신이 버펄로라는 망상을 품기에 이르렀다는 이야기였다.

"성불구? 그게 대체 버펄로랑 무슨 상관이지?" 내 물음에 레이첼이 졸음으로 감겨가던 눈을 치켜뜨며 되물었다. "뿔? 거시기? 남근?" 그녀가 제스처 게임을 하듯 머리 위에 집게손가락들로 뿔 모양을 만들어 흔들어 보였다. "프로이트라고 혹시 못 들어봤니? 너무 뻔한 상징이잖아."

그제야 나는 빌이 늘 가장 공들여 그리던 버펄로의 뿔들이 얼마나 크고 날카로웠는지를 떠올렸고, 가슴 한편이 서늘해지는 것을 느끼며 물었다. "하지만 빌이 왜 그렇게 늘 뚫어져라 날 보는 걸까? 왜 갑자기 다가와 날 '애나'라고 부른 걸까?" 레이첼이 눈을 감은 채 잠꼬대하듯 중얼거렸다. "어쩌면 널 떠나간 자기 아내라 생각하는 건지도 모르지. 전처가 동양인이었다고 들었던 것……."

말을 채 끝내기도 전에 레이첼이 혼절하듯 잠들어버려 더 이상은 물을 수 없었다. 나는 들어갈 때보다도 두려운 기분이 되어 숙직실을 나섰다. 그리고 빌을 다시 마주칠까 봐 겁먹은 채 연신 두리번거리며 병원을 빠져나왔다.

아직까지도 놀란 가슴이 가라앉지 않는다.

하지만 왜? 왜 내가 이렇게까지 겁에 질려 있는 걸까?

빌이 정말로 위험한 환자였다면 레이첼은 그렇게 그냥 잠들어버리지 않았을 것이다. 아무리 졸려도 뭔가 조치를 취하려 했을 것이다. 빌에게 공격적 성향이 있었더라면 그는 애초에 수업에 참여할 수조차 없었을 것이다. 아버지도 말씀하시지 않았던가? 그림 수업에 참여하는 학생들은 환자들 중에서도 가장 온순한 축에 속한다고.

그런데도 왜 이 두려움이 떨쳐지지가 않는 걸까? 날 보던 빌의 초점 없는 눈동자, 뭔가에 씐 듯한 그 눈빛이 왜 자꾸만 떠오르는 걸까?

8. 28. (화)

출근길 지하철에 앉아 이것을 쓴다.

오늘 아침에 깨달았다. 내가 왜 그토록 버펄로 빌을 두려워했었는지.

아침에 깨어나 거울을 봤는데 빌이 거기서 날 보고 있었다.

초점 없는 눈동자. 뭔가에 씐 듯한 눈빛.

그 눈은 빌의 눈이 아니라 나의 눈이었다.

꿈에 중독된 자의 눈.

그제야 이해되었다. 버펄로 빌이 왜 미쳐버렸던 건지. 왜 자신이 버펄로라는 망상에 빠져들게 되었던 건지. 빌은 어느 날 꿈을 꿨던 것이다. 떠나간 아내를 그리고 또 그리다 어느 날 자신이 버펄로로 변한 꿈을 꾼 것이다. 아무도 다치게 할 수 없는 강한 버펄로가 되어 드넓은 초원을 유유히 누비는 그런 꿈을. 그리고 그꿈이 너무도 황홀해 거기서 결코 깨어나고 싶지 않았던 것이다.

나처럼.

오늘 아침 내가 꼭 그랬던 것처럼.

빌이 미친 건 그게 바로 그가 꿈을 이룰 유일한 방법이기 때문이었다. 꿈에 집어삼켜져 자신이 그 꿈 자체가 되는 것. 그것이 불가능한 꿈을 실현할 유일한 방법이었기에 빌은 미쳐버렸던 것이다.

이제야 알겠다. 석 달이 넘는 시간 동안 가르친 열댓 명의 학생들 중 빌 젠슨이 유독 내 신경에 거슬렸던 이유를. 어제 빌이 다가왔을 때 내가 그토록 겁에 질렸던 이유를. 나는 그에게서 나 자신의 모습을 보았던 것이다. 불가능한 꿈을 포기할 능력이 결여된 인간.

이것을 깨달았을 때 어제보다 더한 공포가 날 사로잡았다. 이미 꿈에 중독돼버린, 이미 반쯤은 꿈에 잠식당한 내게 남은 시간이 얼마 없을지도 모른다는 공포가.

빌처럼 꿈에 완전히 집어삼켜지기 전에 빠져나올 방법을 찾아야 한다는 초조함이 점점 더 커져가고 있다. 하지만 어떻게? 어떻게 방법을 찾아낸단 말인가? 간밤에 완성했던 황홀한 그림이, 아침에 꿈이 또 훔쳐가버린 그 그림이 아직도 이렇게 자꾸만 생각나는데. 아니 생각이 안 나서 미칠 것 같은데. 대체 어떻게 해야 이 지독한 중독 상태에서 헤어날 수 있단 말인가?

아, 벌써 다음 정거장에서 내려야 한다.

버펄로 빌의 눈빛을 오늘은 도저히 견뎌낼 수 없을 것만 같다.

PM 9 : 37

방법을 찾아낸 것 같다.

그런데 한편으론 이것이 너무 미친 생각처럼 느껴져 두렵다.

내가 정말로 방법을 찾아낸 걸까, 아니면 단지 더 미쳐가고 있는 걸까?

여기에 적어나가다 보면 알아낼 수 있을지 모른다.

내가 이 방법을 찾아낸 건 도서관에서였다. 수업을 끝내자마자 도망치듯 병원을 빠져나왔는데 막상 작업실로 돌아가려니 두려웠다. 그 곰팡이투성이 방에서 텅 빈 캔버스를 또다시 들여다볼 생각을 하니 숨이 막혔다. 어디서 시간을 보낼까 생각하다 가게 된 곳이 공립도서관이었다. 도서관에 들어설 때마다 늘 그랬듯 로비에 앉아 습관적으로 책들을 검색하는데(키워드 : '꿈') 목록에 뜬 책 제목들 중 단어 두 개가 마치 계시처럼 내 눈에 들어왔다.

루시드 드림.

꿈속에서도 현실에서만큼 생생하게 깨어서 꿈을 자신의 의지대로 만들어가는 일. 그전까지는 연금술만큼이나 허무맹랑하게 느껴졌던 그 개념이 순간 마치 손에 쥔 조약돌만큼이나 단단한 실체를 가진 것처럼 내게 다가왔다. 지난 석 달간 내가 매일 밤 경험했던 게 바로 그거였으니까.

열람실에 앉아 루시드 드림에 관한 책들을 훑어나가는 동안 나는 알 수 있었다. 이 책들에 적힌 자각몽을 유도하는 다양한 방법들, 꿈과 현실이 헷갈릴 때 사용할 수 있는 방법들 따위가 바로 지금 내게 필요한 도구들이란 것을. 어쩌면 이 도구들을 이용해 내가 방법을 찾아낼 수 있을지도 모른다는 것을.

꿈에서 그린 그림을 고스란히 기억한 채 깨어날 방법.

그래, 어느새 내 생각은 그 방향으로 흘러가고 있었다. 책에 적힌 구체적인 훈련법들이 내게 확신을 불어넣은 것이다. 아무런 훈련도 없이 내가 꿈에서 깨어 내 의지대로 그림을 그릴 수 있었다면, 꿈에서 그린 그 그림을 잠에서 깼을 때 고스란히 기억해내는 건 훈련만 하면 충분히 가능한 일일 것 같았다. 무엇보다도 내겐 사진 찍듯 정확히 기억해낼 수 있는 특별한 능력이 있지 않은가? 내 기억력은 마치 십 년의 공백을 보상하기라도 하듯, 특정한 순간 내 망막에 맺혔던 이미지 전체를 그대로 박제해내는 괴력을 발휘하곤 하니까.

다음 번 꿈속에서 내가 잃어버린 그림들을 다시 찾아낸 후, 그것을 고스란히 기억해 잠에서 깨자마자 현실에 되살려내는 일. 그걸 해낼 수만 있다면 나는 꿈을 이용해 꿈을 이룰 수 있게 되는 것이다. 꿈에 집어삼켜지기 전에 꿈을 집어삼킬 수 있게 되는 것이다.

여기까지 쓰고 나니 조금은 두려움이 가라앉는다. 이 생각들은 여전히 미친 것처럼 보이지만, 적어도 내가 아직 이렇게 글을 쓸 수 있을 정도로 제정신이란 걸 알게 됐으니까. 그리고 이것이 미친 생각이기에 오히려 올바른 방법일지 모른다는 생각도 든다. 이성적인 방법으론 결코 답을 찾아낼 수 없는 문제는 가장 비이성적인 방법으로밖에 풀 수 없는 건지도 모르니까.

일단 이 책에 나오는 훈련법을 익혀 꿈속에서 시도해본다면 알게 되겠지. 내가 정말로 방법을 찾아낸 건지, 아니면…….

너무 많은 생각들을 해서인지 벌써 졸리다. 잠들기 전까지 책을 더 보면서 연구해봐야겠다.

자기암시. 지금까지 파악한 바로는 그것이 제일 중요한 것 같다.

나는 오늘밤 꿈에서 내가 그린 그림을 다시 보게 될 것이다. 그리고 그것을 고스란히 기억한 채 깨어날 것이다. 잠들 때까지 이 말들을 반복해서 되뇐다면 정말로 꿈에서 내가 그린 그림을 기억한 채 깨어날 수 있을지 모른다.

아주 조금이라도.

8. 29. (수)

어젯밤엔 꿈을 못 꿨다. 피곤해서 너무 곤히 잠들었기 때문일까?

8. 30. (목)

또 꿈을 못 꿨다.

꿈에서 깨자마자 곧바로 그림을 그릴 수 있도록 만반의 준비를 해놨었는데. 깨어 있는 동안 수시로 자기암시도 반복했는데.

이런 게 다 무슨 소용일까?

정작 꿈이 찾아오지 않는다면.

8. 31. (금)

어젯밤에도 꿈을 꾸지 못했다. 벌써 사흘째 꿈이 사라진 것이다. 그 꿈들이 시작된 후로 이렇게 오랫동안 꿈이 자취를 감춘 적은 없었다.

이대로 꿈이 영영 사라져버리는 건 아닐까 하는 두려움에 오전 내내 사로잡혀 있었다. 그래서인지 수업 시간에 날 여전히 집요하게 바라보는 버펄로 빌의 눈빛을 견뎌내기가 더 힘들었다. 다 때려치우고 그대로 교실을 뛰쳐나가고 싶은 마음이 굴뚝같았다.

하지만 그러면 나는 아버지에게 붙잡혀 추궁당하게 될 것이다. 그러면 내가 몇 달째 약을 거르고 있다는 걸, 다시 미쳐가고 있다는 걸 결국 들키게 될 테고 열일곱 때 그랬듯 격리병실에 갇히게 될지도 모른다. 그 모든 약물치료와 전기경련치료, 정신분석을 다시 겪어야 할지 모르는 것이다. 이런 생각들로 이를 악물며 간신히 수업 시간을 버텨냈다.

수업이 끝나자마자 재빨리 교실을 정리하고 도망치듯 병원을 빠져나오는데 니콜한테서 전화가 왔다.

"1.5초! 아니 1.7초? 아무튼 거의 2초에 가까웠다구!"

니콜의 환호성이 귀를 찔렀다. 지난주에 내가 골라준 그림들이 DD의 눈을 그만큼 사로잡는 데 성공했다는 것이었다. 흥분해서 날 천재라고 치켜세우던 니콜은 창고로 와서 그림을 더 골라달라고 했다.

내가 꿈 생각에 빠져 듣는 둥 마는 둥 하자 니콜은 날 매수하려 했다. 작업실 옆 골목에서 먼지만 쌓여가는 고물 픽업 트럭을 내게 주겠다는 것이었다.

"너 그 차 폐차할 시간이 없어 방치하고 있던 거 아니었어? 아직 굴러가긴 하는 거야?"

내 물음에 니콜은 십 년은 더 탈 수 있다고 큰소리치더니 선심 쓰듯 말했다. "난 단지 갤러리에 주차할 자리가 없어 못 타고 다니는 것뿐이야. 근데 넌 병원 주차장이 널널해서 공짜 주차 할 수 있다며. 차로 출퇴근하면 지하철 타느라 고생 안 해도 되고, 그림들 싣고 다니기도 편하고. 안 그래?"

결국 또 6번 창고로 가 그림들을 골라줬다. 고물 차보다는 니콜의 열의에 더 마음이 끌렸기 때문이었다. 그녀와 함께 있으면 내게도 조금이나마 그 들뜬 에너지가 전염될까 싶어서.

하지만 밤 늦도록 그림들을 골라주고 돌아오는 길엔 조바심만 더 커져 있었다. 6번 창고의 그 변변찮은 그림들이 다시 떠오르게 만들었기 때문이었다. 내가 꿈에서 그렸던 그림들이 얼마나 놀랍고 강렬했는지를.

아직까지도 그 생각에 빠져 있다.

오늘밤엔 꿈에서 그 그림을 다시 볼 수 있을까? 내가 지난 꿈속에서 그렸던, 현실에서보다 또렷이 깨어서 완성했지만 꿈이 훔쳐가버린 그 그림을.

그래, 꿈이 훔쳐간 거다. 그걸 그리는 동안 한 순간도 내 몸과 생각을 꿈에 내맡긴 적 없었으니까. 그 그림의 창조자는 분명 꿈이 아니라 나였으니까. 그러니 이젠 내가 꿈에서 그것을 다시 훔쳐낼 차례인 것이다.

그림을 훔치는 것. 어쩌면 이건 카츠 교수에게 그림 도둑으로 몰렸던 그때부터 예견되어 있던 일종의 운명 같은 것인지도 모른다. 꿈을 통해 미친 나 자신의 그림을 훔쳐내는 것만이 내가 제정신인 채로 꿈을 이룰 방법인지도…….

제정신.

그래, 아직까지는 난 제정신인 것이다. 내가 살짝 미쳐가고 있다는 걸 이렇게 스스로 알고 있으니까.

오늘은 무작정 꿈을 기다리는 대신 그것이 찾아오도록 유도하는 방법을 써봐야겠다.

WBTB(Wake Back To Bed). 루시드 드림 가이드북에 나온 방법 중 이것이 가장 간단하면서도 효과적일 것 같다. 여섯 시간 후로 알람을 맞춰놓고 깨어났다 다시 잠들기만 하면 되니까. 그때가 가장 긴 렘 수면주기가 시작되는 시간대라니 꿈을 잡아채기에 가장 좋은 때인 것이다.

사흘이나 오지 않았으니 이번엔 꿈이 반드시 찾아올 것이다.

깨어났을 때 10분 정도 자기암시를 반복한 다음 잠드는 걸 잊지 말자. 그래야 꿈에서 본 그림을 기억한 채 깨어날 수 있을 테니까.

9. 1. (토)

꿈이 또 찾아오지 않았다.

어쩌면 꿈은 쫓으면 쫓을수록 더 멀리 달아나려는 속성이 있는 건지도 모르겠다.

그것을 쫓을 유일한 방법은 꿈이 날 쫓아올 때까지 최대한 그것에 무심해지는 것뿐일지도.

오늘은 꿈에 대해선 잊고 교외로 드라이브나 가봐야겠다. 니콜이 준 고물 차가 제대로 굴러가는지 테스트도 해볼 겸.

9. 2. (일)

또 꿈을 못 꿨다.

9. 3. (월)

또 꿈을 못 꿨다.

9. 4. (화)

어쩌자고 그런 짓을 했던 걸까?

아버진 분명 알아차리셨을 것이다. 내가 다시 미쳐가기 시작했다는 것을.

남서쪽 복도에서 내가 당신을 못 알아본 채 그냥 지나쳐갔을 때 이미 아버진 눈치 채셨을 것이다. 내가 꼭 열일곱 그때처럼

'들떠' 있고 '홀려' 있다는 것을.

아버지가 날 원장실로 데려간 것도 그 때문이었던 게 분명하다. 문제는 나도 아버지가 알아차렸다는 걸 곧바로 알아차렸다는 것이다. 그런데도 자꾸만 흐트러지는 내 정신을 붙들어 맬 수가 없었던 것이다.

"레이첼 말로는 학생들 중 한 명 때문에 네가 불안해한 적이 있었다던데, 요즘은 좀 괜찮아졌니?"

갓 내린 커피를 건네며 아버지가 이렇게 물었던 건 단지 구실일 뿐이다. 아버지가 정말 알고 싶은 건 내가 얼마만큼 미쳐 있는지였고 그건 굳이 묻지 않아도 당신이 직접 알아낼 수 있는 것이었으니까.

미스 카츠가 붓 자국 하나만 보고도 알아차릴 수 있듯 아버지도 한 번 보는 것만으로 다 알아낼 수 있으니까. 눈꺼풀의 떨림, 동공의 크기, 눈동자의 움직임, 발음의 정확성, 말의 속도와 단어 선택, 손가락의 사소한 움직임조차 아버지에겐 내 광기의 농도를 측정하는 지표가 될 수 있으니까.

그런데도 왜 그랬던 걸까?

왜 며칠째 빠져 있던 꿈 생각을 잠깐이라도 멈추질 못했던 걸까? 왜 자꾸 흘끔거렸던 걸까? 원장실 책장 곳곳에 놓인 기념품들, 아버지가 학회 참석차 해외에 갈 때마다 수집한 손바닥만 한 불상들과 대리석 올빼미상 따위의 조각상들을. 상담치료를 받으러 그 방에 갈 때마다 수천 번은 봐서 하나도 새로울 것 없는 그 것들을.

"네가 요청한다면, 그 환자의 상태에 대해 논의할 수 있도록 담당의사와의 면담을 주선해줄 수도 있단다." 아버지의 이런 말들에 괜찮다고 건성으로 대답하면서도 왜 내 두 눈은 자꾸 그 기념품들 쪽으로 이끌렸던 걸까?

그리고 그 사이에서 마침내 그것을 발견했을 때, 왜 훔칠 마음을 품었던 걸까?

그래, 뭔가에 씌기라도 한 듯 '그것'을 보자마자 나는 알았다. 난생처음 내가 도둑질을 하게 될 것임을. 저것이 내가 지난 며칠 간 찾아 헤맨 것이라는, 내가 바로 저것을 손에 넣기 위해 이 방으로 걸어 들어왔다는 생각이 불현듯 날 사로잡았던 것이다. 그리고 염탐하듯 시선을 아버지에게로 향했을 때, 나는 그 얼굴을 보았다. 오래전 내가 처음 미쳤을 때처럼 날 보는 아버지의 굳어 버린 얼굴을.

때마침 아버지 책상 위 내선전화가 울리지 않았더라면 어떻게 됐을까? 분명 아버진 날 추궁하다가 결국 그림을 그만두고 집으로 들어오라 하셨을 테지. 참다못한 나는 아버지가 보는 앞에서 그것을 훔쳐 달아나려다 보안 직원에게 붙잡혀 병실에 갇히는 신세가 됐을지 모른다.

상상만 해도 아찔하다. 그 전화가 날 살린 것이다. 아마도 그때

환자들 중 한 명에게 뭔가 큰일이 벌어졌던 게 분명하다. 자해 소동이나 의료 사고 같은 긴급한 상황이. 전화를 받은 아버지의 얼굴이 그 정도로 심각해 보였으니까. 내게 하려던 말도 다 잊고 서둘러 원장실을 나설 정도로 다급해 보였으니까. 하지만 지금쯤 아버진 알아차리셨을지 모른다. 아직까진 모르신다 해도 내일은 분명 알아차리시겠지. 내가 당신의 책장 구석에 놓여 있던 이것을 훔쳐갔다는 것을.

게르니카의 황소.

그래, 이 작은 청동 조각상은 그 황소를 꼭 닮았다. 오래전 상담받으러 원장실을 드나들 때 그 많은 기념품 중 유독 이것이 내 눈길을 끌었던 것도 바로 그 때문이었다. 그래서 이 작은 황소가 낡은 의학서적들 사이에 여전히 웅크리고 있는 걸 보자마자 나는 깨달았던 것이다. 이것을 손에 쥔 채 잠들면 내가 꿈을 되찾을 수 있으리란 걸. 특별한 물건을 이용해서 자기암시를 강화해 자각몽을 통제하는 방법. 그 새로운 훈련법에 사용할 물건으로 이 황소상만큼 적합한 것이 또 어디 있을까?

그래, 어쩌면 위험을 감수할 만한 가치가 있었는지도 모른다. 이 황소가 날 다시 꿈에게로 데려다준다면, 내 모든 걱정들은 곧 아무것도 아닌 게 될지 모르니까. 어쩌면 내가 상황을 지나치게 절망적으로 보고 있는 건지 모른다. 내가 다시 미쳐가는 중이란 걸 아버지가 알았다 해도, 그때처럼 날 억지로 병원에 가둘 순 없을 테니까. 그때와 달리 난 이제 엄연한 성인이니까.

최악의 경우 아버지가 날 해고한다 해도, 니콜에게 부탁하면 몇 달 정도는 작업실에서 더 지낼 수 있을 것이다. 아버지 손에 이끌려 집으로 돌아가거나 그림을 그만두지 않고도 버텨낼 방법을 찾아낼 수 있을 것이다. 그러니 그렇게까지 겁먹을 필요는 없을지 모른다.

이 황소상을 손에 쥔 채 만지작거리는 것만으로 두려움이 한결 누그러지는 걸 느낄 수 있다. 오래전 날 신전으로 인도했던 게르니카의 황소처럼, 이번엔 이 작은 황소가 날 꿈에게로 이끌어줄까? 잃어버린 옛 친구를 닮은 새 친구를 들여다보며 나는 궁금해한다. 금방이라도 뛰어오를 듯 잔뜩 웅크린 채 뿔을 치켜든 이 조그만 짐승은 대답이 없다.

벌써 잠자리에 들 시간이다.

어제처럼 새벽 5시 반에 알람을 맞춰놓고 잠들 때까지 자기암시를 반복해야겠다.

나는 꿈에서 그림을 다시 찾아낼 것이다.

그리고 그것을 고스란히 기억한 채 깨어날 것이다.

손안의 내 수호신과 함께라면 이 주문도 조금은 효력을 발휘할 수 있을지 모른다.

9. 5. (수)

꿈은 어젯밤에도 찾아오지 않았다.

그 대신 새벽에 찾아왔다.

알람 소리에 깨어났다 다시 잠들었을 때 꿈은 마침내 모습을 드러냈다. 그런데 이번엔 내가 원했던 모습이 아니라 전혀 다른 모습이었다. 마치 그동안 꿈이 애벌레처럼 내 머릿속 깊숙이 파고들어 고치를 틀기라도 했던 것처럼. 그러다 오늘 새벽 그 고치를 찢고 나와 기묘한 무늬가 새겨진 커다란 날개를 한 번 펄럭인 것처럼.

꼭 나비가 날갯짓을 한 번 할 만큼의 짧은 시간 동안 펼쳐진 꿈이었다.

꿈속에서 나는 손에 쥔 청동 조각상이 살아 있는 황소로 변한 것을 보았다. 황소의 따스하고 부드러운 황금빛 털을 쓰다듬자 우람한 등 근육이 내 손 아래서 꿈틀거렸다. 나는 황소를 끌어안으며 오래전처럼 묵직한 가죽과 달콤한 감귤 향기를 맡았다. 그리고 그의 머리에서 왕관처럼 빛나는 커다란 뿔을 향해 손을 뻗었다.

그러자 황소가 내 품에서 빠져나가 어딘가를 향해 달려갔다. 나는 황소를 따라 줄무늬 뱀처럼 비좁고 긴 길을 달렸다. 그 길의 끝에 이르러 황소를 다시 붙잡으려 했을 때, 빨간 문이 열리며 환한 빛이 쏟아져나왔다. 황소를 따라 그 빛줄기 속으로 걸어 들어가며 나는 깨달았다. 마침내 내가 잃어버린 그림들을 되찾을 수 있으리란 걸.

9. 6. (목)

아직도 두려움에 사로잡혀 있다.

이럴 때 내가 할 수 있는 게 여기다 글을 쓰는 것밖에 없다. 이렇게 글씨를 쓰는 것만으로도 마음을 조금은 가라앉힐 수 있다.

그 모든 기이한 일들이 왜, 어떻게 벌어지게 된 것인지 나 자신에게 설명할 수만 있다면 난 아직까진 괜찮은 것이다. 아직 완전히 미쳐버리진 않은 것이다.

돌아보니 또 버펄로 빌 때문이었다. 그 모든 일이 시작된 것은. 빌의 스케치북에 얼굴이 그려져 있었기 때문이었다. 초원에 늘 홀로 서 있던 그의 버펄로 옆에 오늘은 웬일로 얼굴이, 한 여자의 얼굴이 그려져 있었기 때문에. 그 얼굴을 보기 전까지만 해도 나는 두렵지 않았다. 오늘 새벽에 또다시 찾아온 꿈 때문이었다.

황소를 따라 빛으로 가득한 빨간 문 안으로 들어가는 꿈.

꿈속의 그 빛에 여전히 감싸여 있는 듯한 느낌이 나로 하여금 모든 게 다 괜찮아질 거라는 낙관적인 기분에 젖게 만들었다. 그래서 두렵지 않았던 것이다. 내 도둑질을 알아챈 아버지가 날 원장실로 호출할지 모른다는 것도, 여느 때처럼 날 노려보는 버펄로 빌의 눈빛까지도 하나도 두렵지 않았다.

그런데 수업시간이 끝나갈 무렵 그 달콤한 마취상태가 깨졌다. 빌이 버펄로 옆에 그려넣은 여자의 얼굴이 무서울 정도로 날 닮았다는 걸 알아차렸기 때문이었다. 아니, 어쩌면 그때 돌아본 빌의 두 눈동자 때문이었는지도 모르겠다. "버펄로는 이제 혼자가 아니에요." 이렇게 중얼거리는 빌의 초점 없는 눈동자가 꼭 마취상태에 빠진 듯 보였기 때문에. 그가 꿈에 집어삼켜져 꿈을 이룬 듯 황홀한 눈빛으로 날 보았기 때문에.

그 모습이 바로 나 자신처럼 보였기에 내가 그토록 겁에 질렸던 건지도 모른다. 그래서 수업이 끝나자마자 도망치듯 서둘러 미술치료실을 빠져나왔던 것인지도.

그래, 나는 빌에게서 도망치는 동시에 나 자신에게서 도망치고 있었다. 그러다 병원 북동쪽 복도까지 이르렀고, 멀리서 이쪽으로 걸어오는 레이첼을 발견한 순간 또 겁이 났다. 그녀가 날 아버지에게 끌고 갈지 모른다는 생각 때문에.

약제실 옆에 난 회색 철제문을 발견하자마자 나는 그 문을 밀치고 들어갔다. 그리고 반사적으로 계단을 뛰어 내려가 비상구를 열자 눈앞에 그 길이 펼쳐진 것이다.

꿈에서 본 줄무늬 뱀처럼 비좁고 긴 길.

그 지하 복도는 형광등이 하나 걸러 하나씩 빠져 있어 빛과 어둠이 줄무늬처럼 교차하고 있었다. 그 광경을 그 보자마자 나는 깨달았다. 내가 꿈속의 그 장소를 찾아냈다는 걸. 그걸 알아차리자마자 이상한 감각이 날 사로잡았다.

깨어 있는 동시에 꿈을 꾸는 것 같은 이중의 감각.

나는 꿈속에서처럼 홀린 듯 그 복도를 따라 계속 걸었다. 머리 위에서 빛과 어둠이 계속 교차했고 양옆으로는 갈색과 빨간색 문들이 번갈아 나타났다. 내 앞에 황소가 없다는 것만 빼고는 모든 게 그 꿈과 똑같았다.

복도 끝에 이르자 꿈에서와 똑같이 작은 창이 달린 빨간 문이 보였다. 돌아보니 날 따라온 사람은 아무도 없었다. 하지만 그런 건 이제 중요하지 않았다. 꿈에서 아무 맥락도 없이 상황이 전환되듯, 빨간 문을 본 순간부터 저 너머에 무엇이 있는지만이 내게 중요하게 느껴졌다.

나는 '기계실'이란 패널이 붙은 그 문으로 다가가 손잡이를 붙잡고 밀어보았다. 그런데 꿈에서와 달리 문은 잠겨 있었다. 문에 난 창을 통해 보이는 풍경도 꿈에서와 달랐다. 그 안엔 눈부신 빛 대신 형광등 불빛뿐이었고, 꿈이 훔쳐간 내 그림들 대신 커다란 기계들이 요란하게 돌아가고 있을 뿐이었다. 그런데도 나는 그 문을 열고 들어가 확인해봐야 할 것만 같은 이상한 충동을 느꼈다. 꿈과 현실이 머릿속에서 뒤섞였기 때문이었다. 그래서 나는 기름때가 묻어 끈끈한 철제 문고리를 잡고 몇 번 더 힘껏 밀어보았다. 굳게 잠긴 문은 여전히 꿈쩍도 하지 않았다. 그런데 포기하고 돌아섰을 때 정말로 꿈속에서나 일어날 법한 일이 벌어졌다.

비명 소리.

문에서 돌아서서 두어 걸음 걸었을 때 등 뒤에서 그 소리가 들려왔다. 나는 헛것을 들었나 싶어 가만히 선 채 귀 기울였다. 그러자 잠시 후 다시 그 목소리가 들렸다. 보호색을 띤 채 나무껍질에 붙어 꿈틀거리는 나방처럼, 그 소리는 기계실에서 흘러나오는 모터 소리에 섞여 있었다. 희미하긴 했지만 분명 사람 목소리였다. 한 여자가 뭔가를 다급하게 외치고 있는 것 같았다.

나는 발길을 돌려 다시 빨간 문으로 다가갔다. 하지만 손자국으로 얼룩덜룩한 창을 통해 보이는 건 여전히 기계들뿐이었다.

"안에 누구 있어요?" 나는 더러운 창에 얼굴을 붙이다시피 한 채 소리쳤다. 되돌아오는 건 기계들이 일제히 질러대는 고함 소리뿐, 목소리는 더 이상 들리지 않았다.

저 안에 사람이 있다면 왜 이 창문으로 다가와 도움을 청하지 않는 걸까? 의아해하며 서성이는데 문득 기계실 안에 방 하나가 더 있을지 모른다는 생각이 떠올랐다. 누군가가 그 방에 갇혀 도움을 요청하고 있는지도 몰랐다.

문을 따고 들어가 확인해야 해, 그런 생각이 들자 마음이 급해졌다. 나는 보안실 직원에게 도움을 청하려 달려갔다. 그런데 보안요원은 오히려 날 수상쩍다는 듯 노려보며 되물었다.

"기계실…… 거긴 일반인이 들어갈 수가 없는 곳인데요? 늘 잠겨 있는데다 열쇠는 엔지니어와 관리자들만 가지고 있어서 말입

니다." 그러고는 민머리를 볼펜으로 긁적이며 날 심문하기 시작했다. 지하엔 대체 무슨 볼일이 있어 내려간 거냐, 혹시 당신 여기 입원환자 중 한 명이냐, 여기서 일하는 사람이라면 직원증을 보여봐라.

보안요원은 내가 대답할 새도 없이 계속 몰아붙였다. 그러다 결국 내가 가방을 뒤져 직원증을 찾는 사이 무전기에 응답하며 보안실을 나가버렸다. 정신이상자의 헛소리에 더 이상 낭비할 시간 따윈 없다는 식이었다. 점심시간이 막 시작됐기에 쫓아가 따질 수도 없는 노릇이었다.

어쩌면 내가 환청을 들었는지도 몰라, 이 생각이 떠오른 순간 갑자기 오기가 들었다. 내가 아직 환청을 들을 정도로 미치진 않았다는 걸 스스로에게 증명해야 할 것만 같았다.

그래서 나는 다시 북관으로 향했다. 레이첼에게 말하면 그녀가 도와줄 것 같아서였다. 레이첼은 병원 안 어디든 열 수 있을 듯한 커다란 열쇠꾸러미를 갖고 있으니, 어쩌면 그녀가 기계실을 직접 열어줄 수도 있을지 몰랐다.

이것이 큰 착각이었다는 걸 깨닫는 덴 오랜 시간이 걸리지 않았다. 숙직실 소파에 드러누워 샌드위치의 마지막 한 입을 털어넣던 레이첼이 내 말을 듣자마자 정지화면처럼 굳어졌기 때문이었다. 내가 복도에서 기린을 마주쳤다고 말하기라도 한 듯 그녀는 벌린 입을 다물지도 못한 채 날 바라보았다. 졸음으로 거의 감겨 있던 두 눈도 휘둥그레 뜨인 채였다.

역시 내가 환청을 들었던 거야. 이젠 완전히 미쳐가고 있는 거야.

이런 생각에 내 가슴이 조여들 때에서야 레이첼이 샌드위치를 마저 입에 넣고는 되물었다. "그러니까 네 말은, 기계실 안에 비밀 공간 같은 게…… 있다는 거야? 영화에나 나오는?" 그러고는 썰렁한 농담을 비웃듯 억지웃음을 지어보였다. "하―하― 웃기다." 그녀의 장난스런 표정에 순간 내가 정말 실없는 농담을 했던 것 같은 착각이 들었다. 레이첼은 다시 졸음이 쏟아지는지 입이 찢어져라 하품을 하며 취침자세를 취했다. 그러고는 귀찮다는 듯 중얼거렸다. "장난하려면 딴 데 가서 해라. 난 지금 기절 직전이니까."

뭔가가 이상하다는 생각이 든 건 5분쯤 지나서였다.

환청을 들었다는 두려움에 사로잡힌 채 약제실 앞을 지나치는데 문득 그 생각이 떠올랐다. 레이첼의 반응이 평소답지 않았다는 생각이. 의학도가 된 후로 그녀는 한 번도 내 말을 무시하거나 놀리는 식의 태도를 보인 적 없었다. 내가 아무리 엉뚱한 얘기를 하더라도 일단 귀 기울이며 존중하는 그녀의 자세가 때론 너무 직업적으로 느껴질 정도로…….

레이첼은 뭔가를 알고 있어.

나는 코너를 돌아 로비로 향하던 발걸음을 멈춘 채 생각했다. 레이첼이 늘 갖고 다니는 그 많은 열쇠들. 어쩌면 그중 하나가 기계실 빨간 문으로 통하는 것일지도 몰라. 기계실 안에 정말 방 하나가 더 있다는 걸, 거기서 뭔가 비밀스런 일이 벌어지고 있다는 걸 레이첼이 알고 있기에 내 말을 그렇게 덮어놓고 무시했던 건지도 몰라.

하지만 그때까지만 해도 상상도 못했다. 나 자신이 그런 짓을 하게 되리라고는.

내가 걸음을 돌려 다시 숙직실로 향했던 건 단지 레이첼과 얘기를 좀 더 나눠볼 수 있을까 싶어서였다. 그러면 내 직감이 틀렸다는 걸 확인할 수 있을 것 같아서였다. 이상하고도 갑작스런 충동이 날 사로잡은 건 숙직실 문을 다시 열었을 때였다. 문을 열자마자 내 눈에 들어온, 입까지 반쯤 벌린 채 곤히 잠든 레이첼의 얼굴. 그리고 그녀의 가운 주머니에서 반쯤 비어져나와 있는 열쇠꾸러미.

그 무방비한 모습을 본 순간 불현듯 저 열쇠들을 몰래 복제할 수도 있겠다는 생각이 떠오른 것이다. 학부생 시절 학교에서 밤새 작업하고 싶어 공용작업실 열쇠를 몰래 복사할 생각을 했을 때, 열쇠의 실물크기 사진만으로도 간단히 그걸 복제할 수 있다는 걸 알아냈었으니까. 그때는 결국 실행에 옮기지 않았던 그 금지된 욕망이 기절한 듯 잠든 레이첼의 얼굴을 보자마자 되살아났다. 열쇠들을 핸드폰으로 찍는 덴 3분도 걸리지 않을 테고, 레이첼은 어릴 때부터 한 번 잠들면 옆에서 누가 소리를 질러도 몰랐으니까.

이런 생각이 들었을 때 이미 내 몸은 숙직실 문을 안에서 걸어 잠근 후 레이첼에게 다가가고 있었다. 그리고 그녀의 가운 주머니에서 열쇠꾸러미를 소리 없이 빼내고 있었다.

어쩌면 이게 내 진짜 재능인데 그동안 모르고 있었던 걸지도 몰라.

열쇠들을 책상에 내려놓고 핸드폰으로 하나씩 찍어나가는 동안—사이즈 실측을 위해 신용카드에 열쇠를 나란히 올려가면서—이런 엉뚱한 생각이 떠올랐다. 이것이 겨우 두 번째 도둑질인데도 너무나 빠르고 능숙한 나 자신이 스스로도 놀라웠던 것이다. 레이첼이 깰까 봐 수시로 돌아보며 열쇠 여덟 개를 다 찍는 동안에도 내 손은 조금도 떨리지 않았다. 손에서 땀이 나 열쇠가 미끄러진 적은 있지만 손이 떨려 사진이 흔들린 적은 한 번도 없었다. 사진을 다 찍고 열쇠를 다시 레이첼의 주머니에 집어넣을 땐 일종의 스릴마저 느껴졌다.

어쩌면 이건 내 피 속에 들어 있는 건지도 몰라. 친엄마에게서 광기와 함께 물려받은 재능인 건지도 몰라.

무사히 숙직실을 빠져나오며 나는 생각했다. 내가 타고난 도둑이란 걸 어쩌면 미스 카츠가 나보다 먼저 알아봤던 건지도 몰라. 면도날보다 예리한 눈을 가진 카츠가 그걸 알아봤기에 그렇게 확신에 차 날 몰아붙였던 건지 몰라. 그 그림들을 대체 누구한테서 훔쳤던 거냐고…….

이런 짓궂은 생각이 내 기분을 오히려 유쾌하게 만들었다. 내가 정말 그런 재능을 타고났다면, 꿈에서 그림을 훔쳐내는 일도 결국엔 해낼 수 있을 거란 생각이 들었기 때문이다. 그 생각이 날 터무니없을 정도로 낙천적인 기분에 휩싸이게 했다. 불안감이나 죄책감 따윈 조금도 느껴지지 않았다.

그것이 시작된 건 열쇠점에 들어섰을 때부터였다.

사진만으로도 열쇠를 복사할 수 있느냐고 전화로 물었을 때 가능하다고 했던 유일한 곳. 헬스키친의 그 오래된 열쇠점에 들어가 사진 여덟 장을 내밀었을 때, 이중초점 렌즈 너머로 날 수상하다는 듯 바라보던 열쇠장이의 두 눈. 그 눈빛을 마주했을 때에서야 비로소 나는 깨달았던 것이다. 내가 지금 하고 있는 짓이 불법인데다 완전히 정신 나간 짓이란 것을.

그래, 난 그제야 달콤한 마취상태에서 깨어났다. 깨어 있으면서도 꿈을 꾸는 듯한 이중의 감각. 그것이 깨어진 그때서야 나는 내가 그 감각에 여전히 취해 있었다는 걸 알아차렸던 것이다. 겁이 덜컥 났다. 내가 버펄로 빌처럼 뭔가에 씐 상태였다는 걸, 꿈에 집어삼켜진 상태였는데 그걸 알아차리지도 못했다는 걸 깨달았기에.

아직까지도 불안감에 사로잡혀 있다. 이렇게 한 시간째 차에 틀어박혀 이걸 쓰는 지금 이 순간까지도. 불안감은 아까보다 줄어들긴커녕 오히려 더 커진 것 같다. 지금쯤 열쇠들이 다 복제되었으리란 걸, 이제 남은 일은 그것들을 갖고 직접 확인하러 가는 것뿐이라는 걸 알고 있기에.

빨간 문 너머에 무엇이 있는지.

그걸 확인하는 게 이제 와서 왜 이렇게 두렵게 느껴지는 걸까?

그래, 난 지금 두려워하고 있다. 빨간 문 너머에서 뭔가를 발견하게 될까 봐, 내가 알아선 안 될 뭔가를 알게 될까 봐 겁이 난다. 하지만 그보다 더 두려운 건 거기서 아무것도 발견하지 못하는 것이다. 그렇게 된다면 그것이 의미하는 건 하나밖에 없으니까. 내가 완전히 미쳤다는 것. 환청을 들을 정도로 미쳤다는 것. 열쇠들을 몰래 훔쳐내 복제할 정도로 미쳤다는 것.

어쩌면 열쇠들을 찾아서 강에 던져버리고 다 잊어버리는 편이 최선일지도 모른다.

그래, 그냥 강에 던져버리는 거다.

그렇게 해야겠다.

9. 8. (토)

믿을 수가 없다.

흥분으로 손이 떨려 글씨를 제대로 쓸 수가 없다. 내 몸이 내 뜻대로 통제되지 않는다. 방금 전까지 꾼 꿈속에서와는 반대로.

이상하다. 분명 난 지금 깨어 있는 게 맞는데. 이상할 정도로 무감각하다. 현실감이 하나도 없다. 지금 팔등을 꼬집어봤는데 하나도 안 아프다. 내가 아니라 나와 똑같이 정교하게 만들어진 고무인형의 팔을 꼬집는 것 같다.

오늘 새벽에 꾼 꿈 때문인 걸까? 그 꿈이 무서울 정도로 현실과 똑같이, 아니 그보다 현실같이 느껴졌기 때문일까? 그래서 이제는 현실이 오히려 흐릿하고 무감각하게 느껴지게 된 걸까? 아니면 어제부터 내가 이미 이렇게 돼버린 건지도 모르겠다. 어제 저녁 복사한 열쇠들을 들고 결국 병원으로 돌아가, 빨간 문을 열고 안으로 들어섰을 때 받았던 충격으로 내가 이렇게 변해버렸는지도.

기계실 안에 숨겨진 방도, 거기 갇힌 사람도 없다는 걸 확인했을 때 얼마나 두렵고 비참했던지. 작업실로 돌아오는 지하철 차창에 비친 울고 있는 내 모습을 보며 속으로 되뇌었었지. 난 저 여자를 몰라. 저 여잔 내가 모르는 여자야. 나는 저 여자가 아니야. 난 아무것도 아니야. 난 유령이야. 그때부터 나 자신이 이미 유령처럼 흐릿하게 느껴졌기에, 그렇게 무섭도록 선명한 꿈이 새벽에 날 찾아왔던 걸까?

아니, 이번엔 그 반대였다. 꿈이 날 찾아온 게 아니라 꼭 내 쪽에서 꿈을 찾아간 것만 같았다. 내가 새벽 5시 반에 알람 소리에 깨어났다 다시 잠든 게 아니라, 눈을 한 번 감았다 뜨고 일어나 꿈을 찾아 집을 나섰던 것 같았다. 출근할 때 늘 그러듯 옷을 갈아입고 가방까지 멘 채 집을 나서서, 골목에 세워둔 고물 차를 타고 18킬로미터를 달려 라과디아 병원 지하 복도까지 꿈을 찾으러 갔던 것만 같았다.

꼭 그렇게 느껴질 정도로 모든 게 현실 같았다. 아직도 깜깜한 새벽의 하늘과 서늘한 공기, 시동을 걸 때 털털거리던 고물 차의 엔진 소리, 차창 밖으로 스쳐가는 부지런한 행인들과 자전거와 헤드라이트를 켠 채 달리는 차들, 거리의 모든 것들이 꿈속의 환영이 아니라 진짜인 듯 느껴졌다. 차가 세 대밖에 없는 병원 주차장과 정문 보안실에 앉아 졸고 있는 보안요원, 쥐 죽은 듯 조용한 병원 로비까지도.

그 모든 게 꿈이란 걸 깨달은 건 지하 복도에 들어섰을 때였다. 줄무늬 뱀 같은 복도에 들어서 열쇠를 꺼내들 때에서야 깨달음이 날 엄습했다.

아, 이건 현실이 아니라 꿈이구나.

가방에서 꺼내든 열쇠꾸러미의 무게가 어제의 기억을 떠오르게 했던 것이다. 어제저녁에도 이렇게 복도로 들어서자마자 왼손으로 열쇠들을 집어 들었었다는, 손목에 꼭 이만큼의 무게가 전해진 순간 이제라도 돌아서 가버릴까 주저했었다는 것이 기억났다. 그러자 그때와 똑같은 행동을 반복하고 있는 지금 이 순간이 꿈이란 걸 알아차릴 수 있게 된 것이다.

그래. 이건 꿈이야, 나는 손에 쥔 열쇠들을 들여다보며 중얼거렸다. 열쇠장이가 싸구려 철제 링에 한데 엮어준, 각각을 구별하기 위해 매직펜으로 숫자를 매긴 똑같은 모양의 열쇠 여덟 개. 어둑한 형광등 불빛 아래 반짝이는 그 열쇠들은 어제 현실에서 봤을 때와 하나도 다를 바 없어 보였다. 그것들의 모양과 촉감, 1부터 8까지 매겨진 숫자들의 필체까지 현실에서와 똑같아 보였다.

그런데 뭔가가 약간 달랐다.

나는 형광등이 띄엄띄엄 켜져 있는 복도를 따라 걸어가며 생각했다. 모든 게 현실에서와 똑같은데 뭔가가 달라. 그게 뭘까? 현실에서와 똑같이 1부터 8까지 번호가 매겨진 열쇠들을 쥔 채, 현실에서와 똑같이 빛과 어둠이 머리 위에서 교차하는 복도를 걸어가며 나는 생각했다. 모든 게 현실과 똑같은데 뭔가가 달라. 그게 뭘까?

빨간 문 앞에 이르러서도 그게 뭔지 알아낼 수 없었다. '기계실'이란 패널이 붙은 철제문은 꼭 현실에서처럼 빨간 칠이 군데군데 벗겨져 있었다. 기름때가 묻은 손잡이 아래 열쇠구멍을 보자 현실에서의 기억이 되살아났다. 열쇠들을 1번부터 차례로 밀어넣고 시험해보았던, 그러다 5번 열쇠를 넣었을 때 이 문이 마침내 열렸던 기억이.

그래서 나는 5번 열쇠를 골라 열쇠구멍에 밀어넣었다. 그러자 열쇠가 돌아가며 문이 열렸다. 안으로 들어서자 꼭 현실에서처럼 기계들이 돌아가며 내는 소리와 진동, 열기가 나를 압도했다.

나는 현실에서 그랬듯 문에서 가장 가까운 벽부터 시계반대방향으로 더듬어가며 살피기 시작했다. 각종 스위치와 전선들과 계기판, 두꺼비집과 파이프들이 어지럽게 얽혀 있는 벽은 현실에서처럼 군데군데 손때와 기름얼룩이 묻어 있었다.

안쪽으로 들어갈수록 겹쳐지며 더 커지는 기계들의 소음에 귀가 먹먹해졌고, 현실에서 그랬듯 가장 안쪽 벽에 이를 때까지 아무런 특이한 점도 발견할 수 없었다. 그런데 모서리를 돌아 다시 바깥쪽으로 뻗어나오는 벽으로 두 걸음 걸었을 때, 현실에서와는 달리 손끝에 가느다란 틈새가 만져졌다. 그 틈새는 온수기로 보이는 탱크에 연결된 굵은 파이프에 가려져 있어 바깥쪽에선 잘 보이지 않았다. 한 아름만 한 그 하늘색 파이프 뒤에 사람 한 명이 들어가 설 공간이 있었다. 그 사이로 들어서자마자 눈앞에 그것이 나타났다.

현실에서는 내가 발견하지 못했던 문.

그것은 벽과 똑같은 색의 철제로 만들어져 잘 알아볼 수 없도록 교묘하게 위장된 문이었다. 문고리가 있어야 할 부분에 같은 색의 철판이 덧대어져 있었고 거기에 열쇠를 넣을 수 있는 구멍이 있었다.

2번 열쇠를 꽂았을 때 문이 열렸다. 문을 밀 때 느껴지는 녹슨 쇠가 부대끼는 뻑뻑한 느낌, 끼이익 하는 쇳소리까지 현실처럼 너무 생생한 것에 나는 전율했다. 문이 열리며 갑자기 어두워진 시야 때문에 순간 아무것도 보이지 않는 것조차 꼭 현실 같았다. 눈이 어둠에 적응하자 비상용 철제 계단이 눈앞에 나타났다. 계단을 오를 때 발밑에 느껴지는 철판의 탄성은 이것이 꿈이 아니라 생시일지 모른다는 내 의심을 더 강하게 만들었다. 문득 알 수 없는 두려움이 밀려왔다. 그런데도 계단을 오르는 걸 멈출 수가 없었다.

철제 계단이 끝나는 곳에 이르자 왼쪽에 갈색 철제문이 보였다. 위로는 시멘트 계단이 한 층 더 이어졌다. 나는 남은 여섯 개의 열쇠들을 갈색 문의 열쇠구멍에 또다시 순서대로 밀어넣었고, 3번 열쇠가 구멍 안에서 돌아가며 문이 열렸다. 나는 문 앞에 그대로 선 채 망설였다. 문득 이것이 만약 꿈이라면 이 안에서 괴물이 튀어나올지 모른다는 생각이 들었다. 나는 두려움으로 뱃속이 죄어드는 걸 느끼며 천천히 갈색 문을 열었다. 차라리 아무도 없는 텅 빈 방이길 마음속으로 간절히 빌면서.

그런데 문을 열자 그 안엔 정말 아무도 없었다. 구석에 회색 철제 캐비닛 하나가 서 있고 상자 몇 개가 쌓여 있을 뿐이었다. 특이한 점이 있다면 방 맞은편에 문 하나가 더 있다는 것이었다. 나는 방을 가로질러 그 문으로 다가가며 생각했다. 이것이 만약 현실이라면, 이 문밖엔 담장이 있을지도 몰라. 이 병원은 어디나 그 꼴사나운 낡은 담장으로 둘러싸여 있으니…….

그런 생각을 하며 문을 열자 정말 한 걸음 거리에 담장이 있었다. 고개를 내밀어 좌우를 살피니 온통 담장으로 둘러싸인 버려진 공간만이 펼쳐져 있었다. 그 문을 닫고 다시 복도로 걸어나오며 나는 생각했다. 하지만 이상한걸. 어디로도 통하지 않는 곳으로 난 문이라니. 이게 정말 현실이라면 그런 곳에 문이 나 있을 리 없잖아.

모든 게 말이 되는 듯 보이지만 하나도 말이 되질 않아, 나는 갈색 문을 걸어 잠그며 중얼거렸다. 모든 게 앞뒤가 맞는 듯 보이지만 앞뒤가 하나도 안 맞아. 대체 왜일까? 이것을 궁금해하자마자 머릿속에 곧바로 답이 떠올랐다.

이건 내 무의식이 만들어낸 세계니까.

그제야 나는 내가 처한 상황을 이해할 수 있었다. 나는 지금 실재하는 세계가 아니라 내 마음이 만들어낸 세계를 헤매고 있는 것이었다. 그래서 내가 뭔가를 떠올릴 때마다 그것이 실제로 내 눈앞에 나타나는 것이었다. 내가 기계실 안에서 문을 찾으려하자 정말로 비밀통로가 거기 나타났고, 이 갈색 문을 열며 아무도 없길 바라자 정말 방 안엔 아무도 없었다. 그리고 방에 난 또 다른 문을 열며 무심코 담장을 떠올리자 거기에 정말 담장이 나타났던 것이다.

이것이 이해되자 이 꿈속에서 내가 정말로 원해야 할 것이 무엇인지가 분명해졌다. 나는 고개를 돌려 위층으로 이어지는 시멘트 계단을 올려다보았다. 그리고 계단이 끝나는 곳에 난 회색 철제문을 바라보며 생각했다.

이제 난 저 방에서 그 그림들을 찾아낼 수 있을 거야.

그제야 내가 이 꿈을 꾸고 있는 이유가 이해되며 헛웃음이 났다. 나는 계단을 올라 회색 문으로 다가가며 생각했다. 왜 진작 알아차리지 못했던 걸까? 황소를 따라 빨간 문으로 들어가는 꿈을 꿨을 때 이미 예감하지 않았던가? 꿈이 훔쳐간 그림들을 내가 여기서 다시 찾아낼 수 있으리란 걸.

문제는 꿈과 현실이 자꾸만 헷갈렸다는 거야, 나는 어제 현실에서 있었던 일을 떠올리며 생각했다. 그 모든 기이한 소동은 내가 꿈속에서 찾아야 할 것을 현실에서 찾으려 했기에 일어난 해프닝이었던 것이다.

문에 가까워지자 거기 난 작은 창에서 새어나오는 빛이 보였다. 형광등 불빛인 듯한 그 빛을 보니 왠지 긴장이 됐다. 나는 멈춰선 채 심호흡을 하며 그동안 현실에서 수없이 되뇌었던 말들을 속으로 중얼거렸다.

나는 잃어버린 그림을 다시 찾아낼 것이다. 그리고 그것을 고스란히 기억한 채 깨어날 것이다.

이 말들을 기도하듯 되뇌며 계단을 마저 올라 문 앞에 섰을 때, 나는 소스라치듯 놀라 하마터면 비명을 지를 뻔했다. 한 여자가 문에 난 창에 얼굴을 붙이다시피한 채 날 노려보고 있었기 때문이었다.

"넌 누구지?"

내가 오길 기다리기라도 했다는 듯 묻는 여자의 얼굴이 처음 보는데도 이상하게 낯이 익었다. 눈 밑에 짙은 그늘이 드리운 창백한 그 얼굴은 얼핏 백인처럼 보였지만 라틴계나 인디언 같기도 했고, 서른 살이라고도 쉰 살이라고도 할 수 있을 것 같았다.

날 공포에 사로잡히게 한 건 그 여자의 눈빛이었다. 여태껏 내가 병원에서 마주친 모든 미친 사람들 중에서도 가장 미친 듯한 눈빛으로 그녀가 날 보았기 때문이었다. 인간이 아니라 차라리 짐승에 가까워 보이는 그 형형한 눈빛을 마주한 순간 공포가, 전기경련치료기의 가장 강한 전류가 뇌를 관통한 듯 무시무시한 공포가 날 사로잡았다.

"누구냐고 내가 물었잖아!"

여자가 귀청이 떨어져나갈 듯 고함을 질렀을 때, 나는 이미 돌아서서 계단을 뛰어 내려가고 있었다. 여자가 방에서 뛰쳐나와 날 쫓아오기라도 할 것처럼 나는 정신없이 도망쳤다. 그리고 기계실을 빠져나와 지하 복도를 달려가며 생각했다. 이것이 정말 꿈이라면 난 여기서 깨어나야 해. 그런데 왜 아직도 깨어나지 않는 걸까? 이렇게까지 놀랐는데 왜 잠에서 깨지 않는 걸까?

손이 다시 떨려온다. 그때의 공포가 되살아난다.

하지만 왜?

왜 내가 그렇게까지 무시무시한 두려움에 사로잡혔던 걸까?

PM 4 : 51

절망적이다.

어쩌다 이렇게까지 돼버린 걸까?

아침에 일기를 쓰고 나서 여전히 두려움에 휩싸여 있을 때 전화가 울렸다. 발신자가 아버지란 걸 확인하자마자 가슴이 철렁했다. 내가 황소를 훔친 걸 추궁하려고 전화 하셨구나. 주중에 아버지를 피해 다니는 데 성공했으니 이제 한시름 놔도 되겠다고 생각했는데, 주말에까지 전화를 하시다니 상황이 심각해질 수도 있겠다 싶었다. 그래서 전화를 안 받으려 했다.

그런데 전화가 계속 울렸다. 끊어졌다가 또 울리고 끊어졌다가 또 울렸다.

아버지의 그 집요함이 날 숨 막히게 했다. 열일곱에 느꼈던 적개심이 갑자기 되살아날 정도였다. 그때 내가 얼마나 아버지를 증오했던가? 날 병실에 가둬둔 채 온갖 방법으로 치료하려던 아버지의 그 집념이 날 얼마나 넌덜머리나게 만들었던가? 병원을 탈출해 아버지가 다신 날 찾아내지 못하도록 사라져버릴 계획까지 세웠을 정도로……

까맣게 잊었던 그때의 기억이 생생히 떠오르자 끊임없이 울어대는 전화기를 부숴버리고 싶은 충동까지 일었다. 그런데 정말로 전화기를 내동댕이치려 집어 들었을 때 벨소리가 멈췄다. 나는 안도의 한숨을 내쉬며 전화기를 끄려고 했다.

그때 전화가 다시 울렸다. 열한 번째로 아버지가 걸어온 전화가.

그제야 나는 깨달았다. 아버지가 결코 포기하지 않으시리란 걸. 내가 받을 때까지 백 번이고 이백 번이고 전화를 거시리란 걸. 내가 전화를 안 받으면 니콜의 주소를 알아내 여기까지 찾아오기라도 하시리란 걸. 내가 가출했을 때 귀신같이 날 찾아내 병원에 가두었던 것처럼…….

그래서 결국 전화를 받을 수밖에 없었다. "케이티? 혹시 어디 아픈 거니?" 아버지 목소리를 듣자마자 다시 적개심이 치밀었다. 처음 미쳤을 때만큼이나 강한 아버지를 향한 적개심이. 제발 날 좀 그냥 내버려둬요. 내가 마음껏 미쳐갈 수 있도록 단 한 번이라도 날 그냥 내버려두라고. 이 지긋지긋한 훼방꾼, 빅 브라더 양반아. 이렇게 소리치고는 전화를 끊어버리고 싶었다. 하지만 곧바로 이어진 아버지의 말이 그럴 수 없게 만들었다. "무슨 일 있는 건 아닌지 걱정이 돼 전화했단다. 아무 말도 없이 출근을 안 했길래……."

그제야 알게 되었다. 오늘이 토요일이 아니라 금요일이라는 걸. 일어나자마자 꿈을 기록하는 대신 내가 했어야 할 일은 출근이었다는 걸.

이제는 정신이 완전히 나가버린 거야. 헐레벌떡 옷을 갈아입고 병원으로 차를 몰아가는데 겁이 났다. 이번이 마지막 기회란 걸 알았기 때문이었다. 지난번처럼 실수한다면, 내가 미쳐가고 있다는 걸 아버지에게 또다시 들키게 된다면 이나마의 자유도 끝장일 게 분명하니까. 그래서 가는 내내 어떻게 하면 제정신으로 보일 수 있을지 연구했다. 아버지에게 어떤 표정으로 무슨 말을 할지 연습했다.

병원에 도착하니 수업시간은 이미 끝나 있었다. 원장실에서 기다리시던 아버지는 내게 커피 대신 캐모마일 차를 건넸다. 예전에 내가 그 방에서 상담치료를 받을 때마다 그랬던 것처럼.

나는 차 안에서 연습했던 그대로, 아니 그보다도 더 잘해냈다. 제정신인 척하는 게 생각보다 어렵지 않다는 걸 깨닫자 내가 왜 그렇게 겁먹었는지 이해되지 않을 정도였다. 그래서 나는 아무런 두려움 없이 두 눈의 초점을 맞추고 아버지를 똑바로 바라보았다. 요즘 작업이 너무 잘돼 밤새도록 그런다고, 그래서 날짜까지 헷갈렸다고 말하며 멋쩍은 미소도 지어 보였다. "앞으로 다시는 이런 일 없을 거예요. 절대로요." 이렇게 맹세하며 확신에 찬 표정으로 아버지를 보았다. 차 안에서 룸미러를 보며 몇 번이고 연습했던 그 표정 그대로. 그러자 아버지도 마침내 이해한다는 듯 고개를 끄덕였다. 그래서 나는 내가 성공한 줄 알았다. 바로 다음 순간 아버지가 이렇게 묻기 전까지는.

"많이 들떠 있는 것 같구나, 케이티. 혹시 약을 거르고 있는 건 아니니?"

이 말을 듣고서야 나는 깨달았다. 아버지의 두 눈을 속이는 건 애초에 불가능한 일이었다는 것을. 내 광기를 아버지에게 들키지 않을 방법 같은 건 존재하지 않았다는 것을.

동시에 두려움이 엄습했다. 아버지의 질문이 내가 열일곱에 처음 미쳤을 때 당신이 물었던 말과 토씨 하나 다르지 않다는 걸 알아차렸으니까. 지금 아버지가 날 보는 눈빛이 그때 당신이 날 보던 눈빛과 똑같다는 것도. 그러자 그때 느꼈던 것과 똑같은 공포가 내 안에서 되살아났다. 근육주사, 맨몸에 걸쳐진 환자복, 두드려도 열리지 않는 문, 전기경련치료기 따위가 순식간에 머릿속을 스쳐갔다. 나는 찻잔을 쥔 내 손이 떨리는 걸 내려다보았고, 아버지 역시 내 손을 보고 있다는 걸 알아차렸다. 도망쳐. 경보음과도 같은 목소리가 머릿속에 울려 퍼졌고, 내 이성은 거기서 작동을 멈췄다.

정신이 돌아왔을 때 나는 이미 차에 올라 있었다. 가방 속에선 핸드폰이 계속 울어댔다. 열일곱에 가출하던 그때처럼 심장이 터질 듯했다. 로버트 케네디 다리를 건널 때에서야 내가 이제 무엇이 되었는지 깨달을 수 있었다.

도망자.

처음엔 아버지의 황소를 훔친 도둑이, 다음엔 레이첼의 열쇠들을 복제한 사기꾼이 되었고 결국 오늘은 이렇게 도망자 신세가 되고 만 것이다. 처음 미쳤던 그때처럼.

그때처럼 아버지가 날 찾아내 입원시킬지 모른다는 두려움이 떨쳐지지 않았다. 그래서 작업실에 도착하자마자 니콜에게 전화했다. 아버지가 갤러리로 전화해 니콜의 주소를 알아낼지 모른다는 생각이 들어서였다. "데스크에서 내 주소 따위 알고 있을 리 없잖아. 니콜 리모네즈란 직원이 존재한다는 것조차 모를걸?" 니콜이 웃음을 터뜨렸다. 혹시 모르니 조심해달라고 하니 그녀가 되물었다. "왜 그렇게 호들갑이야? 너희 아버지 의사가 아니라 FBI요원이었니?" 나는 대답했다. "비슷해. 날 찾아내는 데 있어서만은."

그 말은 진심이었다. 열일곱 그때 아버지가 어떻게 날 찾아냈는지 아직도 이해가 잘 안 되니까. 마운트 시나이 병원 응급실에서 전화가 걸려왔었다고 아버진 말했었지. 하지만 난 아버지가 경찰을 동원했던 거란 생각을 떨칠 수가 없었어.

그래서 절망했었지. 병실에 갇혀 울면서 생각했었지. 평생 절대로 아버지에게서 도망칠 수 없을 거라고. 내가 어디로 도망치든 아버진 결국 날 찾아낼 거라고. 경찰이나 사설탐정을 동원해서, 휴대폰이나 신용카드로 위치를 추적해서 날 찾아내고 말 거라고. 아버지에게서 내가 완전히 벗어날 방법은 죽었다 깨도 없을 거라고. 이 세상에서 완벽하게 사라져버리지 않는 한.

그래, 기억난다. 그때 세웠던 계획이. 이름을 바꾸고 겉모습을 바꾸고 세상에서 감쪽같이 사라질 계획. 머릿속으로 수백 번은 그리고 또 그려보았었지. 어디로 어떻게 도망칠지까지 구체적으로 계획을 세웠었지. 그땐 아버지가 날 파괴하고 있다고 느꼈으니까. 빨간 구두 소녀의 아버지처럼 내 다리를 도끼로 잘라내려 한다고 믿었으니까. 다시는 내가 춤출 수 없도록, 걸을 수도 없도록 아버지가 내 발을 잘라버리기 전에 도망쳐야 한다고 믿었으니까.

광기가 '치료'되며 까맣게 잊혔던 그 충동이 다시 날 사로잡는다. 아버지로부터 달아나 내 광기를 지켜내고 싶은 충동. 이번에야말로 이 춤을 멈추지 않고 끝까지 춰보고 싶은 충동.

어느새 내가 그때만큼이나 미쳐버린 걸까? 그래서 이런 기분이 드는 걸까? 꼭 처음 미쳤던 그때로 돌아간 것 같다. 아니, 그때보다 더 필사적인 기분이다. 왜냐하면 이제 내게는 되찾아야 할 그림들이 있으니까. 꿈이 훔쳐간 그림들을 찾아내 현실에 되살리려면 내 빨간 구두가 꼭 필요하니까. 오늘 밤에도 그 구두를 신고 그림들을 찾으러 꿈속으로 떠나야 하니까. 빨간 구두를 신은 채 빨간 문을 열고 비밀통로를 지나 그 방으로, 그 무시무시한 여자가 지키고 있는…….

그 여자.

잠시 잊고 있었다. 그 여자를 또 마주칠까 봐 이젠 꿈꾸는 것마저 두려워졌다는 걸. 내가 꿈속에서도 도망자가 되어버리고 말았다는 걸. 울고 싶다. 그런데 눈물조차 나지 않는다. 아침에 느꼈던 이상할 정도의 무감각과 무기력이 다시 엄습한다.

방금 전 뭔가를 깨달았는데,

두려움으로 손이 떨려 글씨를 제대로 쓸 수가 없다. 내 몸이 내 뜻대로 통제되지 않는다. 꿈에서 그 여자를 본 순간 내가 왜 그토록 공포를 느꼈었는지 이제야 알 것 같다.

그 여자의 얼굴은 내 생모를 닮았다. 이제는 희미한 윤곽조차 기억할 수 없는 내 미친 생모의 얼굴이 그렇게 생겼었으리란 확신이 든다. 내 가장 무시무시한 환각 속에서 칼로 내 목을 그었던 친어머니의 얼굴이 꼭 그렇게 생겼었던 것만 같다.

이제 어떻게 해야 하지?

깨어 있는 것도 꿈꾸는 것도 두렵다.

울고 싶은데 울 수도 없다.

도망쳐야 하는데 도망칠 수가 없다. 이제는 꿈속으로조차.

9. 8. (토)

AM 9 : 37

일어나자마자 핸드폰을 켜 확인했다.

아버지에게서 여덟 통, 레이첼에게서 세 통의 부재중전화가 와 있었다.

확인하자마자 전화를 껐다. 길어야 2초쯤 켰으니 위치추적을

당하진 않을 것이다.

아닌가? 그 정도로도 충분한가?

그럴지도 모른다. 2초는 충분히 긴 시간이니까. 드바인의 눈길을 그만큼 사로잡는다면 한 화가의 운명이 바뀔 수 있을 정도로.

그러니 2초면 충분하고도 남는 시간인 것이다. 아버지가 내 위치를 파악하기에. 어쩌면 아버지가 보낸 직원들이 이미 날 잡으러 출발했는지도 모른다. 그때처럼 '사생활 보호용' 호송차를 몰고 달려오고 있는지 모른다.

편집증. 피해망상. 이제는 또 다른 방식으로 내가 미쳐가고 있는 것일까? 지금이라도 그들이 저 문을 두드릴지 모른다는 불안감에 아무것도 할 수 없다. 로르샤흐 검사용 무늬 같은 저 곰팡이 자국에 둘러싸인 채 방 안을 맴도는 것밖에는.

AM 11 : 42

안 되겠다.

나가야겠다. 지하철역. 극장. 도서관. 어디든 사람이 많은 곳으로.

그 편이 차라리 안전할 것 같다. 군중에 둘러싸여 있으면 그들도 날 억지로 끌고 갈 순 없을 것이다.

PM 1 : 10

결국 또 도서관에 왔다.

장밋빛 구름이 그려진 로즈 열람실의 저 드높은 천장 아래서
이렇게 사람들에 둘러싸여 앉아 있는 것만으로도 마음이 차분
해지는 것 같다.

PM 6 : 51

흥분에 휩싸여 있다.

역시 도서관에 오길 잘했다. 엄청나게 중요한 사실을 발견했다.

꿈과 무의식에 관한 책들을 뒤적이다 이번엔 융의 꿈 이론에
대해 읽고 있는데, 이게 바로 열쇠란 생각이 든다. 꿈에서 본 그
무시무시한 여자를 이해할 열쇠.

'그림자가 꿈에서 인격화된 형태로 나타나면 꿈을 꾸는 이는
불쾌감이나 혼란, 두려움에 사로잡히게 된다.'

놀랍다. 오늘 새벽 꿈에서 내가 느꼈던 기분을 이보다 더 잘 표
현할 수 있을까?

이 '그림자'란 자아의 어두운 부분, 즉 의식되지 않은 자아의
분신을 뜻한다는데 그 여자가 내 그림자였다고 가정하면 모든 것
이 설명된다. 내가 그 낯선 여자를 보자마자 그토록 강한 공포를
느꼈던 건, 그녀가 내가 그동안 외면하려 했던 나 자신의 가장 열
등한 모습인 '그림자'이기 때문인 것이다. 하지만 이 이론에 따르

면 두려워 할 필요가 없다고 한다. 그림자와의 대화를 통해 인간이 더 온전한 자신으로 성장할 수 있다는 것이다.

이 대목이 내게 영감을 준다. 생각해보면 그 소름끼치는 여자도 결국 내 무의식이 만들어낸 허상에 불과하지 않은가? 그리고 내 무의식의 주인은 그녀가 아니라 바로 나이지 않은가? 그녀를 맞닥뜨리기 전까지만 해도, 나는 마치 신이라도 된 듯 내 생각대로 꿈을 만들어가고 있지 않았던가?

그래, 나는 해냈었다. 그동안 책을 보며 수시로 해왔던 훈련이 헛되지 않았던 것이다. 가이드북마다 가장 어려운 단계라고 했던 일들을 나는 너무도 쉽게 해냈었다. 현실과 완전히 똑같이 느껴졌던 그 꿈이 현실이 아니란 걸 알아차리는 데 성공했고, 심지어 내가 원하는 것을 떠올리자마자 곧바로 그것이 눈앞에 나타나게 할 수도 있었다. 내 무의식이 만들어낸 그 세계를 완전히 내 마음대로 컨트롤할 수 있었던 것이다.

이제야 알겠다.

오늘 새벽 꿈에서 나는 길을 잃은 게 아니라 제대로 찾아낸 것이었다. 그 무시무시한 여자는, 내가 꿈에서 그림을 다시 훔쳐내기 위해 반드시 맞닥뜨려야 할 내 그림자였던 것이다.

꿈은 대가를 요구하는 것이다.

내가 가장 두려워하는 나 자신의 가장 끔찍한 면을 마주할 용기. 그것이 내가 꿈에서 잃어버린 그림을 현실에 되살려내기 위해 치러야 할 대가인 거다.

그래, 이것은 꿈과 나와의 거래다.

이렇게 생각하니 다시 용기를 낼 수 있을 것 같다. 희망이 생긴다.

오늘밤에도 내 작은 황소를 손에 쥐고 꿈을 찾아갈 수 있을 거란 희망이. 아버지에게 붙잡혀 또다시 '치료'되기 전에 꿈속의 그림을 되찾을 수 있을 거란 희망이. 그래서 언젠간 아버지에게서 완전히 벗어나 자유로워질 수 있을 거란 희망이.

희망. 이것을 생각하니 날 짓누르던 무감각에서 조금은 깨어나는 것 같다. 갑자기 배가 고프다. 그러고 보니 종일 아무것도 안 먹었구나. 이십 달러 십 센트. 남은 돈이 이것뿐이다. 월급날이 얼마 안 남았으니까. 이번 달 월급. 아버진 그 돈을 안 주실 거다. 돈이 다 떨어져야 내가 돌아갈 거라 생각하실 테니까. 이번 달 월세를 니콜이 혼자 감당하게 되면, 이제 그녀에게서도 돈을 빌리기 힘들 것이다. 길거리 칠리 도그조차 내겐 사치다. 어서 돌아가야겠다. 냉장고에 달걀이 남아 있던가? 무엇으로든 허기를 때우고 잠들 때까지 책을 보며 더 고민해봐야겠다.

오늘 밤 또다시 꿈을 찾아가야 하니까.

낭비할 시간이 내게는 없으니까.

9. 9. (일)

떨리는 가슴을 주체할 수 없다. 그 모든 게 꿈이 아니라 현실이었던 것만 같다.

겁낼 필요 없어, 그 여자는 진짜가 아니라 허상이야.

어젯밤 잠들기 전부터, 오늘 새벽 꿈에서 비밀통로 계단을 오를 때까지도 계속 이렇게 되뇌었지만 소용없었다. 그 여자는 진짜가 아니라 허상이야. 내 마음이 만들어낸 가장 끔찍한 허상일 뿐이야. 수백 번 되뇌었지만 회색 문으로 다가가자마자 말짱 헛수고가 됐다. 창 너머에서 날 보는 그 섬뜩한 여자와 눈이 마주친 순간 또다시 이것이 꿈일 리 없다는 생각이 날 사로잡았다.

그나마 다행인 건 지난번만큼 혼비백산하진 않았다는 것이다. 계속해서 스스로를 세뇌한 보람이 있었던 걸까? 아니면 여자의 눈빛이 전보다 흐릿했기 때문이었을까?

그래, 어제와 달리 여자의 눈에선 빛이 사라져 있었다. 잠에서 덜 깬 듯 흐리멍덩했다. 혈관이 들여다보일 듯 파리하고 푸석푸석한 한쪽 뺨엔 베개 자국까지 선명했다. 그리고 그 자국을 보자마자 나는 이것이 결코 꿈일 리 없다는 확신에 빠져들었다.

"넌 누구지?" 내게 묻는 여자의 발음조차 흐리멍덩했다. 약에 취한 걸까? 나는 이것이 꿈이 아니라 현실인 것처럼 생각했다. 아냐, 뇌에 뭔가 이상이 있는 거야. 내 학생들 중에도 저런 환자가 둘이나 있으니까. 그런데 이런 데 갇혀 있을 정도라면 상태가 얼마나 심각한 걸까?

"귀머거리? 아님 벙어리?" 여자가 발음만큼이나 얼굴을 일그러뜨리며 재차 물었을 때에서야 두려움이 되살아났다. 나는 나도 모르게 흠칫 뒤로 물러서며 대답했다.

"전 케이트 번햄이라고 해요." 가명을 댔어야 했는지 모른다는 생각이 뒤늦게 떠올랐지만 엎질러진 물이었다. 그래, 그냥 다 솔직하게 말하는 거야. "전 이 병원에서 환자들한테 그림을 가르쳐요. 당신은요?"

"에린." 여자는 귀찮다는 듯 이름을 내뱉고는 창문에 이마를 박아대며 중얼거렸다. "번햄…… 번햄…… 어디서 들어본 이름 같은데."

"칼 번햄? 이 병원 원장이요? 그분이 제 아버지예요."

에린은 대답 없이 창문에 계속 이마를 박아댔다. 초점이 사라진 그녀의 두 눈이 꼭 치매 환자나 백치의 그것 같았다. 저 여잔 뭔가 심각한 문제가 있는 거야. 나는 이것이 꿈이 아니라 현실인 듯 이런 생각을 하며 다시 물었다. "아, 레이첼 번햄. 혹시 그 이름은 들어보셨어요? 제 언닌데 레이첼도 여기 의사로……."

"레이첼?" 에린의 눈에 그제야 초점이 돌아왔다. "그 우라질 돌팔이 년? 그년은 의사가 아니라 돼지 잡는 백정이나 됐어야 해. 이 좆같은 깁스도 그년 작품이야!"

창문에 침방울들을 튀겨대며 소리치던 그녀의 얼굴이 고통으로 일그러졌다.

"오, 이 염병할 놈의 다리. 더는 서 있을 수가 없어." 에린이 알아듣기 힘들 정도로 발음을 뭉개며 신음하듯 말했다. "거기 서 있지 말고 들어오지 그래? 아까 올라올 때 열쇠 짤랑거리는 소리가 들리던데."

창에서 돌아선 에린은 여느 입원 환자들처럼 병원명이 줄무늬처럼 새겨진 흰 환자복을 걸치고 있었다. 그녀가 목발을 짚은 채 절뚝이며 멀어져갈 때에야 나는 알아차렸다. 이것이 현실이 아니라 꿈이란 것을. 왜냐하면 거기에 내가 찾던 그것이 있었기 때문이었다.

그림.

평범한 일인용 병실처럼 보이는 방 한가운데 서 있는 이젤에 놓인 그것은 분명 그림이었다. 다른 것일 리 없었다. 안타까운 건 이젤이 반대편을 향해 서 있어 이쪽에선 그림을 볼 수 없다는 것이었다.

"이 육시랄 놈의 다리." 맞은편 창가에 놓인 책상에 기대앉은 에린이 다리의 깁스를 주먹으로 두드려대며 소리쳤다. 통증이 잠을 깨운 듯 그녀의 목소리가 어제만큼이나 커졌다. "요놈이 뒤지게 아파 새벽 4시도 안 돼 눈이 떠지는데, 심심해 돌아버릴 것 같아서 저 염병할 짓거리까지 하고 있었지 뭐야." 에린이 주먹 쥔 손으로 캔버스를 가리키며 투덜거렸다. 그녀의 발음마저 아까보다 분명해져 있었다.

들어오라고 손을 휘젓는 에린을 보며 나는 다시 강한 두려움에 사로잡혔다. 하지만 저 그림을 보고 싶다는 열망이 그 두려움보다 강했다. 그래서 나는 떨리는 손으로 1번 열쇠를 골라 열쇠구멍에 꽂았다. 그러자 이번엔 곧바로 열쇠가 딸깍, 돌아가며 문이 열렸다.

"근데 그 돌팔이 년이 네 언니라고?" 방으로 들어서는 날 신기한 듯 훑어보던 에린이 물었다. "넌 그년하고 닮은 데가 하나도 없는데? 그년은 흰둥이고 넌 노란 원숭이고."

에린은 내가 실제로 들으리라곤 상상도 못했던 욕설을 눈 하나 깜짝 않고 내뱉었다. 마치 그것이 나에 대한 모욕이 아니라 유일한 정식 명칭이라는 듯한 태도였다. 그래서인지 이상하게 기분이 나쁘지도 당황스럽지도 않았다. 어쩌면 이것이 꿈이란 걸 내가 알아차렸기 때문인지도 몰랐다.

"전 입양됐거든요." 내가 문 앞에 어정쩡하게 선 채로 말했다. 두 걸음만 더 걸으면 저 그림을 들여다볼 수 있다는 걸 의식하면서.

"오, 언제?" 에린이 물었다.

"제가 열 살 때요."

"열 살? 네 진짜 에미 애비는 어디 가고?"

"돌아가셨어요."

"오, 교통사고?"

"아니요. 살해당하셨어요."

"저런…… 누구한테?"

"저…… 그게…… 어머니가 아버지를 살해하신 다음 자살하셨어요."

에린이 콧방귀와 함께 폭소를 터뜨렸다. "오 예. 젠장맞을 화끈한 여편네로구만." 그녀는 세상에서 그보다 더 우스운 이야기는 들어본 적 없다는 듯 건장한 어깨를 흔들며 계속 웃어댔다.

그 틈을 타 나는 이젤 앞으로 걸어가 섰다. 그리고 캔버스를 들여다보자마자 알았다. 이것이 바로 그것이라는 것을. 지난 꿈에 내가 완성하자마자 잃어버렸던 걸작. 드바인이 쓰레기장까지 뒤져가며 찾아 헤매고 있는 바로 그 그림을 내가 마침내 찾아냈다는 것을.

순도 백 퍼센트의 광기.

이것을 현실에서 캔버스에 되살려내기만 한다면 내가 꿈을 이룰 수 있으리란 것을. 꿈에 집어삼켜지기 전에 꿈을 집어삼킬 수 있으리란 것을.

그런데 그때 등의 강한 통증이 날 소스라치게 했다. 나도 모르게 비명을 지르며 돌아보니 에린이 목발로 내 등을 찔러대고 있었다.

"왜 대답이 없어? 응?" 날 보는 에린의 눈이 병적인 호기심으로 빛나고 있었다. "더 얘기해보라니까, 응? 네 에미에 대해서 말야. 응?" 내가 피하자 에린이 목발을 길게 뻗어 내 어깨를 찔렀다. 간식을 조르는 아이 같은 그 모습이 구역질 날 만큼 역겹게 느껴졌다.

"기억이 하나도 안 나요." 나는 목발을 빼앗아 에린의 머리통을 후려치고 싶은 충동을 억누르며 말했다. 동시에 이것이 꼭 현실인 것처럼 의아해했다. 어째서 저런 천박하고 역겨운 여자에게 이토록 위대한 재능이 주어진 걸까? 나는 저 엄청난 그림을 실제로 에린이 그리기라도 했다는 듯 강렬한 질투와 분노에 사로잡혔다.

"미친년!" 에린이 이번엔 목발로 내 가슴께를 찌르며 소리쳤다. "열 살 때 입양됐다며. 그 전 기억이 하나도 없단 말야?"

"믿지 못하겠지만 사실이에요." 내가 에린의 목발을 붙잡으며 말했다. "친어머니 손에 죽을 뻔했던 충격으로 열 살 때까지의 기억을 모조리 잃었어요. 내 원래 이름까지 전부 다."

"하! 날 보고 그딴 개썹구라를 믿으라고?" 에린이 단숨에 목발을 내 손에서 잡아챘다. 그런데 그 힘이 너무 세 목발이 그녀의 등 뒤로 넘어가 바닥에 나뒹굴고 말았다.

"염병할. 왕년에 내가 달고 살았던 막장드라마에도 그 정도로 황당한 설정은 안 나왔다구!" 에린이 욕설을 퍼부으며 목발이 떨어진 자리를 돌아보았다. 그러고는 허리를 숙여 그것을 집어 들다 말고 비명을 질렀다.

"쌍! 이제 곧 그년이 올 거야!" 에린이 목발을 들어 벽시계를 가리켰다. 시곗바늘이 7시 20분에 이르러 있었다. 공교롭게도 이것이 꿈이 아니라 현실이라면 흘렀을 만큼의 시간이 지나 있었던 것이다. 내가 새벽에 깨어나 실제로 여기까지 찾아왔다면 흘렀을 꼭 그만큼의 시간이.

목발을 짚고 일어난 에린이 온몸으로 날 밀어대며 욕을 퍼부었다. "우라질. 간만에 얘기다운 얘기 좀 들을 수 있을까 했더니, 좆같은 헛소리에 기분만 잡쳤네." 에린의 힘이 너무 강해 나는 엉겁결에 이젤 옆으로 밀려나고 말았다.

"쌍년아. 너 때문에 앰버한테 걸려 좆될 뻔했잖아." 에린이 날 계속 문 쪽으로 밀며 불분명한 발음으로 욕을 해댔다. "늦어도 7시 반엔 그 염병할 년이 들이닥칠 거란 말야. 맛탱구리 없는 아침식사를 들고 지금 당장이라도. 그러니 썩 꺼져 씨발년아. 그딴 개소리나 지껄일 거면 다신 얼씬도 마, 이 개같은 년아."

억지로 떠밀려 문가에 이르렀을 때에서야 이대로 꿈에서 깨선 안 된다는 생각이 들었다. 도로 뛰어들어 저 그림을 훔쳐내야 한다는, 그래야 저것을 온전히 기억한 채 깨어날 수 있을 거란 다급함이 밀려왔다. 그래서 나는 에린을 밀치고 안으로 들어가려 했다. 하지만 에린의 무시무시한 힘에 다시 문밖으로 내동댕이쳐지고 말았다.

"이 버러지 같은 년이! 원하는 게 뭐야 씨발년아?"

나는 복도에 나가떨어져 주저앉은 채 애걸했다. "저 그림, 한 번만 다시 보고 싶어요."

"미친년!" 에린이 문을 쾅 닫더니 창에 이마를 붙인 채 소리쳤다. "내일 새벽에 와. 와서 네 에미 얘길 들려주면 보여주지. 아, 얘기가 맘에 들면 그냥 줄 수도 있어." 그러고는 눈알이 튀어나올 듯 눈을 부릅뜨며 손을 휘저어댔다. "당장 꺼지지 못해!"

그래서 어쩔 수 없이 도망치듯 비밀통로를 빠져나오고 말았다. 그리고 잠에서 깨어나자마자 알았다. 내가 또다시 실패했다는 것을. 여태까지 늘 그랬듯 꿈속의 걸작이 내 머릿속에서 또 깨끗이 지워져 있다는 것을.

지금 생각해도 아깝다. 눈물이 핑 돌고 속이 쓰릴 정도로.

잠깐이라도 그림을 다시 볼 수만 있었더라면, 이번엔 분명 기억한 채 깨어날 수 있었을 텐데.

다음번 꿈엔 그럴 수 있을까?

다음번 꿈엔 병실로 들어서기도 전에 그 역겨운 여자에게 떠밀려 쫓겨나는 건 아닐까?

왜 에린은 하필 내 어린 시절 얘길 들려달라고 졸라댔던 걸까? 머릿속에서 까맣게 지워져버린 딱 그때의 기억을.

PM 2 : 08

또 도서관이다.

열람실 구석 샹들리에 바로 밑 이 자리가 이제 내 지정석이 된 것 같다. 여기 앉아 있으면 생각이 정리될 것 같아서 집을 나섰는데(아버지가 보낸 직원이 문 앞에서 기다리는 건 아닐까, 날 붙잡으러 따라오는 건 아닐까 두려워하면서) 지하철을 타자마자 내가 중요한 걸 잊고 있었음을 깨달았다.

에린이 내 그림자라는 것. 내가 외면하려 하는 나 자신의 가장 열등하고 끔찍한 면이 인격화된 형태로 나타난 존재라는 것. 아침엔 너무 흥분해 잊고 있었던 이 생각을 떠올리자마자 모든 게 이해되었다. 에린이 왜 하필 내 어린 시절에 대해 물었던 건지. 왜 갑자기 화를 내며 날 쫓아냈던 건지. 왜냐하면 이건 꿈과 나의 거래이기 때문이다. 어제저녁 내가 예상했던 그대로다. 나 자신의 가장 끔찍한 면을, 잊고 싶은 가장 끔찍한 과거를 마주하는 것. 이런 고통스런 과정을 견뎌내는 것이 바로 내가 지불해야 할 대가인 것이다. 꿈에서 잃어버린 그림을 현실에 되살려내기 위해 치러야 할 대가.

그래, 그러니 내가 대가를 지불하기만 한다면 꿈은 그림을 돌려줄 것이다. 까맣게 지워진 열 살 무렵까지의 기억을 내가 되살려낼 수만 있다면, 그래서 다음번 꿈에 그 얘기를 에린에게 들려줄 수만 있다면…….

하지만 어떻게?

그동안 아버지에게 수백, 수천 번 상담을 받았을 때도 결국 잃어버린 기억들을 되살리는 데 나는 실패하지 않았던가? '심인성 기억상실', '트라우마에 대한 방어기제', 이런 용어들을 아버지는 결코 고칠 수 없는 불치병인 듯 입에 올리곤 하시지 않았던가?

아버지.

그래, 아버지에게 물어봤었다면 조금이라도 기억을 되살릴 수 있었을 텐데. 왜 그동안 물어보지 않았던 걸까? 황소가 그림에서 뛰쳐나왔던 그때 이후로 왜 한 번도 묻지 않았을까? 심지어 내 원래 이름이 무엇이었는지조차 왜 묻지 않았던 걸까?

후회된다. 그럴 수 있을 때 물어봤어야 했는데. 내 어린 시절에 대해 아버지가 아는 걸 모두 들려달라고 했어야 했는데. 아주 사소한 사실, 흐릿한 사진 한 장이라도 내 기억을 되살리는 데 큰 도움이 되었을지 모르니까.

하지만 늦었다. 이제는 아버지에게 전화조차 걸 수가 없다. 위치를 추적당할까 봐 전화를 켜지도 못한 지 사흘째다. 작업실 안에서도, 작업실 밖에서도 아버지 또는 아버지가 보낸 누군가를 마주칠까 봐 이렇게 끊임없이 불안에 떨면서…….

한숨만 나온다.

이제 어떻게 하지?

내일 새벽에 꿈을 꾸면 에린은 내게 또다시 물어볼 텐데. 내가 기억 안 난다고 하면 그녀는 분명 날 쫓아낼 텐데. 내 빌어먹을 어린 시절 얘길 거짓말로 지어내서라도 들려주지 않는다면…….

거짓말.

그래, 바로 이거다.

잃어버린 기억들을 떠올리는 게 불가능하다면, 거짓말로라도 지어내 들려주면 된다. 꿈속에서 거짓말을 하는 게 가능하기만 하다면, 그 거짓말이 실감나게 들리기만 한다면 에린은 그걸 진짜라 믿을지 모른다.

동양인에 대한 원색적인 욕설을 서슴지 않는 에린이 한국인 이민자들의 삶에 대해 대체 뭘 알까? 인터넷에서 얻은 정보들을 조합해 내가 겪은 것처럼 꾸며서 들려준다면, 그녀는 그걸 진짜라고 믿을지 모른다.

다시 가슴이 뛴다. 당장 검색을 시작해야겠다.

9. 10. (월)

오늘 새벽 꿈에서 다시 에린을 만났다.

그런데 그것이 정말 꿈이었던가?

혹시 꿈이 아니라 현실이었던 건 아닐까?

새벽 5시 반에 울린 알람에 내가 깨어났다 다시 잠든 게 아니라, 잠깐 눈만 붙였다 일어나 차를 몰고 이스트 122번가에 도착해, 병원 지하 기계실과 비밀통로를 거쳐 에린의 병실까지 이르게 되었던 건 아니었을까?

1번 열쇠로 비밀 병실 문을 열자 코를 찌르던 테레빈유 냄새도, 새벽잠을 설친 에린이 그림을 그리다 날 넘겨다보던 그 부스스한 몰골도, 사실은 꿈속의 환영이 아니라 현실인 건 아니었을까? 그래서 모든 게 그토록 진짜처럼 느껴졌던 건 아니었을까?

내 설명을 듣고서야 비로소 날 기억해내곤 "난 그게 다 꿈속의 일인 줄 알았지 뭐야. 그래서 지금도 내가 그 염병할 놈의 꿈을 꾸고 있구나, 했지"라고 잠꼬대하듯 웅얼거리던 에린의 왼쪽 눈에 누렇게 말라붙은 눈곱마저 얼마나 현실처럼 느껴졌던가?

그래, 정말로 모든 게 무서우리만치 현실 같았다. 왜 이렇게 물감 냄새가 지독한 걸까 의아해하며 병실을 둘러보니 창문이 막혀 있는 것조차 꼭 현실 같았다. 누군가가 널빤지 같은 것으로 창을 막고 그 위에 푸른 하늘과 나무들의 풍경사진 포스터를 붙여놓은 것이다. 어젠 그림에만 정신이 팔려 그것이 진짜 풍경이라고, 창밖으로 병원 뒤편 마커스 가비 공원이 내려다보이는 거라고 착각했었는데 그게 아니었다. 창을 통해 에린이 탈출하거나 소리를 질러 도움을 청할 수 없도록 누군가가 조치를 취해둔 것이다.

하지만 그걸 지시한 건 누굴까? 혹시 아버지인 건 아닐까? 에린이 그 정도로 위험한 환자이기 때문일까? 나는 이것이 현실인 듯 그런 의문에 휩싸인 채 에린을 바라보았다.

에린은 역한 냄새 따윈 안중에도 없다는 듯 다시 붓을 휘둘러대고 있었다. 나는 그제야 내가 여기 온 목적을 기억해내고 그녀의 등 뒤로 다가갔다. 그리고 캔버스를 들여다본 순간 충격에 휩싸였다. 그 그림. 어제 보았던 그 어마어마한 그림이 회색 물감에 완전히 지워지고 있었기 때문이었다.

"지금 무슨 짓을 하는 거야?"

나도 모르게 소리를 질렀다. 에린이 깜짝 놀라 날 돌아보았다. 그녀는 공들여 쌓은 모래성을 재미로 부숴버린 아이 같은 얼굴로 대답했다. "새 그림을 그리려고. 원래 늘 여기에다만 그리거든."

가까이 들여다보니 그 캔버스는 수백 개의 그림들을 덧그리고 또 덧그린 듯 손가락 마디 하나는 족히 될 듯한 두께의 물감이 겹겹이 발려 있었다. 나는 이것이 꼭 현실인 듯 또다시 분노와 질투에 휩싸여 생각했다. 그 정도의 그림을 그릴 수 있는 사람은 알아야 한다고, 자신이 그린 건 신이 내린 재능으로 이룩한 것이므로 그걸 파괴하는 건 그 자신일지라도 신성모독적인 행위이며 결코 용서받을 수 없는 일이란 걸 알아야 한다고.

화난 내 얼굴에 겁먹었는지 에린이 뭉개진 발음으로 변명하듯 중얼거렸다. "난 그냥 죽으려고 이 짓거릴 하는 것뿐이야. 이 냄새. 좆같은 냄샐 맡으면 하루라도 빨리 뒤질 수 있을 것 같아서. 이 염병할 감옥에서 내가 탈출할 방법이 이것뿐인 것 같아서."

에린은 다리에 깁스를 하게 된 것도 여길 탈출하려다 그런 것이라 했다. 비밀통로를 따라 오르락내리락하는 '산책'을 하던 중 간호사를 걷어차고 기계실 문을 통해 도망치려 했었다는 것이다. 그러다 계단에서 굴러 다리가 부러졌고, 그때 에린이 지른 비명

소리를 내가 때마침 듣게 되었던 것이다.

그러니까 내가 환청을 들은 게 아니었던 거야, 나는 생각했다. 비명 소리를 들었던 건 현실에서였고 지금 이 순간은 꿈이란 걸, 현실과 꿈이 뫼비우스의 띠처럼 얽혀들고 있다는 걸 미처 알아차리지 못한 채 내가 물었다. "하지만 왜 여기 갇히신 거죠? 언제부터 여기 계셨던 거예요?"

에린이 대답 대신 미소 지었다. 어떤 따스함도 찾아볼 수 없는 그 섬뜩한 표정을 미소라 부를 수 있다면.

"네 얘길 해주면, 내 얘길 해주지." 에린이 호기심에 찬 눈으로 이렇게 물었을 때에서야 나는 이것이 꿈이라는 걸, 내가 꿈과 거래하려 이곳에 왔다는 걸 기억해냈다.

"내 얘길 들려준다면, 당신은 이번에 완성할 그림을 내게 줄 수 있나요?" 내가 물었다. "어차피 다 그리고 나면 없애버릴 그림이잖아요."

"하지만 저게 없어지면, 그들이 알아낼 텐데? 누군가가 이 염병할 감옥을 드나든다는 걸." 에린이 이것이 현실인 것처럼 문에 난 창을 넘겨다보며 말했다.

"그들이 당신이 그린 그림을 항상 살펴보나요?"

"아니, 아무도 좆도 신경 안 써. 그냥 미친년이 맨날 저기다 뭔가를 존나게 처발라놓는구나 하겠지."

"그럼 이렇게 하면 어때요?" 내가 문득 기막힌 생각을 떠올리고는 말했다. "다음에 여기 올 때 내가 그림 하날 가져올게요. 물 감을 아무렇게나 칠해놓은 그림을, 캔버스 천만 가지고 오는 거예요. 그리고 당신 그림을 프레임에서 분리해 그것과 바꿔치기하는 거죠. 당신 말대로라면 아무도 이 그림이 바뀌었단 걸 모를 테니까."

"흐으음……." 에린이 얼굴을 구기며 돼지처럼 코를 킁킁거렸다. "어디서 조온나게 구린내가 나는 것 같은데에……." 그녀가 목발로 내 어깨를 쿡쿡 찔러댔다. "날 등쳐먹을 속셈인 거지 이년아? 응? 날 공짜로 벗겨먹을 심산인 거지? 이 요망한 년아? 응? 응?"

에린에 대한 혐오감만큼이나 강한 두려움으로 가슴이 조여들었다. "뭔가 더 원하는 게 있는 거예요?" 내가 물었다.

에린이 목발을 내려놓으며 다시 문 쪽을 바라보았다. 그녀의 두 눈에 떠오른 강한 열망과도 같은 빛이 내 불안을 자극했다. 에린은 내가 줄 수 없는 뭔가를 원하는 것이다. 그렇다면 거래는 성립되지 않을 것이다. 이런 생각에 손톱을 물어뜯고 싶은 충동을 참기 힘들 지경이 되었을 때에서야 에린이 입을 열었다.

"케이크……."

어눌한 발음으로 새어나온 이 엉뚱한 단어에 나는 하마터면 웃음을 터뜨릴 뻔했다.

"아주 진하고 달콤한 생크림……. 그 생크림이 입혀진 촉촉하고 푹신한 진짜배기 케이크……." 에린이 입맛까지 다시며 중얼거렸다. "그게 돌아버리도록 먹고 싶은데, 여기선 절대 먹을 수가 없거든."

"알았어요." 내가 마음속으로 안도의 한숨을 내쉬며 대답했다. "다음에 꼭 가져올게요."

에린의 얼굴에 다섯 살짜리 아이가 지을 법한 미소가 떠올랐다. 이렇게 간단하게 풀릴 수 있는 문제였다니, 나는 나도 모르게 헛웃음을 터뜨리고 말았다. 돌아보니 그것이 치명적인 실수였다. 왜냐하면 내가 웃음을 터뜨리자마자 에린의 눈빛이 변했기 때문이었다.

"하나 더." 에린이 아까보다도 얼굴을 더 일그러뜨리며 말했다.

"뭔데요?" 내 목소리가 갈라졌다.

"약속."

"무슨…… 약속이요?"

"내가 뭔가를 부탁할 때 그걸 꼭 들어주겠다는 약속."

"무슨 부탁인데요?"

"지금은 말할 수 없어. 하지만 대답은 지금 해야 돼."

"내가 뭘 해야 하는지도 모르면서 그걸 하겠다고 할 수는……."

"그럼 그냥 지금 여기서 나가면 돼." 에린이 목발로 벽시계를 가리키며 말했다. "어차피 곧 앰버 년이 들이닥칠 시간이니까."

시곗바늘이 어느새 7시를 가리키고 있었다. 이것이 꼭 현실인 듯 나는 벽시계를 보며 생각했다. 역시 5시 반은 너무 늦어. 다음부턴 5시엔 작업실에서 출발해야 시간에 쫓기지 않을 수 있겠어.

"우라질 놈의 약속을 못하겠다면⋯⋯." 에린이 다시 목발로 내 쇄골게를 찔러대며 말했다. "네년의 그 염병할 궁둥이를 잽싸게 움직여서, 응? 이 빌어먹을 놈의 방구석에서 당장 꺼지면 되는 거야, 응? 응? 응?" 지렁이를 괴롭히는 아이처럼 그녀가 날 계속 찔러대며 키득거렸다. 자신의 그림이 내게 얼마나 큰 의미가 있는지 알고 있다는 듯 의기양양한 얼굴이었다.

나는 목발을 빼앗아 두 동강을 내고 싶은 충동을 참으며 생각했다. 내가 왜 이렇게 망설이는 걸까? 이건 현실이 아니라 꿈일 뿐인데. 저 역겨운 여자가 나중에 무엇을 내게 요구하든 다 꿈일 뿐인데. 꿈에선 무슨 일이든 해낼 수 있을 텐데. 그게 설사 살인일지라도 꿈에서 깨면 감쪽같이 없던 일이 될 텐데. 내가 대체 왜 이렇게 두려워하고 있는 걸까?

그러자 그깟 약속 따위 못할 이유가 없다는 생각이 들었다. 그래서 나는 에린의 목발을 붙잡으며 대답했다.

"약속해요."

그런데 왜 아직까지 이렇게 찜찜한 걸까?

그 모든 일이 꿈이 아니라 현실이었던 것만 같은 착각을 왜 아직도 떨쳐낼 수가 없는 걸까? 나도 모르게 함정에 빠져든 것 같은 이 꺼림칙한 기분은 대체 뭘까?

모르겠다.

어차피 지금은 생각해봤자 소용없다. 다음번 꿈에 무슨 일이 일어날지 미리 알아낼 방법 따윈 없으니까.

그러고 보니 어제 온종일 인터넷을 검색하며 짜맞춰둔 내 가짜 과거 얘긴 들려주지도 못했네. 케이크를 가져가기로 한 데다 뭔지도 모르는 약속까지 했으니, 이제 거짓말은 할 필요가 없게 된 건지도 모른다.

그렇게 된 거라면 다행이다. 현실에서도 거짓말에 서툰 내가 꿈에선들 그걸 잘할 리 없으니까.

아, 잊어버리기 전에 지금 알람을 새벽 5시로 바꿔놓아야겠다. 아니, 4시 30분으로.

9. 11. (화)

내가 정말 해낸 걸까?

이 무시무시한 그림을 정말 내가 완성한 걸까?

잠에서 깨자마자 캔버스로 달려들어 꿈속의 그림을 재현해내는 데 내가 마침내 성공한 것일까?

아니면 지금 이 순간 역시 꿈인 걸까?

예전에 그랬듯 이 그림이 눈앞에서 갑자기 사라진 후에야 내가 꿈을 꾸고 있음을 깨닫고 잠에서 깨어나게 되는 건 아닐까?

오전 내내 이런 생각에 빠져 있다 결국 이렇게 글을 쓴다. 꿈인지 생시인지 헷갈릴 때 글씨를 써보는 것도 하나의 방법이라고 가이드북에 쓰여 있었으니까. 아, 쓰는 게 아니라 읽는 거였나? 글씨를 읽으려 할 때 글자들이 자꾸 변해서 읽을 수가 없다면 그건 꿈이라고, 시계를 봤을 때 숫자들이 변해서 시간을 알아낼 수 없다면 그건 꿈인 거라고 책에 그렇게 쓰여 있었던가?

하지만 내 꿈은 그렇게 허술하지 않아.

내 꿈속에선 현실에서와 똑같이 글을 읽을 수도, 시계를 볼 수도, 그림을 그릴 수도 있으니 이렇게 글 쓰는 것마저 가능할지 모른다. 그러면 이것이 꿈인지 현실인지 알아낼 방법이 대체 뭐란 말인가?

이제 내겐 꿈일수록 모든 게 더 진짜처럼 느껴진다는 것만은 알겠다. 오늘 새벽 비밀 병실에 들어섰을 때도 내가 진짜 차를 몰고 거기까지 갔던 듯 느껴졌으니까. 내 손에 들려 있던 쇼핑백 속 조각 케이크조차 어젯밤 내가 시내의 제과점에서 직접 골랐던 것만 같았다. 생크림 케이크와 밀크레이프 케이크 한 조각씩을 사 작업실로 가져온 후, 니콜이 먹을까 봐 '절대 먹지 마'라고 포스트잇에 써 붙여 냉장고에 넣어둔 기억까지 진짜인 듯 떠오를 정도였다.

에린이 마침내 내게 그림을 가져도 좋다고 했을 때, 가방을 열자 그 안에 돌돌 말려 있던 바꿔치기용 그림은 또 어땠던가? 물감을 아무렇게나 두껍게 처발라둔 그 그림도 꼭 내가 어젯밤 직접 그린 후 캔버스에서 분리해두었던 것만 같지 않았던가?

아, 하나 있긴 했다. 현실처럼 느껴지지 않았던 게.

거짓말.

에린이 신음 소리까지 내며 케이크를 음미하는 동안 내가 그녀에게 들려준 거짓말들. 그녀가 다시 물을 줄 몰랐기에 애써 지어내놓곤 잊어버렸던 내 가짜 과거 이야기. 에린의 채근에 어쩔 수 없이 이야기를 시작했을 때 내 입에서 술술 흘러나오던 그 거짓말들이 날 얼마나 놀라게 했던지. 이것이 현실이라면 내가 이렇게 능숙하게 거짓말을 할 순 없을 거라고, 그러니 이건 꿈인 게 분명하다고, 말하는 동안에도 생각할 정도였다.

그런데 그런 생각조차 얘기를 하면 할수록 희미해져갔지. 그 모든 거짓말들이 내 입에서 나오는 순간 진실로 변하는 듯 느껴지기 시작했으니까. 까맣게 지워진 과거를 정말로 내가 기억해내기라도 한 것처럼.

한국의 평범한 샐러리맨이었던 내 아버지가 실직 후 어떻게 아메리칸 드림의 신봉자가 되었는지, 그 바람에 무작정 뉴욕에 오게 된 우리 가족—부모님과 나, 오빠—이 어쩌다 웨스트 32번가 모퉁이에 작은 청과점을 열게 됐는지, 아버지가 강도의 총알에 어깨를 다친 후 알코올중독에 빠졌을 때 어머니가 어떻게 홀로 가게를 지켜내려 애썼는지, 어머닐 도와 계산을 도맡았던 내가 나보다 열 살이나 많은 사고뭉치 오빠를 얼마나 따랐었는지, 그 오빠가 어머니로부터 날 지키려다 어떻게 목숨을 잃었는지까지, 내가 정말로 다 기억해서 말하고 있는 것만 같았다.

어느새 에린이 케이크를 먹는 것도 잊은 채 빠져들 정도로 내 얘긴 진짜 같았다. 복화술사의 인형이 된 듯 그걸 말하고 있는 나 자신조차 내내 전율을 느낄 정도였다. 그래서 오히려 이것이 꿈이란 생각이 되살아났다.

하지만 거기까지였다.

그 후로는 모든 게 다시 다 진짜 같았다.

심지어 이 그림을 캔버스에서 분리해 내가 가져간 것과 바꿔치기하는 과정조차 꼭 진짜 같았다. 프레임에 그림을 고정한 심들을 내가 스테이플러의 제침기로 하나씩 뽑아냈던 것도, 그림을 분리해낸 프레임에 가짜 그림을 씌운 후 다시 스테이플러로 고정했던 것도 꿈이라기엔 지나치게 길고 세세하게 느껴졌던 것이다. 시간이 다 돼간다며 재촉하는 에린 때문에 서두르다 손가락을 다칠 뻔했던 것조차 꿈이라기엔 너무 진짜 같았다.

아, 이제 알겠다. 지금 내가 이렇게까지 혼란스러운 진짜 이유를.

내가 혼란스러운 건 이 순간이 꿈일지 모른다는 생각 때문만이 아니었다. 그 정반대의 생각이 내 머릿속에서 동시에 자라고 있기 때문이었다. 새벽의 그 모든 일이 현실이었고 지금 이 순간도 현실일지 모른다는 생각. 내가 잠에서 깨자마자 캔버스로 달려들어 꿈속의 그림을 재현해낸 것이 아니라, 비밀 병실에서 훔쳐온 그림을 내 캔버스 프레임에 씌워놓기만 한 건지도 모른다는 생각. 그래, 꼭 그렇게 느껴질 정도로 이 그림을 그리던 순간의 기억이 떠오르지 않는다. 불과 두어 시간 전쯤의 일인데도 이삼 년 전 일인 듯 가물가물하다.

어쩌면 내가 일종의 가수면 상태에서 이것을 그렸기 때문인지도 모르겠다. 몸은 잠에서 깼지만 머릿속은 여전히 잠에 빠져 있는 상태로 이걸 그리고, 무의식 상태에서 그림을 다 완성한 후에야 비로소 잠에서 깨어났기에 기억이 잘 나질 않는 건지도…….

바로 그거다. 무의식 상태.

꿈에 여전히 집어삼켜진, 의식이 온전히 돌아오지 않은 상태에서 그렸기에 나 자신이 정말 이걸 그린 것인지 실감할 수가 없었던 것이다.

이제야 조금은 실감이 난다.

이 그림. 이토록 추하면서도 눈물 나게 아름다운, 이토록 낯설면서도 거울을 보듯 익숙한 이 무시무시한 그림을,

정말로 내가 그린 것이다.

그동안 아무리 머리를 찧고 또 찧어도 무너지지 않던 벽. 그 견고한 벽을 마침내 내 손으로 무너뜨린 것이다.

다른 누구의 것도 아닌 바로 내 이 두 손으로.

9. 17. (월)

이젠 꿈에서까지 두렵다. 아버지가 날 찾아낼까 봐.

새벽에 꿈에서 병원으로 갈 때마다 아버지를 마주칠까 걱정하는 나 자신을 발견한다. 이것이 현실이 아니란 걸 알면서도, 설사 현실이더라도 이렇게 이른 시간에 아버지가 출근할 리 없다는 걸 알면서도, 두렵다.

바꿔치기한 그림을 가방에 넣고 병원을 빠져나올 때가 제일 겁난다. 7시 20분. 로비에서 청소부들이 분주하게 청소를 하고, 조무사들이 입원환자들의 조식을 나르느라 정신없는 틈을 타 정문을 빠져나올 때마다 붙잡힐까 봐 겁이 난다. 레이첼이 뒤에서 날 부르며 달려오지는 않을까, 경비원이 날 멈춰 세우지는 않을까 두렵다.

주차장 맨 구석에 세워둔 차까지의 3, 40미터의 거리가 3킬로는 되는 듯 느껴진다. 차 앞에서 아버지가 팔짱을 낀 채 기다리고 있을 것만 같다.

"많이 들떠 있는 것 같구나, 케이티. 혹시 약을 거르고 있는 건 아니니?" 아버지는 침착한 미소를 지으며 이렇게 말할 것이다. 내가 도망치려 돌아선 순간 직원들이 내 양팔을 붙잡고 진정제를 주사하겠지. 그리고 병실에서 깨어나면 아버지가 내 이마를 쓰다듬으며 속삭일 것 같다. "축하한다, 케이티. 이번엔 정말로 성공했단다. 네 머릿속에서 악성 종양처럼 커져가던 광기를 완전히 제

거했어. 뿌리까지 깨끗이 도려냈단다. 넌 마침내 완벽하게 정상이 된 거야."

이불을 들춰 잘려나간 내 다리를 보여주며 미소 짓는 아버지.

이렇게 두려워하는 것조차 두렵다. 자꾸 두려워하면 다음번 꿈에선 아버지가 정말로 도끼를 든 채 나타날 것만 같아서. 비밀 병실 문을 부수고 들어온 아버지가 도끼로 에린의 목을 내리치고, 내 다리를 자르고, 그림마저 산산조각 낼 것 같아서.

그림마저.

아직도 볼 때마다 현실이라곤 믿겨지지 않는 저 그림들. 꿈에서 지금까지 훔쳐낸 저 다섯 점의 그림들을 보면서 숨이 멎을 정도로 행복한 동시에 불안하다.

그림이 늘어날 때마다 이 양극단의 감정이 더 강하게 날 짓누른다.

왜냐하면 그림들이 점점 더 좋아지고 있으니까.

꿈에서 훔쳐낸 순서대로 D.1(D는 물론 꿈의 머리글자다), D.2, D.3, D.4, D.5라고 이름 붙인 저 그림들이 갈수록 더 날 놀라게 한다. D.1보다 2가, 2보다 3이, 3보다 4가, 그보다 오늘 새벽에 그려낸 D.5가 더 뛰어나다. 처음엔 결코 가능할 리 없다고 생각했던 기적이 벌써 다섯 번이나 일어난 것이다.

그래서 더 겁이 난다. 이번 그림이 마지막이 될까 봐. 첫 번째에서 두 번째, 세 번째에서 네 번째 스텝을 내딛을수록 더 아름답고 완벽해져가는 이 춤을, 끝까지 출 수 없을 것만 같아서.

끝까지.

그래, 이번엔 끝까지 가보고 싶다. 니콜이 저 그림들을 DD에게 보이고 싶다고 했을 때 안 된다고 했던 이유도 그것이었다. 다음 번 꿈에선 더 놀라운 그림을 훔쳐낼 수 있을 것 같아서. 갈 수 있는 한 가장 멀리, 가능하다면 끝까지 가보기 전엔 내 운을 시험해선 안 될 것만 같다.

끝까지.

그 끝이 곧 다가올지 모른다는 것이 너무 두렵다. 이제 핸드폰을 절대 안 켜는 건 물론이고 마트에서 장을 볼 때도 현금만 쓴다. 아버지가 실종신고를 했다면 카드를 쓴 걸로도 위치를 추적당할 수 있을 테니까.

다행히 니콜이 돈을 또 빌려줬다. 지난번에 내가 골라준 그림들 중 하나가 DD의 눈을 3초나 사로잡았다고, 덕분에 작은 전시를 직접 기획하게 될지도 모른다고 니콜은 신이 나 있다. 그러니 당분간은 더 빌붙어 지낼 수 있을 것이다. 쥐꼬리만 한 니콜의 통장잔고가 바닥나기 전까지는.

제일 걱정되는 건 아버지다. 현실에서, 아니면 꿈속에서라도 언제 날 붙잡아 멈추게 만들지 모를 아버지.

이 단어를 쓰는 것만으로도 숨이 막히는 것 같다. 언젠간 아버지에게서 완전히 벗어나 자유로워질 날이 올까? 병실에 갇혔을 때 수백 번 그려보았던 그 계획을 정말로 실행할 수 있을 날이 올까?

이 춤을 조금만 더 출 수 있다면, 열 번째 아니 스무 번째 그림을 그릴 때까지만이라도 멈추지 않고 계속 출 수만 있다면,

가능할 수도 있을 것이다.

그래, 충분히 가능할 것이다.

여기에다 두려움을 쏟아냈으니 이제 깨끗이 잊어버리는 거다.

안 그러면 꿈에서 내 두려움이 정말로 실현될지 모르니까.

마인드 컨트롤. 이것이 가장 중요하다는 걸 잊지 말자.

9. 29. (토)

오늘 아침에 니콜이 날 봤다.

8시 반쯤 집에 들어왔는데 내가 침대에 앉아 그림을 그리고 있었다고 했다. 말을 걸어도 눈 하나 꿈쩍 않고 홀린 듯 캔버스만 들여다보는 내 모습이 왠지 유령처럼 섬뜩해 보였다는 것이다.

"내가 그림을 그리고 있었던 거야, 들여다보고만 있었던 거야?" 내 물음에 니콜은 잘 모르겠다고 했다. 밤을 꼬박 새워 기절 직전이었기에 어느 쪽이었는지 확신할 수 없다는 것이었다. 다만 캔버스를 들여다보는 내 얼굴이 꼭 다른 사람처럼 낯설어 보여 무서울 정도였다고 니콜은 말했다.

"저 그림들도 마찬가지야." 점심을 먹던 니콜이 벽을 따라 세워

둔 내 그림 열두 점을 가리키며 말했다. "저 첫 그림을 봤을 때도 놀랐었지만, 그림이 늘어갈수록 더 무서워져서 볼 때마다 깜짝 깜짝 놀란다니까? 여기서 자면 꿈자리가 사나운 게 다 저 그림들 때문인 것 같아."

니콜은 밥 먹을 때라도 저것들을 뒤집어놓아야겠다며 그림으로 다가갔다가 날 돌아보며 또다시 물었다. "그런데 이 그림 정말 DD한테 보여주면 안 되는 거야? 2, 3초는 충분히 가능할 것 같은데."

나는 또다시 안 된다고 했다. 이제 막 새로운 스타일을 시험해보는 중이라고, 몇 점 더 그리고 나서 생각해보겠다고. 니콜은 그림들을 뒤집어놓고 돌아와 달걀을 마저 해치우며 자신이 정말 전시를 기획하게 됐다는 얘기를 늘어놓았다. 지난번에 DD 눈을 3초나 사로잡은 화가가 내내 연락이 안 됐었는데, 알고 보니 석 달 전에 자살했다는 것이었다.

"아이러니한 일이지. 육십 평생을 무명으로 살다 자살한 후에야 하느님 눈에 들게 됐으니. 그 덕에 전시가 열리게 될지도 모르고 말야."

니콜은 그 죽은 화가를 비롯한 무명작가들의 전시를 기획 중이라며 내 도움이 필요하다고 했다. "DD 눈에 들 작가 두어 명만 더 찾아낸다면, 한두 달 후엔 정말 전시가 열리게 될 거야. 드바인 갤러리 제2분관 B전시실에서. 바로 이 몸이 기획한 전시가!" 니콜이 결국 흥을 못 참고 포크를 든 채 춤을 추며 난리법석을 떨었다. "그때 네 그림도 같이 걸 수 있다면 대박일 텐데. 뭐, 불가능할 것도 없지. 넌 DD랑 놀랄 만큼 비슷한 취향을 가졌으니 말야."

니콜은 한참을 신이 나 떠들어댔다. 그러고는 출근하러 나서다 말고 내 그림 한 점을 집어 들더니 협박조로 말했다. "네가 자꾸 싫다고 하면 훔쳐서라도 가져갈 거야. 이거." 그녀가 집어 든 건 D.1이었다. "처음부터 난 이게 제일 맘에 들더라. 이거라면 충분히 승산 있을 것 같아."

니콜은 그림을 든 채 그대로 뛰쳐나갈 기세였다. 그래서 결국 그림을 가져가라고 했다. 대신 1번이 아니라 11번(12번은 오늘 새벽에 그려 물감이 다 마르지 않았기에)이어야 한다고 했다.

내가 신문지에 겹겹이 싸서 건네준 11번을 받아든 니콜은 이해할 수 없다는 표정이었다. 그녀 눈에는 어느 모로 보나 1번이 나았던 것이다. "하지만 뭐, 결국엔 네가 늘 옳았으니까." 옆구리에 그림을 낀 채 중얼거리며 집을 나서는 니콜을 보며 나 역시 이해할 수 없는 기분이 되었다. 그녀는 정말 알아볼 수 없는 것일까? 내 새 그림들이 최신작으로 갈수록 좋아지고 있다는 것을? 1번보다 2번이, 11번보다 12번이 명백히 더 뛰어나다는 것을?

갑작스런 공포가 날 사로잡은 건 20분쯤 지나서였다.

설거지를 하는데 뭔가 중요한 걸 내가 놓치고 있는 듯한 기분이 들었다. 아무리 닦아도 없어지지 않는 기름때 같은 게 마음속에 들러붙어 있는 듯했다. 이 느낌이 삼 주 동안이나 내 안에서 자라나고 있었다는 걸 나는 알고 있었다. 꿈에서 그림을 훔쳐내기 시작한 후부터 이 찜찜한 기분은 계속 커져가고 있었던 것이다. 하지만 그동안 모른 척하는 데 성공해왔기에 이번에도 난 그러려고 했다. 세제를 잔뜩 풀어 프라이팬을 닦으며 다른 생각을 떠올리려 애썼다.

11번이 아니라 12번을 니콜에게 주었어야 했나? 물감이 덜 마르긴 했지만 그게 내 최고작인데. 아냐, 내일모레쯤엔 13번을 그릴 수 있을 텐데, 그러면 그게 분명 최고작이 될 거야. 하지만 그렇게 따지자면 13번보단 당연히 14번이⋯⋯. 역시 너무 성급했던 거야. 일주일, 아니 한 달 후에나 그림을 줬어야 했어. 30번 정도면 틀림없이 DD 눈에도 들 수 있을 테니까. 지금이라도 니콜에게 전화해 그림을 보여주지 말라고 해야 할까?

이런 생각에 빠져 설거지를 마치고 돌아설 때 그 말이 떠올랐다. 니콜이 아까 했던 말. 아침에 캔버스를 들여다보던 내가 꼭 다른 사람처럼 보였다는 그 말. 바로 다음 순간 이상한 단어 하나가 머릿속에서 튀어나왔다.

빙의.

그리고 그때부터 공포가, 그동안 애써 억눌러왔던 공포가 날 사로잡고 놓아주질 않는다. 이렇게 글이라도 쓰지 않고는 도저히 못 견딜 만큼 강한 공포가.

그래, 이제는 어쩔 수 없다.

더 이상은 모른 척할 수 없게 돼버린 것이다. 그 무서운 생각들을. 그러니 차라리 여기다 써버리면 두려움이 조금은 가실지 모른다.

날 공포에 떨게 했던 생각들은 바로 이것이다. 그동안 나는 에린이라는 나 자신의 또 다른 인격에 씐 상태로 저 그림들을 그렸던 건지 모른다. 지금 나는 해리성 정체장애, 다중인격으로 불리는 새로운 형태의 정신질환을 앓고 있으며, 새 그림을 한 점씩 더 그려낼 때마다 이 증세는 더 심각해지고 있는 중인지 모른다.

어쩌지?

여기다 다 털어놨는데도 두려움이 조금도 가시지 않는다. 아니, 아까보다도 더 심해진 것 같다. 어쩌면 아버지가 맞았는지 모른다. 병실에 갇혔을 때 아버지가 했던 말들이 귓가에 되살아난다.

"넌 지금 내가 널 해치고 있다고 생각하겠지. 그래서 날 원망하겠지. 하지만 케이티, 그 반대란다. 네 병이 거울처럼 모든 걸 뒤집어 보도록 만들어 그렇게 느껴지는 거야."

"너에게 지금 가장 위험한 사람은 바로 너 자신이란다. 네 병이 널 그렇게 만드는 거야. 그래서 내가 이렇게 너와 싸우고 있다는 걸 정말로 모르겠니?"

"널 지키기 위해서 난 세상 무엇과도 맞서 싸울 거다. 그게 심지어 너일지라도 말이다. 그러다 결국 널 잃게 될지도 모르지만, 이미 잃었는지도 모르지만……."

날 바라보며 눈물 짓던 아버지의 모습이 눈에 선하다. 내 눈에서도 지금 눈물이 흐르고 있다.

아.

지금이라도 아버지에게 전화해야 할까?

더 늦기 전에 집으로 돌아가야 할까?

아냐.

아직은, 아직은 안 된다.

아직은 멈출 수 없다. 이러다 결국엔 완전히 미쳐버리게 될지 모른다는, 에린이라는 그림자에 완전히 잠식당할지 모른다는 두려움에 숨조차 제대로 쉬기 힘든데도 여기서 멈추면 평생을 후회하게 될 것 같다.

딱 한 점. 아니 두 점만 더 꿈에서 훔쳐내자. 그런 다음 나 스스로 멈추는 거다.

14번. 그래, 거기서 멈추는 거다.

14번을 그려내자마자 내 작은 황소를 강으로 가져가 던져버리는 거다. 그리고 그 길로 돌아가는 거다.

집으로.

날 기다리는 아버지에게로.

10. 5. (금)

이번이 마지막이야.

나는 1번 열쇠를 열쇠구멍에 꽂으며 다짐했다. 그저께 14번을 가방에 넣고 비밀 병실을 나설 때 그랬듯이.

진짜로 이게 마지막인 거야.

문을 열며 나는 한 번 더 다짐했다. 그리고 병실로 들어서는 동시에 내가 스스로에게 거짓말을 하고 있다는 걸 깨달았다. 그러면서도 딱히 놀라진 않았다. 꿈속에선 원래 그렇다는 걸, 거울에 비친 영상처럼 모든 게 어느 순간 정반대가 된다는 걸 이젠 잘 알았으니까.

하지만 에린의 다리를 보고도 놀라지 않는 건 불가능했다. 그것이 꼭 현실인 것처럼 그녀 다리의 깁스가 풀려 있었기 때문이다. 공교롭게도 그것이 현실이었다면 걸렸을 꼭 그 정도의 시간이 걸린 것이다. 부러진 에린의 다리가 낫는 데에는. 그리고 그걸 알아차린 후부터 나는 또다시 이것이 꿈일 리 없다는 확신에 빠져들고 말았다.

"이제 때가 됐어." 여태껏 늘 그랬듯 호기심을 참지 못하고 캔버스 앞으로 다가가는 내게 에린이 말했다. "네가 약속을 지켜야 할 때가."

그녀의 말보다 눈앞의 캔버스가 나를 더 놀라게 했다. 온통 회색으로 칠해진 캔버스. 그걸 본 순간 뒤늦은 깨달음이 엄습했다.

그 모든 건 다 핑계였구나.

책상에 걸터앉은 에린을 돌아보며 나는 생각했다. 그동안 저 여자가 내 과거를 자꾸 캐물었던 것도, 그 대가로 그림들을 주었던 것도 다 핑계였던 거야. 자기 다리가 다 나을 때까지 날 잡아두기 위한 핑계.

왜 여태껏 눈치 못 챘던 걸까? 나는 이것이 꼭 현실인 듯 자책했다. 처음부터 저 여자의 목적이 탈출이었다는 걸, 날 이용해 여길 벗어나려는 거였다는 걸 왜 진작 알아차리지 못했을까?

"내가 뭘 부탁하든 들어주겠다고 했지?" 에린이 멀쩡한 두 다리를 자랑하듯 흔들어 보이며 말했다. "내가 원하는 건 자유야." 혀 짧은 발음으로 '자유'가 신상품 과자라도 되는 듯 말하는 그녀의 모습이 날 당황하게 했다.

"그건 그렇게 간단한 문제가 아니에요." 나는 이것이 꼭 현실인 듯 문을 돌아보며 목소리를 낮췄다. "일반 병실에서도 직원들 감시를 피해 병원 밖으로 몰래 나가는 건 불가능해요. 예전에 입원했을 때 내가 시도해봐서 알아요. 게다가 여긴 비밀 병실이니 그보다도 더……."

"우라질." 에린이 환자용 슬리퍼를 신은 발로 내 팔을 툭 쳤다. "네가 여길 맘대로 들어올 수 있었다면, 맘대로 나갈 방법도 찾아낼 수 있지 않겠어?" 그녀가 내 팔을 계속 툭툭 차며 혀 짧은 소리를 해댔다. "불가능은 개뿔. 네가 짤랑거리고 다니는 그 염병할 것들은 열쇠가 아니라 다 개불알들이냐?"

저 여잔 이해할 수가 없는 거야, 나는 에린의 발길질을 피해 침대에 걸터앉으며 생각했다. 큰 병원의 감시 시스템이란 개념에 대해 이해할 수 있을 만큼 제정신이 아닌 거야, 저 미친 여잔. 그러니 아무리 설명해도 알아듣지 못할 거야. 여기서 그녀를 정말 탈출시키지 않는 한, 더는 그림을 받아낼 수 없는 거야.

14번. 그게 정말로 마지막 그림이었던 거야, 허탈함에 멍하니 앉아 있는 나를 에린이 또다시 찔러댔다. "뭐가 문제냐구, 응? 뭐가 문젠데 그렇게 육갑 떨고 있어, 응?" 아보카도가 익었나 확인하듯 내 이마를 찔러대는 에린의 손가락에 진저리가 났다. "네 가방에 든 그 빤짝이고 짤랑대는 것들은, 응? 그 염병할 것들은, 응? 다 열쇠가 아니라 개불알들이야, 응? 소불알들이냐구, 응?"

"제기랄." 그동안 억눌러 왔던 에린에 대한 혐오감이 터져나왔다. "모르겠어, 이 정신 나간 여자야?" 에린의 팔을 잡아채며 내가 소리쳤다. "탈출시킬 방법을 안다고 해도, 난 당신 절대 안 꺼내 줘. 왜냐고? 당신이 누군지 난 좆도 모르니까. 내가 아는 건 달랑 당신 이름뿐이고, 그것마저도 구라일지 모르니까."

겁먹은 아이처럼 굳어진 에린의 얼굴이 내 화를 더 돋웠다. 나는 그녀의 팔을 잡아당겨 내 옆에 앉혔다. 그러고는 이것이 꼭 현실인 듯 문을 힐끔거리며 에린에게 속삭였다. "당신이 누군지, 왜여기 갇혔는지도 모른 채 그런 짓을 벌일 만큼 내가 바보 천치로 보여? 당신을 여기 가둔 사람이 누군지, 탈출에 실패할 경우 무슨 일이 생길지도 모른 채 위험을 무릅쓸 만큼 내가 머저리로 보이냐구!"

텅 빈 얼굴로 딴 곳만 보는 에린의 팔을 붙잡고 흔들어대며 내가 다그쳤다. "뭐라도 알아야 내가 빌어먹을 계획을 세우든 말든 할 것 아냐? 그러니 내 도움을 원한다면 말해. 응? 당신 정체가 뭔지 나한테 어서 다 말하란 말야."

초점이 사라진 에린의 두 눈은 다른 곳을 향하고 있었다. 거기엔 창에 붙은 포스터만 있을 뿐이었다. 초점 없는 시선을 거기에 고정한 채 에린은 손만 계속 꼼지락거렸다. 내려다보니 그녀는 오른손 엄지손가락으로 왼 손등에 난 작은 흉터를 만지작거리고 있었다.

"내가 기억하는 건……." 오래전 뭔가에 데여서 생긴 듯한 손톱만한 흉터를 만지작거리며 에린이 중얼거렸다. "내가 장난감이었다는 거야." 그녀의 발음이 알아듣기 힘들 정도로 어눌해졌다. "장난감은 눈을 가져선 안 돼……. 귀를 가져서도 안 되고……."

흉터를 쉴 새 없이 만지작거리는 손길과 달리 에린의 말소리는 갈수록 느려졌다. 발음도 불분명한데 목소리마저 작아 알아듣기가 점점 더 힘들어졌다. 한참을 쉬었다가 한 단어를 내뱉고 또다시 한참을 쉬는 식으로 더듬더듬 이어진 그녀의 어눌한 말들을 이어붙이면 대략 이런 식이었다.

'내가 버려질 때, 그는 알았어. 내가 눈과 귀를 가졌다는 걸. 그 것들로 보고 들은 걸 말할 수 있는 입을 가졌다는 걸. 그는 비밀 이 새어나가는 걸 원치 않았어. 그냥 죽여버리면 간단했을 텐데, 그는 여기 날 영원히 가둬두는 방법을 택했어. 그럴 능력이 있고 힘이 있으니까. 그는 불필요한 위험을 감수하지 않는 인간이거 든.'

"그가 누구지?"

내 물음에 에린이 바싹 마른 얇은 입술을 달싹거렸다. 하지만 이제는 목소리가 너무 작아 알아듣기가 거의 불가능했다. '이름 만 대면 알 수 있는 사람'이라는 말만은 알아들은 것 같았지만 그 마저도 확신할 순 없었다.

"누구라고?"

내가 다시 물었을 때 에린은 마침내 배터리가 방전된 자동인형 처럼 완전한 침묵에 휩싸였다.

끝내 대답을 듣지 못한 채 나는 병실을 빠져나왔다. 그녀가 다 시 입을 열기를 기다리는 새 아침식사 시간이 다 돼가고 있었기 때문이었다.

차라리 잘된 일이야, 나는 서둘러 계단을 내려가며 중얼거렸 다. 딱 내가 원했던 그대로 된 거야. 어차피 이쯤에서 멈춰야 한다 고, 더 가면 위험할 거라고 내내 느끼고 있었잖아. 그러면서도 나 는 알았다. 나 자신이 또다시 스스로에게 거짓말을 하고 있다는 것을. 방법을 찾아낼 수만 있다면 난 결국 에린을 탈출시키고 말리란 것을. 그녀의 15번, 16번, 17번을 계속해서 얻어내기 위해 무슨 짓이든 하리라는 것을.

방법이 떠오른 건 시멘트 계단을 다 내려섰을 때였다. 갈색 문을 지나쳐 철제 계단을 내려가려는데 문득 어떤 예감이 내 발길을 붙잡았던 것이다.

저 방 안에 있던 또 하나의 문.

담벼락으로 가로막혀 어디로도 통하지 않는 듯했던 그 문을 통해 에린을 탈출시킬 방법이 있을지 모른다는 갑작스런 예감이 날 사로잡았다. 나는 돌아서서 갈색 문으로 다가갔다. 그리고 지난번에 그랬듯 3번 열쇠를 골라 열쇠구멍에 밀어넣었다.

방 안엔 여전히 캐비닛과 상자들뿐이었다. 나는 낡은 종이와 먼지 냄새가 나는 방을 가로질러 맞은편 문을 열고 밖으로 나왔다. 그리고 담장으로 둘러싸인 좁다란 길 어딘가에 혹시 비상구가 있을지 살펴보았다.

그것을 정말로 발견한 건, 방에서 나와 오른쪽 방향으로 계속 걷다 모퉁이를 돌았을 때였다. 정문 쪽으로 이어지는 낡은 벽돌 담장에 녹슨 갈색 철문 하나가 있었던 것이다. 나는 반신반의한 채 그 문으로 다가가 열쇠들을 시험해보았다. 6번을 열쇠구멍에 꽂았을 때 열쇠가 돌아가며 문이 열렸다.

이스트 123번가의 풍경이 내 눈앞에 펼쳐졌다. 거리 양옆으로 주차된 각양각색의 차들, 구름 한 점 없이 맑게 갠 아침 하늘과 가로수에서 떨어지는 낙엽들, 제각각 바쁘게 걸어가는 행인들의 모습까지 현실과 똑같아 보이는 것에 전율하며 나는 다시 철문을 걸어 잠갔다. 그리고 이것이 꿈일 리 없다는 확신에 사로잡힌 채 주변에 감시 카메라가 있는지 둘러보았다.

이것이 현실인 듯 카메라가 정말로 있었다. 비상구에서 정문 쪽으로 20미터쯤 떨어진 쪽 담벼락에 감시 카메라 하나가 달려 있었던 것이다. 거리가 꽤 멀어 화각이 비상구까지 미치는지는 확실치 않았다. 하지만 혹시 모르니 가능한 한 가장 어두운 시간에 탈출해야 한다는 생각이 들었다.

해가 지고 가로등이 켜지기 직전 가장 어두운 시간이어야 해, 나는 담벼락 좁은 길의 모퉁이를 다시 돌아가며 속으로 중얼거렸다. 그 시간에 딱 맞춰 담장 출구를 빠져나와야 해. 그리고 그 앞에 미리 대놓은 차에 에린을 태우고 최대한 빨리 이 거리를 벗어나는 거야.

어느새 나는 결단을 내린 것이다. 에린을 탈출시키기로.

왜냐하면 그것이 생각보다 너무 쉬워 보였기 때문이었다. 그리고 그건 애초에 비밀 병실이 그런 목적으로 만들어졌기 때문인 듯했다. 이렇게 쉽고 간단히 누구의 눈에도 띄지 않고 환자를 실어오고 실어나갈 수 있도록 비밀 병실은 설계되어 있었던 것이다. 캐비닛이 있는 방으로 다시 들어서며 나는 에린이 했던 말들을 떠올렸다.

'그는 여기 날 영원히 가둬두는 방법을 택했지.'

'그럴 능력이 있고 힘이 있으니까.'

그렇게 은밀하고도 편리한 방법으로 한 인간을 세상에서 완벽히 지워버릴 수 있는 사람, 그 정도의 권력을 가진 그 사람은 대체 누구인 걸까? 에린은 그가 이름만 대면 알 수 있는 사람이라고 했지. 어쩌면 에린은 유명 정치인이나 부유한 사업가의 정부였던 건 아닐까?

나는 비밀통로를 서둘러 빠져나오며 생각했다. 에린을 가둔 사람이 누군진 몰라도 괜찮을 거야, 탈출에 성공할 수만 있다면. 에린은 끔찍한 일을 저지른 범죄자가 아니라 단지 유명한 재력가의 정부였을 뿐일 테지. 게다가 이젠 나이 들고 정신마저 온전치 못해. 그러니 두려워할 필욘 없어. 에린이 누구인지, 그녀를 가둔 이가 누구인지는 중요치 않아. 중요한 건 이 탈출을 정말 성공시킬 수 있느냐는 거야.

나는 꿈속에서도 아버지를 마주칠까 두려워하며 주차장 구석자리에 대놓은 차에 올라탔다. 그리고 병원을 빠져나와 작업실로 향하며 생각했다. 타이밍. 가장 중요한 건 타이밍이야. 에린의 저녁식사 시간이 몇 시부터 몇 시까지인지, 비밀 병실에서 담장 출구로 빠져나가는 데 몇 분 정도 걸리는지, 해가 지는 시간과 가로등이 켜지는 시간이 각각 언제인지, 담장 출구 바로 옆에 차를 세

워두려면 언제 거기 도착해야 할지를 알아내야 해.

저녁에 다시 병원에 가서 그걸 알아내는 거야, 나는 작업실을 향해 차를 몰며 생각했다. 머릿속에서 꿈과 현실이 완전히 뒤섞여버려 내 생각에 모순이 있다는 걸 알아차리지 못한 것이다. 에린도 비밀통로도 담장의 출구도 모두 꿈속에만 존재한다는 걸, 꿈에서 깬 후 병원에 다시 돌아가 기계실로 들어선다면 그것들이 모두 사라져 있으리란 걸 미처 깨닫지 못한 것이다.

작업실에 도착했을 때 내가 깨달은 건 다른 것이었다.

그런데 에린을 탈출시켜 어디로 데려와야 하지?

방에 들어서서 벽에 핀 곰팡이무늬를 바라보는데 문득 이 생각이 떠올랐다. 그러자 이것이 꼭 현실인 듯 기운이 쭉 빠지며 허탈감이 밀려들었다. 나는 간이침대에 주저앉으며 자책했다. 대체 정신을 어디다 두고 있었던 거야? 에린을 탈출시키려는 건 그녀가 날 위해 계속 그림을 그리게 만들기 위해서인데, 그녀를 데려올 곳도 없으면서 탈출부터 시키려 했었다니. 설마 그 미친 여잘 이 방에 데려와 니콜과 셋이 지낼 수 있을 거라 생각했던 거야?

꿈에서 깨기 전 늘 그랬듯 잠옷을 입고 잠자리에 들며 나는 헛웃음을 터뜨렸다. 아무리 이게 꿈이라지만 너무 황당무계하잖아, 이불을 끌어올리며 무심코 중얼거렸을 때에서야 나는 다시 알아차렸다. 이것이 정말로 꿈이라는 걸. 그러자 내 걱정이 쓸데없는 것이었다는 깨달음과 함께 기분 좋은 피로가 밀려들었다.

그래, 에린을 어디로 데려올지는 걱정할 필요가 없었던 거야. 이 모든 건 꿈속의 일이고, 꿈에선 모든 게 생각만 하면 바로 이뤄지니까. 나는 이불 속에 숨겨두었던 황소상을 손에 꼭 쥐며 생각했다. 내가 기계실에서 비밀통로를 찾으려 하자 그것이 곧바로 나타났고, 그림을 찾으려 하자 그것이 정말 비밀 병실에 있었고, 에린을 탈출시킬 방법을 찾으니 비상구가 곧바로 나타났던 것처럼, 그녀를 탈출시키기만 한다면 데려올 곳이 어딘지도 금방 알아낼 수 있게 될 거야.

이건 꿈일 뿐이니까.

결국엔 뭐든지 내가 원하는 대로 이뤄지게 돼 있는 환상적인 꿈일 뿐이니까, 나는 꿈에서 깨어나기 위해 눈을 감으며 마음속으로 중얼거렸다.

나를 꿈에서 깨운 건 노크 소리였다.

똑똑똑. 현관문을 두드리는 그 소리를 듣자마자 머릿속에 회색 밴이 떠올랐다. 골목길에 서 있는 라과디아 정신병원의 사생활 보호용 호송차. 그리고 문을 가로막은 채 날 기다리고 있는 남자 간호사들. 도어뷰 렌즈가 망가져 내다볼 순 없었지만 꼭 내다본 것처럼 눈앞에 선했다. 머릿속이 아득해지며 절망과 두려움으로 온몸이 떨렸다.

드디어 찾아냈구나. 나는 황소상을 이불 속에 숨기고 침대에서 일어나며 생각했다. 아버진 또 어떻게 이렇게 귀신같이 알아낸 걸까? 이제야 내가 막 제대로 춤추기 시작했다는 걸. 지금이 도끼로 내 다리를 잘라내기에 딱 좋은 타이밍이란 걸. 날 영영 망쳐놓을 절호의 기회를 당신이 또다시 잡았다는 걸.

똑똑똑. 노크 소리가 아까보다 더 크게 들렸다.

운동화를 신고 재킷을 걸치며 나는 도망칠 방법들을 떠올렸다. 저 창문을 통해 빠져나갈 수 있을까? 아냐, 옆 건물이 너무 가까이 붙어 있어 불가능할 거야. 벽 사이로 간신히 몸을 빼낼 수 있더라도 파이프에 가로막히고 말 거야. 그럼 어쩌지?

똑똑똑. 노크 소리가 아까보다도 더 커졌다.

멀리서 구급차 사이렌 소리가 들려왔다. 가슴 깊은 곳에서 증오가 끓어올랐다. 나 자신이 느낄 수 있으리라곤 상상도 해본 적 없을 정도로 강렬한 아버지에 대한 증오가. 나는 비명이라도 지르고 싶은 기분이 되어 생각했다. 그래, 비명을 지르는 거야. 저 문을 박차고 뛰쳐나가며 고래고래 소리 지르는 거야. 지나가는 행인 한 명, 이웃 중 누구라도 놀라 달려올 수밖에 없을 만큼 큰 소리로. 나는 주먹을 굳게 쥔 채 문으로 다가갔다.

숨을 크게 한 번 들이쉰 후 손잡이에 손을 올리려는 찰나 니콜의 목소리가 들렸다. "케이티? 케이티? 안에 있지? 문 좀 열어! 케이티?"

당황한 채 얼어붙어 있는데 문밖에서 니콜의 외침이 다시 들려왔다. "나야, 나라니까? 문 열어 얼른!" 니콜이 또 열쇠를 잃어버렸나? 나는 반신반의한 채 떨리는 손으로 문을 열었다. 그리고 그 순간 내가 아직 꿈에서 깨지 않았는지 모른다는 생각에 사로잡혔다. 아르마니 수트를 입은 미술계 하느님이 바로 내 눈앞에 서 있었기 때문이었다.

아, 내가 아직도 꿈속에 있는 거구나. 이런 생각으로 멍해져 있을 때 니콜이 나를 드바인에게 소개했다. "그림이 보고 싶어서 왔소." 하느님은 인사 대신 내게 이렇게 말했다. 여전히 얼어붙어 있는 나를 지나쳐 방으로 들어서는 하느님에게선 샤넬 No.5가 아닌 시가 향기가 났다.

그래, 난 여전히 꿈을 꾸고 있는 거야.

나는 곰팡이 핀 벽을 따라 일렬로 뒤집어놓은 그림들을 1번부터 차례로 하나씩 천천히 돌려세우며 생각했다. 난 지금 꿈속의 꿈을 꾸고 있는 거야.

1번에서 2번, 3번에서 4번으로 갈수록 점점 더 그림에서 눈을 떼지 못하는 하느님을 보며 내 확신은 더 강해져갔다. 8번을 뒤집어 보였을 때 그걸 보는 하느님의 눈빛을 보며 나는 문득 깨달았다. 내가 곧 에린을 데려올 집 한 채를 구입할 수 있을 것임을. 아무도 찾아낼 수 없는 그 외딴 집에서 언제까지고 에린이 날 위해 그림을 그리도록 만들 수 있을 것임을.

그러니까 이건 꿈이 분명해. 나는 하느님이 그림 값을 흥정하려 금장 라이터로 시가에 불을 붙이는 모습을 보며 속으로 중얼 거렸다. 내가 그것을 원하자 곧바로 이렇게 가질 수 있게 됐잖아.

문제는 이거다. 이렇게 한 시간이나 글을 썼는데도 그 꿈에서 내가 아직 깨지 않았다는 것. 내가 현실이 아니라 꿈속에 있음을 스스로에게 증명하지 못했다는 것. 그렇다면 그 모든 게 현실이 었단 말인가? 곧 열릴 기획전에 내 그림들을 걸겠다는 하느님의 약속도, 하느님의 서명이 된 0이 다섯 개 적힌 저 수표도, 모두 꿈 이 아니라 현실이란 말인가?

실감이 안 난다.

현실감이 없다. 팔을 꼬집어봤는데 하나도 아프지 않다. 내가 아니라 나와 똑같이 만들어진 고무인형의 팔을 꼬집는 것 같다. 그런데 지난번처럼 두렵진 않다. 이상할 정도로 정말 하나도 두 렵지 않다. 왜냐면 이제 난 도망칠 수 있으니까. 언제 갑자기 나타 나 날 멈추게 할지 모를 아버지로부터.

그래, 바로 그거다. 꿈에서조차 날 두렵게 만드는 아버지한테 서 이젠 정말로 벗어날 수 있는 거다. 열일곱에 세웠던 계획을 마 침내 실천에 옮길 수 있게 된 거다. 아버지가 날 절대로 찾아내지 못하도록 세상에서 감쪽같이 사라지는 것. 머릿속으로 수백 번 그리고 또 그려보기만 했던 그 꿈을 이제는 이룰 수 있다. 지금 당장이라도.

10. 26 (금)

꿈을 꾸지 않은 지 거의 삼 주나 됐다. 그런데도 계속 꿈꾸고 있었던 듯한 기분이다.

거울 속 저 여자가 정말 나인가?

주근깨 가득한 그을린 피부에 새빨간 립스틱, 어깨까지 내려오는 금발머리, 커다란 링 귀걸이와 몸에 딱 붙는 핑크색 트레이닝복.

내가 봐도 이렇게 낯선데 다른 사람 눈엔 얼마나 낯설까? 레이첼도, 니콜도, 심지어 아버지조차도 저 여자가 나란 걸 알아보지 못할 것이다. 화장기 없는 창백한 피부에 헐렁한 무채색 옷, 검은 단발머리를 하지 않은 내 모습을 그들은 상상도 못 할 테니까.

병원 일을 그만둔 후로 머리 자를 정신이 없었던 게 다행이었다. 헤어스타일의 중요성을 체감했다. 머리를 기르고 염색만 했을 뿐인데 꼭 다른 사람처럼 보인다.

금발을 추천한 건 부동산 중개인이었다. 내가 정말로 남편에게서 도망쳐 숨으려는 여자처럼 절박해 보였나 보다. ("그는 무슨 수를 써서든 날 찾아낼 거예요." 짐을 옮기다 넘어져 생긴 팔뚝의 멍을 보이며 했던 이 말이 효과가 있었던 모양이다.) 하긴, 다른 어떤 핑계를 댔어야 한단 말인가? 반경 1.5킬로미터 이내에 인적이라곤 없는 강기슭 근처 집을 계약하면서 현금이 가득 담긴 슈트케이스를 내밀고, 계약서엔 내 이름 대신 수상한 법인명('DCT inc.' Dreams Come True를 줄여서 내 맘대로 급조한 회사이름)을 써넣기를 고집

할 때, 다른 어떤 핑계를 댔어야 내가 의심을 덜 살 수 있었을까?

다행히 중개인은 내 말을 정말 믿는 것 같았다. 어쩌면 그녀 자신도 지긋지긋한 남편으로부터 단 몇 달이라도 도망치는 꿈을 꾸곤 했었는지 모르지. 그녀는 모종의 동지애 혹은 공범의식을 아낌없이 발휘해 내게 갖가지 조언들을 늘어놓았다. 강 서쪽 끄트머리 동네론 절대 가지 말아요, 온갖 양아치들과 막장 인생들이 우글거려 여자한텐 특히나 위험하니까. 동쪽 동넨 조용하고 깨끗한 편이지만 여자 혼자 돌아다니면 궁금해하는 사람들이 많을 거예요. 특히 '리치 그로서리' 주인 여편네가 소문 제조기니 거긴 발도 들이지 말아요. 좀 멀긴 해도 시내 큰 마트에서 장을 보는 게 오히려 사람들 눈에 띄지 않을 방법일 수도 있겠네요. 물론 그런 덴 분명 CCTV가 많을 테니 선글라스랑 야구모잔 꼭 써야겠죠. 아, 당장 그 머리부터 염색하는 게 좋겠어요. 이왕이면 금발로. 그러면 딴 사람처럼 보일 거예요.

그녀 말이 맞았다. 난 지금 완전히 딴 사람처럼 보인다. 지역 신문 1면에 내 옛 사진이 대문짝만 하게 실린대도 그게 나랑 동일 인물이라고 의심하는 사람은 없을 것이다. 참, 신문에 대해 말하자면, 요즘 신문과 잡지에 실제로 내 기사들이 꽤 자주 나긴 한다. 오늘은 〈뉴욕타임스〉 아트 섹션에까지 내 기사가 났다. 오늘따라 읍내 공공도서관 컴퓨터로 뉴스를 검색하는 대신 진짜 신문을 사보고 싶은 기분이었는데, 편의점에서 〈뉴욕타임스〉를 한 부 사서 펼치니 짜잔, 거기 정말 내 기사가 있었다. 물론 그게 내 기사란 걸 아는 사람은 아직까진 나와 DD, 니콜뿐이긴 하지만, 그래서 오히려 더 짜릿하다.

역시 아빠(DD)는 모든 걸 안다. 내 그림들을 익명으로 발표해 달라고 부탁했을 때 DD는 말했었다. "신비주의. 진부하지만 잘만 쓰면 꽤 괜찮은 전략이지." 그는 내 은둔 계획을 시선끌기용 쇼 정도로 치부했던 것이다. 그런데 결과적으로 정말 그렇게 돼버렸다. 이제 온 뉴욕 미술계의 시선이 내 그림에 쏠려 있다. 이번 기획전의 주인공은 자살한 화가 줄리안 디아즈가 아니라 내가 돼버렸다. '지옥의 풍경을 캔버스에 고스란히 옮겨놓은 듯한' 열네 점의 '충격적일 정도로 강렬한' 그림들을 그린 '이름도, 얼굴도 없는 화가'가 누구인지 뉴욕 미술계 사람들 모두가 궁금해 못 견딜 지경인 듯하다.

실로 보람찬 일이 아닐 수 없다. 세상에서 사라진다는 게 상상했던 것보다 훨씬 번거로운 일이란 걸 뼈저리게 실감하던 참이었으니까. 대포폰을 개통하고, 중고시장에서 익명으로 차를 사고, 카드 대신 현금 다발을 갖고 다니고, 어딜 가든 끊임없이 주위를 경계하고……. 굳이 이렇게까지 할 필요가 있을까 싶을 때가 한두 번이 아니었다.

뭐, 휴대폰을 못 켜니 알 수가 있나. 아버지가 날 여전히 찾고 계신지, 아니면 이제 그만 포기하고 잊어버리기로 하신 건지. 그래서 종종 휴대폰을 켜보고 싶은 유혹에 시달리곤 했다. 아버지가 남겼을 문자나 음성메시지를 확인하고 싶어서. "여기 숨었나?" "아니, 여긴가?" 하며 날 찾아 헤매는 술래의 목소리를 듣고 싶어서.

그때 전화를 켰다면 숨바꼭질은 싱겁게 끝났겠지. 안 그랬길 천만다행이다. 게임은 끝나긴커녕 이제 막 시작됐다. 내가 바로 그 '이름도, 얼굴도 없는 화가'란 걸 아버지조차 모르는 한 내 '신비주의 전략'은 그리 호락호락하게 끝나지 않을 것이다.

이렇게나 완벽한 은신처를 찾아냈으니 가장 힘든 일은 해결된 셈이다. 이제부턴 여기 틀어박혀 기다리는 일만 남았다. 술래가 '못 찾겠다 꾀꼬리'를 외칠 때까지. 번거롭고 힘든 일은 이제 거의 다 끝났다.

거의 다.

에린을 이 외딴 집에 데려오는 것만 빼고.

그녀가 이 집에서 계속 그림을 그리도록 만드는 것만 빼고.

그래, 사실은 이게 가장 번거롭고 힘든 일이 될 테지. 병원에서 에린을 탈출시키는 것만도 보통 일이 아닌데, 그녀를 이 집에 데려와 둘이서 함께 지내야 할 테니까.

언제까지나.

여전히 나는 헷갈리고 있는 것이다. 꿈을 안 꾼 지 삼 주가 다 됐는데도. 에린이 내 꿈속의 존재가 아니라 실제로 살아 있는 사람인 것처럼, 지금 이 순간에도 라과디아 정신병원 비밀 병실에 실제로 갇힌 채 내가 자신을 꺼내주러 오길 기다리고 있는 것처럼 느껴지는 것이다.

바로 그 때문이었다. 준비가 이렇게나 오래 걸린 건.

이 집을 계약했을 때 일이 다 끝난 줄 알았는데 그게 아니었다. 그동안 머플러로 꽁꽁 감싸둔 황소상을 꺼내 다시 꿈꿀 준비를 하는데 문득 불안감이 엄습했다. 잠깐, 에린을 내일 여기로 데려오면 어디서 재워야 하지? 아직 그녀가 잘 침대도 들여놓지 않았는데. 에린이 입을 옷들은? 그것들도 미리 다 준비해 옷장 속에 넣어둬야 해. 그녀를 데리고 읍내 쇼핑몰을 돌아다닐 순 없을 테니까. 음식은? 둘이서 외식을 하거나 피자를 배달시킬 수도 없는 노릇이잖아. 앞으론 내가 직접 요리해야 해. 커다란 냉장고를 사 음식들을 가득 채워놓아야겠어. 주방도구와 그릇들도 준비해둬야지.

한번 시작된 걱정은 끝이 없었다. 꿈꾸는 건 자꾸만 미뤄졌다. 불안감은 갈수록 커져갔다. 아무리 조심한대도 빈틈은 생길 테니까. 가구를 사다가, 가전제품을 사다가, 주방용품을 사다가 누군가에게 반드시 목격될 테니까. 기억될 테니까.

그래서 난 다른 여자가 되기로 했다. 원래의 내가 무채색이었으니 눈에 안 띄려면 눈에 잘 띄어야 했다. 커다란 링 귀걸이와 딱 붙는 트레이닝복, 핫핑크색 야구 모자와 화려한 선글라스를 착용하고 두 배나 부풀려 그린 새빨간 입술로 껌을 짝짝 씹으며 엉덩이를 씰룩대면서 걸었다. 꺼진 휴대폰에 대고 째진 목소리로 쉴 새 없이 땍땍거리며 남편과 통화하는 척했다. "됐어. 자길 믿은 내가 등신이지. 빌어먹을 냉장고는 직원한테 짐칸에 실어달라고 할 테니까, 이따 내가 도착하면 내리는 거나 해. 그건 할 수 있겠지? 응?" 내가 연기에 소질이 있다는 걸 이번에 처음 알았다.

그렇게 한 시간 반 거리의 옆 동네를 오가며 물건들을 사다 나르고 가구들을 조립했다. 웬만한 걸 다 갖춰놓기까지 꼬박 사흘이 걸렸다. 그러고도 여전히 불안했다.

대체 왜?

거울 속 나 자신이 점점 더 내가 모르는 사람 같아져서? 이토록 낯선 모습이 되어 낯선 동네의 낯선 집에서 낯선 물건들에 둘러싸여 있으니 꼭 낯선 꿈을 꾸고 있는 듯해서? 나 자신이 누구인지조차 알 수 없는 기묘한 꿈속에 이미 내가 빠져들어 있는 듯해서?

그것도 하나의 이유였다. 현실이 너무 낯설어져 이젠 꿈이 오히려 익숙한 현실처럼 느껴질 지경이었다. 오래 못 본 친구를 그리듯 에린이 다시 보고 싶어질 정도였다. 그녀의 천박한 말투와 어눌한 발음, 백치처럼 멍한 눈빛조차 그리웠다.

하지만 정말로 그리운 건 에린의 그림들이었다. 어쩌면 그동안 15번, 16번, 17번, 18번이 에린의 캔버스 위에 이미 그려졌다 사라졌을지 모른다는 생각이 들었다. 에린이 내 꿈속이 아닌 현실에 살아 있는 사람인 것처럼 나는 자꾸 그런 생각에 사로잡혔다. 그리고 그때마다 내 신체 일부가 잘려나가기라도 한 듯 극심한 고통을 느꼈다. 내일은 꼭 에린을 찾아가야 해. 그녀를 병실에서 무사히 탈출시켜 이 집으로 데려와야 해.

그런데 그날 밤 황소상을 상자에서 꺼내면 또 다른 걱정이 떠올랐다. 가만, 에린이 만약 여기서도 도망치려 한다면 어쩌지? 이 외딴집에 틀어박혀 매일 그림이나 그리면서, 오가는 사람 하나 없는 저 강기슭 길을 따라 산책하는 것만으로 에린이 언제까지 만족할 수 있을까? 머지않아 그녀는 깨닫게 될 거야. 자신이 본질적으론 예전과 다를 것 없는 죄수 신세에 지나지 않는다는 걸.

나는 황소상을 도로 상자에 넣으며 생각했다. 죄수 신세. 바로 그거야. 에린을 꼭 그런 상태로 만들어야 해. 그녀 자신이 그런 신세란 걸 깨닫지 못하면서도 얌전한 죄수처럼 언제까지나 여기 머물 수 있도록……

꿈꾸는 일은 또다시 미뤄졌다. 나는 밤새 에린을 죄수로 만들 방법에 대한 생각에 골몰했다. 에린이 그 어느 때보다 더 현실에 살아 있는 듯 느껴졌기에, 모든 현실적인 방안을 다 미리 강구해 두지 않으면 안 될 것 같았다.

아, 케이블 TV를 설치하는 거야. 옛날에 연속극을 달고 살았었다고 에린이 말했었으니까. 저녁마다 백 개도 넘는 채널들을 돌

려가며 수십 개의 연속극들을 챙겨보게 된다면 그녀가 무료함에
지쳐 탈출하는 일 같은 건 생기지 않을지 몰라.

하지만 그래도 언젠가 에린이 탈출하려 한다면?

그래, 미리 장치를 설치해두는 거야. 에린이 쓰게 될 2층 큰방
에. 그것들이 처음부터 거기 달려 있다면 그녀도 대수롭지 않게
생각할지 몰라. 창에는 고풍스런 조각이 된 창살을 달고 방문에
도 복도에서 걸어 잠글 수 있는 장치를 달아두는 거야. 경계심이
들지 않도록 인테리어용 장식품처럼 보이는 걸로. 에린이 물어본
다면 예전 집주인이 그 방을 육아실로 쓰느라 달아뒀던 거라고
하는 거야.

꿈꾸는 일은 하루 더 미뤄졌다. 나는 또다시 내가 모르는 그 여
자가 되었다. 언제 어디서나 휴대폰으로 부부싸움 중인 째진 목
소리의 총천연색 여자. 나는 그 여자가 된 채로 TV를 구입하고
기사를 불러 케이블을 설치했다. 뉴욕까지 달려가 DIY 인테리어
용품 숍들을 뒤진 끝에 덩굴무늬 조각이 된 앤티크 풍 쇠창살과
잠금장치를 찾아냈다. 그리고 공구함을 들고 혼자 씨름한 끝에
결국 모든 설치를 마쳤다.

오늘 밤에.

그런데도 여전히 마음이 놓이지 않았다. 중요한 뭔가를 빠뜨린
것 같은 불안감을 떨쳐낼 수가 없었다. 그래서 그것이 무엇인지
알아내려 새벽 2시가 넘도록 이렇게 일기를 끄적이고 있는 것이

146

다. 밀려드는 졸음을 쫓으려 커피를 두 잔째 마셔가면서. 거울에 비친 낯선 나 자신의 얼굴을 수시로 흘끔거리면서.

그리고 지금 막 깨달았다. 내가 아직도 불안해하는 이유가 무엇인지. 에린을 데려올 준비가 끝나지 않아서가 아니었다. 그 준비가 애초에 가능할 수가 없는 것이기 때문이었다. 창문에 창살을 달 순 있겠지만 머릿속에 경계선을 그을 순 없을 테니까. 내 꿈속에만 존재하는 그 병실에서 에린을 데리고 나와, 현실에 정말로 존재하는 차에 태워 현실에 정말로 존재하는 길들을 지나 현실에 정말로 존재하는 이 집으로 데려온 그때부터, 나는 늘 혼동할 수밖에 없게 될 테니까.

어디까지가 꿈이고 어디서부터가 현실인지를.

그때부턴 2층으로 올라가 큰방 문을 열 때 에린이 거기 없다면 궁금해하게 될 테니까. 지금 이 순간이 꿈이 아니라 현실이기에 에린이 사라져버린 걸까? 아니면 지금 이 순간이 꿈인데 에린이 산책하러 혼자 뒤뜰로 나간 것일까? 혹시 에린이 이 집에서, 내 꿈속에서 도망쳐 영영 사라져버린 건 아닐까?

그래, 그러니까 어느 순간 나는 구분하기를 포기하게 될 것이다. 꿈이었구나 생각한 순간 그게 현실이었다는 걸 깨닫게 되고, 현실이었구나 생각했을 때 그것이 꿈이란 걸 깨닫게 되는 일이 계속 반복된다면, 그 둘을 구분하는 게 아무런 의미도 없는 일이란 결론에 이르게 될 수밖에 없을 테니까.

그러니까 내가 그동안 정말로 두려워했던 건 바로 이것이었다. 꿈과 현실의 경계가 무너져버리는 것. 꿈과 현실이 결국엔 하나가 되어버리는 것. 내가 지금 마시고 있는 이 미지근한 커피처럼, 커피와 크림이 뒤섞여 결코 분리할 수 없게 되어버린 이 연갈색 액체처럼, 꿈이면서 동시에 현실인 그런 새로운 현실(이것을 '꿈현실'이라고 불러야 할까?)을 내가 앞으로 살아가게 될 거라는 것.

언제까지나.

그래. 나는 바로 이것을 두려워했던 것이다. 그러니까 그동안 내가 했던 이 모든 준비는 불필요한 것만은 아니었다. 아니, 꼭 필요한 것이었다. 에린을 이 집에 데려와 내가 끊임없이 꿈과 현실을 혼동하게 될 때, 그것이 정말 현실이더라도 상관없을 정도로 내가 할 수 있는 모든 준비를 미리 다 해두었으니까.

그러니까 이제 내게 남은 일은, 마음의 준비를 하는 것뿐이다.

하지만 어떻게?

내 머릿속에 경계선을 그을 수가 없으니

거꾸로 완전히 지워버리는 건 어떨까?

그래, 어쩌면 이것이 내가 할 수 있는 최선의 준비일 것이다. 머릿속에 아직 희미하게 남아 있는 꿈과 현실의 경계마저 내 스스로 미리 무너뜨려버리는 것이다. 그러면 나중에 그 경계가 무너져갈 때 그것을 지키려 애쓰다 나 자신까지 무너져버리지 않을 수 있을 테니까.

그러니까 이렇게 하는 거다. 에린을 병실에서 데리고 나오는 그 순간부터, 이것이 꿈인지 현실인지 더 이상 궁금해하지 않기로 하는 거다. 이렇게 불안감에 휩싸인 채 일기를 써서 알아내려는 짓조차 더 이상은 하지 않겠다고 지금 이 자리에서 다짐하는 거다.

상관없어, 이것이 꿈이든 현실이든.

그래. 이 말을 앞으로는 수시로 되뇌는 것이다. 꿈과 현실이 혼동될 때마다 주문처럼 외는 것이다.

상관없어, 이것이 꿈이든 현실이든. 모든 게 결국 다 내 뜻대로 이뤄지기만 한다면.

바로 이거다. 이제야 겨우 불안이 가라앉는 것 같다. 이제 정말로 준비가 다 끝났다는 생각이 든다. 왜냐하면 지금 막 주문을 외다 깨달았기 때문이다. 내가 굳이 그걸 욀 필요조차 없었다는 것을. 내 머릿속의 경계가 이미 거의 다 사라져 있다는 것을.

그러니 이제 내가 할 일은 황소를 상자에서 해방시켜 손에 쥔 채 잠드는 것뿐이다. 그리고 꿈, 아니 꿈현실에서 깨어나 에린을 데리러 출발하는 것이다. 뉴욕까지 두 시간 반 넘게 달려야 하니 아침에 여기서 출발한대도 그다지 이른 건 아니다. 병원 담장 출구 가까운 곳에 차를 미리 세워둬야 하니까 더더욱.

참, 그런데 에린을 정확히 몇 시에 탈출시키기로 했더라? 삼 주 전쯤 그걸 알아내려 마지막 꿈을 꾼 후에 내가 어디다 메모를 해 뒀었지?

드로잉수첩 맨 뒷장. 그래, 여기 메모가 있다. 이제 기억이 난다.

저녁 7시. 딱 그 시간에 에린과 병실을 나서야 한다. 저녁식사 시간이 끝나기 30분 전인 그때가 가장 안전할 거라고 에린이 그랬었으니까.

가로등이 밝혀지는 시간은 7시 10분. 그전까진 담장 출구를 빠져나와야 감시 카메라에 잡힐 위험을 최소화할 수 있다. 이건 그다지 걱정할 필요는 없다. 혼자 스톱워치를 재며 리허설을 했을 때 총 4분이 채 안 걸렸으니까. 비밀 병실을 빠져나와 캐비닛이 있는 방으로 이동한 후, 그 방 뒷문을 거쳐 담장 출구를 빠져나오는 데까지 길어야 4분이면 충분했으니까.

4분.

그날 내 얘길 들은 에린이 헛웃음을 터뜨렸을 정도로 짧은 시간.

그래, 그러니 너무 불안해할 필요는 없다. 그렇게나 짧은 시간 동안 잘못될 일이 뭐가 있겠는가? 에린의 두 다리는 튼튼하고, 만에 하나 담장 감시 카메라에 탈출하는 모습이 잡힌다 해도 경비원이 달려오기 전에 우리가 먼저 빠져나갈 수 있을 것이다. 1층 문에서부터 달리면 출구를 빠져나갈 때까지 길어야 25초가 걸릴 뿐이니까.

졸음이 쏟아진다.

지금 알람을 맞추고 여섯 시간 후에 깨어나면 9시 반. 그때 바로 출발한다면 1시가 안 돼 이스트 123번가에 도착하게 될 것이다. 운이 좋으면 곧바로 담장 근처에 주차할 수 있겠지만, 그럴 수 없다면 조금 먼 곳에 주차한 다음 더 가까운 쪽 차가 빠지길 기다려야 할 것이다. 담장 출구 바로 앞에 주차할 수만 있다면, 탈출은 5분도 안 돼 끝날 것이다.

이제는 정말로 황소를 꺼낼 차례다.

그런데 왠지 이젠 그럴 필요조차 없을 것 같은 기분이 든다. 지금 이대로 황소를 쥐지 않은 채 잠든다 해도, 알람 소리에 깨어나 차를 몰고 병원에 도착하면 비밀 병실에서 에린을 찾아낼 수 있을 것만 같다.

내 머릿속 경계가 이미 깨끗이 지워져 있기 때문이겠지.

이젠 그것이 더 이상 두렵게 느껴지지 않으니 마음의 준비는 정말 다 끝난 것이다. 그러니 이 일기를 쓰는 것도 이것이 마지막이다.

황소를 꺼냈다.

알람을 맞췄다.

잘 자, 예전의 나 자신.

그런 것이 아직까지 조금이나마 남아 있었다면.

3

어쩌다 내가 여기까지 오게 된 걸까?

지난 이틀 동안 밤낮으로 이것만을 생각했다. 경찰이 왔을 때 할 말을 미리 준비해두어야 할 것 같아서. "왜 그랬지?" 취조실 형광등 아래서 니코틴과 야근에 찌든 형사가 물을 때 용의자의 대답은 짧을수록 좋을 테니까.

미쳐서 그랬어요.

처음엔 이게 가장 간단한 대답이리라 생각했다. 그건 내 형량을 낮추는 데 큰 도움이 될 테고 결정적으로 사실이니까. 나는 형사에게서 얻어낸 담배에 떨리는 손으로 불을 붙이며 대답하는 나자신의 모습을 머릿속에 그려보았다.

처음 미쳤던 건 열두 살 때였어요. 그림 속에서 황소가 뛰쳐나와 날 공격했거든요. 그때 그 짐승의 뿔이 내 몸뿐 아니라 머릿속에도 구멍을 뚫어놓은 것 같아요. 누구나 머릿속에 가지고 태어난 벽, 꿈과 현실을 구분할 수 있게 해주는 그 단단한 벽에 갑자기 큰 구멍이 나버린 거죠. 위장에 구멍이 뚫린 사람처럼, 그때부터 난 머릿속에 구멍을 가진 채 살아가게 된 거예요. 그래서 구분할 수 없게 된 거죠. 내가 겪는 일들 중 어디까지가 현실이고 어디서부터가 환상인 건지. 내 머릿속의 그 빌어먹을 구멍, 게르니카의 황소가 뚫고 지나간, 내 몸보다도 큰 그 구멍 때문에.

물론 아버진 그 구멍을 메우려 온갖 의학적 방법을 다 동원했죠. 나는 형사의 구겨진 미간에 담배 연기를 내뿜으며 어깨를 으쓱할 것이다. 수십 번의 전기경련치료와 수백 번의 정신분석, 수만 개의 알약들. 그것들로 내 머리의 구멍을 메우는 데 성공했다고 아버진 믿었어요. 나 역시 꼭 그런 줄만 알았었죠.

그러다 한참 후에야 깨닫게 된 거예요, 나는 초점 없는 눈으로 담배 연기를 바라보며 중얼거릴 것이다. 그 구멍이 내 머릿속에 여전히 남아 있었다는 걸. 수챗구멍만 한 구멍이 여전히 거기 남아 있어서, 그 틈으로 꿈의 찌꺼기들이 계속해서 흘러들고 있었다는 걸. 그 끈적끈적하고 비린 찌꺼기들이 구멍을 부식시켜 그것이 다시 커져가고 있었다는 걸.

그래서 어쩔 수가 없었던 거예요, 나는 광인 특유의 얼빠진 미소를 지으며 형사에게 속삭일 것이다. 내 머릿속 구멍이 걷잡을 수 없이 커져가고 있었기 때문에. 그 빌어먹을 구멍이 황소보다도, 내 몸보다도 커져버려서 나로서도 어쩔 수가 없었던 거예요. 이러다 언젠간 내가 결국 이 지경에 이르게 될 수밖에 없을 걸 알면서도, 멈출 수가 없었던 거예요.

이 정도 대답이면 충분하지 않을까? 오늘 저녁 산책을 나갈 때까지만 해도 그렇게 생각했다. 그런데 그런 생각에 빠져 걷다 보니 나는 어느새 강둑길 그 자리에 이르러 있었다. 그날 밤 시체를 떨어뜨렸던 그 자리에.

거기 서서 내려다보는데 강물이 이상할 정도로 투명했다. 한낮이라면 강바닥에 가라앉은 시체를 들여다볼 수도 있을 것처럼. 그러자 문득 두려움이 밀려왔다. 경찰이 만약 시체를 건져낸다면, 그 정도 대답만으론 결코 충분하지 않을 거란 생각이 들었다. 법정에 울려 퍼지는 에린의 어눌한 발음과 금속성 웃음소리가 귓가에 들리는 듯했다.

미쳐서 그랬다니, 입만 열면 구라야 저년은. 염병할, 뭐가 꿈이고 현실인지 구분할 수가 없으시다? 비밀 병실에서 날 찾아낸 것도, 내 그림들을 훔친 것도, 날 탈출시켜 별장에 가두려 했던 것도, 다 우라질 꿈속의 일인 줄 아셨다? 하하하하, 개수작 부리지 말고 솔직히 말해, 쌍년아. 내가 한평생 정신병원 독방에 갇혀 있었으니까, 거기서 온종일 그림만 그려대며 죽지 못해 사는 걸 세상은 모르니까, 내 그림들을 훔쳐다 네가 그린 척, 꿈에서 '영감을 얻는' 천재 화가인 척, 온 세상을 속여서 크게 한몫 잡아보려 했다고. 응? 하하하하, 입만 열면 구라라니까, 저 육시랄 년은. 하도 구라를 치다보니 이젠 저 자신까지 속여먹는 지경에 이르게 된 거지. 하긴, 그것도 미쳤다면 미친 건지 모르지. 뭐라더라, 그래, 병적인 거짓말쟁이? 전문가 나으리들은 그 지랄병을 그렇게들 부르시나?

한참을 그런 생각에 빠진 채 나는 마비된 듯 그 자리에 서 있었다. 해가 지고 풀벌레들이 울어대기 시작할 때까지. 어둠 때문에 강물의 흐름이 제대로 보이지 않을 때까지. 그리고 그제야 깨달았다. 내가 저지른 그 모든 일에서, 간단한 대답이란 건 결코 존재할 수가 없다는 것을.

별장으로 돌아오며 나는 어느새 대답이 아닌 물음을 떠올리고 있었다. 내가 아직도 미쳐 있는 걸까? 혹시 이 모든 게 다 꿈이고 내 몸은 라과디아 정신병원에 갇혀 잠들어 있는 건 아닐까? 하지만 누구에게도 물어볼 수가 없었다. 내가 저지른 죄로 인해 이제는 영영 물을 수 없게 되어버린 것이다. 아버지에게조차.

그래서 결국 이 노트를 다시 꺼냈다. 누구에게도 물을 수 없으니 나 자신에게라도 물어보고 싶어서. 그동안 내게 일어난 일들 중 무엇이 현실이었고 무엇이 꿈이었는지 알아낼 방법이 여기다 글을 써 스스로에게 묻는 것뿐인 것 같아서.

경찰이 여길 쉽게 찾아내진 못할 테니 아직은 내게 시간이 있을 것이다. 이 낡은 노트를 더 채울 시간이. 그리고 태울 시간이.

그래, 태워버리는 거다. 결국엔 이 노트가 날 살인죄로 평생 감옥에서 썩게 만들 증거가 될지 모르니까. 그러니 모든 걸 여기 다 털어놓은 다음 태워 없애버리는 거다. 그러면 그가 입을 열지 않는 한(이것이 날 가장 겁나게 한다. 언제 터질지 모를 시한폭탄을 지켜보는 것처럼) 세상은 절대 모를 테니까. 그 기묘한 살인사건의 중심에 내가 있다는 것을.

어차피 지금은 숨어서 기다리는 일 외엔 아무런 할 일도 없으니, 이렇게 글을 쓰는 게 적어도 이 시간을 견뎌내는 데만이라도 도움이 될 순 있을 것이다. 머지않아 경찰이 들이닥쳐 저 문을 두드린다 해도, 이걸 태워 없애는 덴 1분도 걸리지 않을 테니까.

*

상관없어, 이것이 꿈이든 현실이든. 모든 게 다 내 뜻대로 이뤄지기만 한다면.

이 주문을 미리 준비해둔 건 좋은 생각이었다. 그렇지 않았더라면 난 버텨낼 수 없었을 테니까. 에린을 비밀 병실에서 데리고 나온 그때부터 단 한 순간도 혼란을 떨쳐낼 수 없었을 테니까. 그날 저녁 가로등이 켜지기 직전 에린과 함께 담장 출구를 빠져나오는 데 성공했을 때도, 그녀를 무사히 차에 태운 채 세 시간을 달려 마침내 별장에 도착했을 때도 난 승리감에 젖는 대신 불안에 떨어야 했을 테니까.

에린 방에 창살과 잠금장치를 설치해둔 건 더 좋은 생각이었다. 내 예상대로 꿈속에서도 그것들은 사라지지 않았으니까. 물론 그때도 백 퍼센트 확신했던 건 아니었다. 꿈에서도 이 별장이 현실에서와 완전히 똑같아 보이게 되리라는 걸. 그래서 에린을 맞을 준비로 분주한 와중에도 나는 두려움뿐만 아니라 일말의 기대도 함께 느끼곤 했다. 꿈속에선 이 집이 현실에서와 약간이나마 다르게 느껴질지 모른다는, 그래서 그 차이를 찾아낼 수만 있다면 꿈과 현실의 구분이 결국엔 가능해질지 모른다는 기대 말이다.

하지만 그런 기대를 애써 무시한 채 가능한 모든 대비를 해두었던 것이 결과적으론 옳았다. 예전에 작업실 벽 곰팡이무늬마저 현실과 완벽히 똑같게 만들어냈던 꿈은 이번에도 별장의 책상에 난 작은 흠집, 거실 창에 묻은 희미한 얼룩 하나조차 빠트리지 않고 완벽히 재현해내는 일에 성공했던 것이다.

하지만 내가 어떻게 알 수 있었을까? 꿈이 시간까지 속이고 있었다는 걸. 내가 그걸 알아차린 건 일 년이나 지나서였다. 슈트케이스에 숨겨둔 현금이 바닥나 니콜에게 전화를 걸었을 때에서야 그걸 깨닫고 나는 충격을 받았다.

"오, 케이티, 내가 지금 꿈꾸고 있는 건 아니겠지? 난 네가 죽은 거라 생각했었어. 나뿐 아니라 사람들 모두가."

전화기 너머에서 니콜이 이렇게 소리쳤을 때에서야 나는 알게 되었다. 그동안 넉 달이 아닌 일 년의 시간이 흘렀다는 걸.

그럼 꿈이 늘어나고 있는 게 아니었던 거야?

강기슭에 서서 대포폰을 귀에 댄 채 나는 생각했다. 난 그저 꿈이 한없이 길어지는 줄로만 알았었는데. 예전엔 세 시간을 꿈꾸고 깨어나면 현실에서도 꼭 그만큼의 시간이 흘러 있던 것이, 여기로 에린을 데려온 후부터는 달라졌으니까. 꿈속에서 시간이 점점 더 빨리 흘러가기 시작했어. 하룻밤 꿈속에서 일주일이 꼭 생시인 듯 흘러갔다는 걸 깨달았던 게 에린을 데려온 지 한 달도 안 됐을 때였던가? 그 후로도 꿈은 계속 길어져만 갔지. 게다가 밤새 꿈꾸느라 피곤해선지 낮에도 수시로 졸음이 쏟아졌어. 황소도 쥐지 않은 채 소파에서 졸다가도 늘 에린의 꿈을 꾸곤 했지.

그러니 꿈과 현실을 구분하는 게 가능할 리 없었던 거야. 꿈과 현실은 하나가 됐고, 나와 에린 역시 한 몸이 된 듯했어. 그게 차라리 편하기도 했어. 모든 게 오히려 단순해졌으니까. 더이상 이것이 꿈인지 현실인지 상관할 필요가 없었으니까. 내가 지금 나인지 에린인지 상관할 필요도 없었어. 밤이든 낮이든 언제나 그림을 그렸고 그것들은 늘 날 놀라게 했지. 그 외의 시간엔 산책, 식사, TV 연속극, 틈틈이 집안일을 하고 가끔 장을 보는 것. 그게 다였어. 이 단순한 일상이 깨질까 봐 일부러 뉴스조차 보지 않으려 애썼던 거야.

"케이티? 케이티? 듣고 있어?"

전화기 너머에서 니콜이 또다시 소리쳤을 때 나는 긴 상념에서 깨어났다. 딴생각하는 중에도 니콜이 귓가에 쉴 새 없이 쏟아낸 말들을 통해 대충이나마 상황을 파악할 수 있었다. 아버지의 실종신고, 경찰의 수색 실패, 조심스레 제기된 사망설, '이름도 얼굴도 없는 화가'가 나란 걸 밝힌 드바인, 언론에 도배된 나에 대한 기사들(내 정신질환, 실종, 사망설 등이 '저주받은 천재' 신화 만들기에 총동원됐겠지), 갈수록 높아지는 내 유명세로 인해 스무 배 넘게 치솟은 내 그림 값.

"모르겠니? 네가 이제 바스키아 뺨칠 정도로 유명해졌단걸? 온 세상 사람들이 네 그림을 보고 싶어 해. 그래서 다다음 주에 네 전시를 열 예정이었어. 본관 B전시장에서. 지난 해 기획전에 걸렸던 열네 점만으로. 누구도 그렇게 말하진 않았지만 그게 일종의 '유고전' 같은 게 되리라고 모두들 생각했지."

니콜이 흥분한 채 쏟아내는 이야기들은 현실감이 하나도 없었다. 내가 꾸고 있는 기나긴 꿈보다 더 꿈속의 이야기처럼 느껴졌다. 나는 실로 오랜만에 혼란에 빠져들었다. 잠깐, 혹시 이 모든 게 정말 꿈인 건 아닐까? 내가 아까 잠에서 깨어났던 게 아니라 여전히 잠든 채 꿈꾸고 있는 건 아닐까?

"안 되겠다. 만나서 얘기해. 거기 어디야? 지금 당장 내가 그리로 갈게."

니콜이 이렇게 말했을 때에서야 꿈에서 깬 듯 정신이 번쩍 들었다. 나는 핸드폰을 틀어막은 채 주위를 둘러보았다. 에린이 산책을 나왔다 엿듣고 있을지 모른다는 생각이 들었다. 별장으로 통하는 오솔길의 나무들 사이로 에린의 스웨터 자락이 보인 듯해 나는 숨을 죽였다. 하지만 유심히 보니 그것은 어제보다 붉은 빛이 선명해진 나뭇잎들일 뿐이었다. 나는 핸드폰을 왼손으로 바꿔 쥐며 참았던 숨을 내쉬었다. 에린은 지금쯤 아마도 늘 그렇듯 줄담배를 피워가며 방에서 그림을 그리는 중일 것이었다. 아니면 요즘 들어 자주 그러듯 그저 캔버스를 멍하니 들여다보고 있거나.

"아냐. 내가 거기로 갈게, 니콜." 어디냐고 재차 묻는 니콜에게 내가 말했다. 그녀가 여기로 온다면 분명 궁금해할 테니까. 케이티, 저 이상한 여잔 대체 누구야? 누군데 네 집에서 저렇게 그림을 그려대고 있는 거야? 네 그림하고 놀랄 만큼 비슷해 보이는 그림을.

"좋아. 언제 올 수 있어?" 니콜이 들뜬 목소리로 물었다. "참, 올 때 그동안 그린 그림들도 가져와야 되는 거 알지? 다 합해서 몇 점이나 돼?"

"137번." 내가 말했다. "지금 에리…… 내가 그리고 있는 그림이 138번이니까, 여태까지 완성한 건 백삼십칠 점이지. 물론 작년에 팔았던 열네 점은 빼고. 언젠가부터 그림 그리는 속도가 심각하게 느려지고 있어서……"

니콜이 환호성을 질렀다. "세상에. 나 지금 꿈꾸고 있는 거 아니지? 137번이라니……. 올 때 다 가져와. 한 점도 빼놓지 말고. 이번 전시는 완전 초대박이 날 거야. B전시장이 크지 않을까 싶었는데 이젠 너무 좁을까 봐 걱정되네. 언제 올 거야?"

"지금이 9시 반이니까," 내가 핸드폰 액정에 뜬 시간을 확인하며 말했다. "2시쯤까진 도착할 수 있을 거야."

"그래, 본관으로 와. DD한테 말해서 같이 기다리고 있을게. 그림 나를 인부들도 대기시켜놔야겠다. 백삼십칠 점에서 열네 점을 빼면, 백이십삼 점. 맞지?" 니콜이 다시 환성을 지르며 전화를 끊을 때까지 호들갑을 떨어댔다. 넌 이제 바스키아보다도 유명해질 거야. 바스키아는 죽었지만 넌 죽었다 다시 부활했으니까. 넌 그냥 부자도 아니고 떼부자가 될 거야. 어퍼이스트사이드에 집을 사고 사우스햄튼에 별장까지 살 수 있을 정도로…….

이 꿈같은 얘기들이 내 머리를 다시 어지럽혔다. 지금 내가 꿈처럼 느껴지는 현실 속에 있는 걸까, 아니면 현실처럼 느껴지는 꿈속에 있는 걸까? 전화를 끊고 별장으로 걸어가며 생각할수록 답은 떠오르지 않고 의문만 더 늘어갈 뿐이었다. 수잔 녹스의 얼굴이 떠올랐을 땐 실제로 어지럼증이 일어나 걸음을 멈춰야 했을 정도였다.

그럼 수잔 역시 꿈이었던 거야?

나는 머리 위로 팔랑거리며 떨어져 내리는 노란 나뭇잎을 바라보며 중얼거렸다. 불과 일주일 전 수장을 고용할 땐 그것이 꿈이란 인식조차 내게 없었다는 것이 새삼 충격으로 다가왔다.

하긴, 이상할 것도 없지. 지금 이 순간에도 내겐 에린이 꼭 현실에 존재하는 듯 느껴지니까. 나는 오솔길에 떨어진 알록달록한 낙엽들 위로 다시 걸음을 옮기며 생각했다. 꼭 잘려나간 팔을 가려워하는 환지통(幻肢痛) 환자가 된 것 같았다. 머리와 몸이 받아들이는 현실이 정반대로 느껴졌다. 머리로는 꿈이란 걸 알면서도 몸으론 그것이 완전히 현실인 듯 느껴졌다.

나도 모르는 새 일종의 탈바꿈이라도 하게 된 걸까?

언젠가 했던 이 엉뚱한 생각이 다시 떠올랐다. 내가 너무 오래 꿈현실에 익숙해져 다른 종류의 인간 혹은 동물로 변해버린 건지 모른다는 생각이. 올챙이가 개구리로 변신해 물속과 물 밖을 자유롭게 오가게 되듯, 나 역시 꿈과 현실을 넘나들 수 있는 새로운 종으로 변모한 건지 모른다는…….

이런 생각 때문인지 머리가 무거워지며 피로가 몰려왔다. 이러다 이따 운전 중에 졸게 되면 어쩌지? 갑자기 덜컥 겁이 났다. 출발하기 전에 잠깐이라도 눈을 붙여둬야겠어, 나는 별장으로 들어서며 중얼거렸다. 그런데 현관 바로 옆 내 방 침대에 누워 눈을 감았을 때 누군가가 방문을 두드렸다.

"롱 부인?"

수잔이 날 부르는 소리였다. 제니퍼 롱. 다른 사람인 척할 때마다 쓰는 이름인데도 들을 때마다 낯설었다. '카인드케어 인력소개소'에서 수잔을 소개받을 때도 그 이름을 썼으니 그녀는 날 그렇게 부를 수밖에 없는 것이다. 내가 이혼했다고 했는데도 수잔은 날 자꾸 부인이라 불렀다. 보모로 일하면서 입에 붙은 습관인지도 몰랐다. 아, 그건 다 꿈속의 일이었지. 내가 그새 잠들어버린 걸까? 나는 무거운 머리를 가누려 애쓰며 몸을 일으켰다.

"네, 들어와요."

문틈으로 가녀린 상체를 들이민 수잔의 모습은 꿈이라기엔 너무 진짜처럼 보였다. 부스스한 금발과 헤어라인을 따라 난 좁쌀 여드름들, 앞치마에 점점이 튄 토마토소스 자국까지. 이것이 꿈이라면 저렇게까지 사실적일 리 없다는 생각이 들었다.

"아침 드시고 출발하실 거죠?"

내 눈길에 당황한 듯 수잔이 얼굴을 붉히며 물었다. 스물여섯인데도 어쩜 저렇게 열여섯처럼 앳돼 보일까? 어쩌면 동화작가 지망생이라 그런 건지도 몰라. 보모일 하는 틈틈이 동화를 써왔다고 했으니까. 물론 지금은 입주가정부 겸 '간병인'으로 일하게 됐지만. 그래도 아직 에린을 간병할 일이 없어 글 쓸 시간이 되레 늘었다니 그녀에겐 잘 된 일이지. 월급도 평소의 두 배나 받게 됐으니. 내가 만든 비밀유지각서라는 요상한 문서에 서명한다는 조건으로……

나는 어느새 이것이 꿈이 아니라 현실인 듯 이런 생각을 하고 있었다. 침대 머리맡 탁상시계를 돌아보니 9시 57분이었다. 이것이 정말 현실이라면 흘렀을 꼭 그만큼의 시간이 흘러 있었던 것이다.

"에린은요?"

문득 불안한 기분이 되어 내가 물었다. 요즘 들어 에린이 자꾸 이상해져가고 있으니까. 갈수록 그림도 못 그리고, 말수도 줄고, 심지어 식욕마저 잃고 있었다. 저러다 갑자기 집을 뛰쳐나가 도망쳐버릴지 모른다는 불안감에 사람을 고용할 결심까지 하게 됐을 정도로…….

"아까 아침 먹고 방으로 올라갔는데요." 수잔이 말했다.

"산책도 안 하구요?" 수잔과 함께 주방 쪽으로 걸어가며 내가 물었다.

"네. 같이 나가자니까 대답도 안 하고 올라가버리던데요."

또 멍하니 앉아 텅 빈 캔버스를 들여다보고만 있겠지. '그 얼굴'을 한 채로. 나는 식탁에 앉으며 한숨을 내쉬었다. 혼이 빠져나간 듯 멍하면서도 동시에 뭔가를 골똘히 생각하는 듯한 에린의 '그 얼굴'. 하도 자주 봐 이제는 짜증이 솟구치게 만드는, "대체 무슨 염병할 놈의 생각을 그렇게 하는 거야?" 소리치고 싶어질 정도로 내 신경을 곤두서게 만드는…….

"그래도 오늘은 접시를 거의 다 비웠어요." 수잔이 오븐에서 라

164

자냐를 꺼내 식탁에 내려놓으며 말했다. 치즈가 많이 들어 있어 에린이 제일 좋아하는 상표의 냉동식품이었다. 하긴, 에린은 인스턴트라면 뭐든지 좋아했다. 싱거운 병원식에 신물이 나 자극적이기만 하면 다 좋은 건지도 몰랐다. 어쨌든 내게는 편리한 일이었다. 이제는 수잔에게도.

"일 인분을 다 먹었다구요? 그건 좋은 소식이네요." 갑작스런 허기에 포크를 집어 들며 내가 말했다. "단 거 말곤 입에도 안 대는 지경까지 갔었거든요. 수잔이 온 후부터 식욕이 회복되고 있어요."

"제가 요리를 한 것도 아닌데요, 뭘." 설거지를 하던 수잔이 돌아보며 멋쩍은 미소를 지었다. "너무 하는 게 없어서 죄송할 정도인데……."

"아뇨, 놀라운 일이에요. 낯선 사람을 집에 들이면 에린이 분명 싫어할 줄 알았거든요. 상태가 더 나빠질까 얼마나 걱정했는지 몰라요." 정말이었다. 그래서 인력소개소에서 추천한 전문 간병인 대신 보모인 수잔을 택했던 것이다. 사진 속 수잔의 미소가 에린의 경계심을 누그러뜨릴 수 있을 듯 해맑아 보였기에. "수잔이 같이 있는 게 편한가 봐요. 에린의 상태가 나빠지긴커녕 더 좋아지고 있으니."

"그렇다면 다행이지만, 두고 봐야겠죠." 수잔이 고무장갑을 벗으며 떨떠름한 미소를 지었다. 그녀 역시 걱정되는 모양이었다.

오늘 온종일 집을 비울 거라고 어제 미리 말해뒀으니까.

"너무 걱정할 필욘 없어요, 수잔. 내가 말해둔 대로만 하면 돼요." 식사를 마치고 자리에서 일어서며 내가 말했다. 다시 한 번 상기시킬 필요는 없을 것이었다. 이럴 때를 대비해 길고 세세한 주의사항들(냉장고에 채워둘 음식과 디저트들 목록, 에린의 생활패턴과 습관들, 산책할 때 지켜야 할 코스와 주의사항, 에린이 즐겨보는 TV 드라마 목록, 내 전화번호 등등)을 적어 냉장고에 붙여두기까지 했으니까.

"지금 출발하실 건가요?" 수잔이 접시를 치우며 물었다.

"올라가서 에린한테 인사하구요." 내가 주방을 나서며 말했다. 어젯밤 혼자서 그림들을 일일이 포장해 차에 실어두었으니 서두를 필요는 없었다. 수잔이 보면 도우려 할 테고 그러면 골치 아픈 일이 생길지 몰라서였다. 언론에 내 기사가 그렇게 많이 났다니 어쩌면 수잔이 벌써 조금쯤은 눈치 챘을지도 모를 일이었다. 그 생각을 하자 신경이 곤두서며 머리가 아파오려고 했다. 나는 계단을 오르며 속으로 중얼거렸다. 왜 자꾸 쓸데없는 걱정으로 너 자신을 괴롭히는 거야? 너도 알고 있잖아. 이 모든 게 꿈일 뿐인 걸.

알아, 하지만 잘려나간 팔이 자꾸 가려운 걸 어떡해. 나는 스스로를 비웃으며 에린의 방으로 다가갔다. 열린 문틈으로 방 안을 들여다보자마자 다시 짜증이 솟구쳤다. 덩굴무늬 창살이 쳐진 창문을 활짝 열어놓은 채, 벌써 몇 개비째일지 모를 담배를 피워대며 캔버스 앞에 앉아만 있는 에린의 뒷모습이 왜 이렇게까지 눈에 거슬리는지 알 수 없었다. 오래전 곰팡이투성이 작업실에서의 내 모습을 보는 것 같아서일까? 지금도 분명 '그 얼굴'을 하고 있을 에린에게 달려들어 어깨를 흔들며 소리치고 싶은 충동을 나는 애써 억눌렀다.

그런데 내가 막 방으로 들어서려 할 때 에린이 담배를 비벼 끄고 일어났다. 그리고 작업용 테이블에 흩어져 있는 물감들을 손으로 훑더니 금세 몇 개를 골라냈다. 물감들을 그릇에 짜고 오일을 섞어 점도를 조절하는 에린의 손길이 점점 빨라졌다.

드디어 돌아온 거야. 나는 문가에 서서 숨죽인 채 그 모습을 지켜보며 생각했다. 일주일 만인가? 아니, 열흘 만? 저러다 영영 그림을 못 그리는 건 아닐까 걱정한 지가 그보다도 오래됐던가? 붓을 들고 캔버스로 다가가는 에린의 뒷모습을 바라보는 내 심장박동이 빨라졌다. 니콜과 통화할 때도 이렇게까지 흥분되진 않았던 걸 떠올리면 이상한 일이 아닐 수 없었다. 그제야 나는 깨달았다. 내가 꿈을 현실보다 더 진짜처럼 느끼게 되어버린 이유를. 그건 에린의 새 그림을 볼 때마다 내 가슴 속에서 끓어오르는 이 흥분이 진짜이기 때문이었다. 이 강렬한 감정에 비하면 현실에서 내가 겪는 그 어떤 기분도 싸구려 모조품처럼 느껴질 정도였다.

그런데 이번엔 달랐다. 에린이 캔버스에 붓을 대자마자 알 수 있었다. 뭔가가 잘못됐다는 걸. 여태껏 바탕색으로조차 쓴 적 없었던 저 희끄무레하고도 침침한 색깔이라니. 에린이 갑자기 색맹이라도 된 건 아닌지 의심될 정도였다. 게다가 파킨슨병 환자처럼 떨리며 주저하는 저 손은 어떤가? 한번 시작하면 물감 방울들을 은하수처럼 흩뿌리며 거침없이 캔버스를 가로지르던 예전의 활기는 어디로 사라진 걸까?

에린 자신도 실수했다는 걸 알아차린 모양이었다. 붓질을 멈추고 그 자리에 그대로 얼어붙은 듯 서 있는 걸 보면. 절름발이가 한 걸음 떼자마자 주저앉은 듯한 저 흐릿한 선이 텅 빈 캔버스보다도 내 불안감을 자극했다. 저것이 에린의 정신 상태를 상징하는 듯 보였기 때문이었다.

"어? 아직 안 가셨어요?"

수잔의 목소리가 등 뒤에서 들려왔을 때에서야 나는 시간이 한참 지났다는 걸 깨달았다. 내가 얼마나 오래 이렇게 숨죽인 채 지켜보고 있었던 걸까? 에린은 얼마나 오래 저렇게 동상처럼 굳어져 있었던 걸까? 의아한 얼굴로 다가온 수잔이 뭔가를 다시 물으려 했다. 나는 손가락을 입술에 갖다 대며 조용하라는 시늉을 했다.

"방해하지 않는 게 좋겠어요." 방문을 닫고 돌아서며 내가 수잔에게 속삭였다. 주머니에서 핸드폰을 꺼내 시간을 보니 벌써 10시 40분이 넘어가고 있었다. 더 늑장 부리다간 약속시간에 늦게 될지도 몰랐다.

"무슨 일 생기면 나한테 곧바로 전화해요." 수잔에게 당부하고 뒷문을 나서 차고로 향하는데 여전히 찜찜했다. 에린의 상태가 좋아지고 있는 걸까, 나빠지고 있는 걸까? 어느 쪽으로도 생각할 수 있었다. 실로 오랜만에 아침을 다 먹은데다 그림까지 다시 시작했으니 에린이 예전의 활기를 되찾아가고 있다고 볼 수도 있었다. 반대로 보면 오히려 위험한 상황일지도 몰랐다. 죽어가는 환자가 임종 직전에 갑자기 정신이 또렷해지듯 곧 다가올 파국의 징조인 걸지도…….

차문을 열고 들어가 앉자마자 숨이 막히는 듯했다. 짐칸은 물론 뒷좌석과 옆좌석까지 그림을 빽빽이 쌓아두어 차 안이 너무 비좁았다. 폐소공포증이라도 일어난 듯 가슴이 답답해지며 숨이 가빠왔다. 나는 시동을 걸려다 말고 눈을 감으며 심호흡을 했다.

깜빡 잠이 들었나? 나는 눈을 뜨고 차량시계를 확인했다. 11시 23분. 지금 당장 출발하지 않으면 정말 늦겠어. 서둘러 시동을 걸고 차고를 나섰다. 눈부신 햇살이 기습했다. 아까만 해도 흐렸던 하늘이 어느새 활짝 개어 있었다. 차창을 열자 상쾌한 바람이 밀려들었다. 어젯밤 내린 비 때문인지 공기가 더 신선한 것 같았다. 몸도 마음도 아까보다 가벼워져 있었다. 날씨가 화창한데다 잠깐이나마 눈을 붙여서일 것이었다.

그런데 지금 내가 정말 깨어 있는 걸까?

큰길로 들어서서 선글라스를 찾아 쓸 때 문득 궁금해졌다. 오랫동안 떠올린 적 없던 질문이었다. 아무 때나 깜빡 졸았다 깨는 건 늘 있는 일이었으니까. 에린을 데려온 후부터 기면증 환자라도 된 듯 이런 증세는 갈수록 심해졌다. 그래서 이젠 내가 지금 꿈속에서 잠들어 현실에 깨어난 건지, 아니면 현실에서 잠들어 꿈속에 깨어난 건지, 더 이상 궁금하지도 않게 되었다. 왜냐하면 어느 쪽이든 별로 달라질 것도 없었으니까. 그림 그리고 밥 먹고 산책하고 TV를 보고 가끔 장을 보는 것. 그게 내 생활의 전부였다. 현실에서 날 아는 누구와도 만나긴커녕 통화조차 안 한 지 이미 오래였다.

그런데 이번엔 달라질 게 있었다.

내가 아직도 꿈속에 있는 거라면 뉴욕에 도착해 겪게 될 일 역시 꿈일 테니까. 거기서 내가 얼마나 꿈같은 현실을 마주하든 그건 정말로 꿈일 뿐일 테니까. 뒤늦은 후회가 밀려들었다. 아까 출발하기 전에 집으로 돌아가 확인했어야 했어. 수잔과 에린이 사라져버린 걸 두 눈으로 봤다면 믿을 수 있었을 텐데. 내가 지금 정말로 깨어 있다는 걸. 또다시 생각이 뒤엉키며 머릿속이 멍해지려 했다. 나는 라디오를 켜 댄스음악이 흘러나오는 채널에 주파수를 맞췄다.

어쩌다 이렇게 뒤죽박죽이 돼버린 걸까?

베이스 리듬에 맞춰 고개를 까딱거리며 나는 중얼거렸다. 에린을 데려온 지 얼마 되지 않았던 때가 떠올랐다. 그때도 이렇게 머릿속이 복잡했었지. 밥을 먹다가도, 산책을 하다가도 문득문득 불안해지곤 했어. 에린이 갑자기 어디론가 사라져버릴까 봐. 그래서 앞으로 다시는 그림을 그릴 수 없게 될까 봐. 다시는 나 자신이 살아 있는 것처럼 느끼지 못하게 될까 봐.

그러다 그 일이 일어났지, 나는 파크웨이로 들어서서 엑셀을 밟으며 그때를 떠올렸다. 처음으로 내가 에린의 몸으로 스며들었던 순간을. 그 꿈속에서 나는 에린과 강기슭을 따라 저녁 산책을 하던 중이었다. 현실에서와 똑같이 노을빛에 물들어가는 강물 위로 오리들이 유유히 헤엄치고 있었다. "꿈만 같아." 그것이 현실인 듯 웃음을 터뜨리는 에린의 얼굴이 보기 좋게 그을려 있었다. "세 걸음마다 돌아설 필요가 없다는 게 얼마나 우라지게 꿈같은 일인지, 자기는 절대 모를 거야." 그것이 꼭 현실인 듯 주근깨가 생겨난 에린의 얼굴이 며칠 새 더 젊어진 듯했고, 어눌하던 발음마저 거의 정상이 된 듯했다.

그런 에린을 보며 나는 그것이 정말 현실일까 봐 불안해하고 있었다. 오늘은 이 길에서 누군갈 마주치지 않을까 주위를 끊임없이 흘끔거렸다. 그때 현실에서와 똑같이 부드러운 바람이 불어와 내 머릿결을 흩날렸고, 바로 그 순간 나는 에린의 몸으로 스며들었다. 나는 에린이 된 채 손가락 사이를 통과하는 바람을 느끼며 걸었고 가슴 속에 돌덩어리처럼 굳어 있는 뭔가를 느꼈다. 두려움. 그 돌덩어리는 두려움이었다. 누군가가 날 쫓고 있다는, 날 찾아내 다시 바람 한 점 통하지 않는 방에 가둘 거라는 두려움이 내 가슴 속에 또아리 튼 뱀처럼 단단히 굳어 있었다. 그걸 알아차렸을 때 다시 불어온 바람이 나를 에린의 몸 밖으로 튕겨냈다.

나 자신으로 돌아와 속눈썹을 간질이는 바람을 느끼며 나는 안도했다. 에린의 두려움이 나로 하여금 두려워할 필요가 없음을 깨우쳐주었던 것이다. 에린은 도망치지 않을 것이었다. 누구와도 마주칠 필요 없는 이 단조로운 일상이 바로 그녀 자신이 원하는 것이기에. 그것이 꼭 현실인 듯 나는 안도의 한숨을 내쉬며 발에 채인 조약돌 하나를 주워 강물에 던졌다. 그런데 돌이 떨어진 자리에 파문이 퍼져나갈 때 현실에서와 달리 이상한 소리가 났다.

디리리리링. 디리리리링.

알람 소리였다. 지금이 꿈을 꿀 시간이었던가? 나는 당황한 채 잠에서 깨어나며 생각했다. 오랫동안 이 소리는 꿈의 시작을 알리는 신호였으니까. 이번엔 그 반대라는 게 기억난 건 알람을 막 껐을 때였다. 이제는 알람 소리에 깼다 잠들지 않아도 늘 꿈을 꾸게 됐기에, 꿈꾸기 위해서가 아니라 깨어나기 위해 알람을 맞춰놓기로 했었던 것이다.

아, 내가 지금 꿈에서 깨어난 거구나. 머리로는 생각하면서도 믿기지 않았다. 그 모든 게 꿈이 아니라 현실이었던 것만 같았다. 지금도 집 안 어딘가에서 에린이 불쑥 나타날 것 같았다. 하지만 온 집 안을 뒤진 끝에 내가 찾아낸 건 에린이 아니라 그녀가 새로 완성한 그림 한 점, 그걸 그리는 동안 그녀가 피워댄 담배꽁초들 뿐이었다. 그제야 나는 알게 되었다. 내가 잠들어야 할 땐 깨어 있고 깨어 있어야 할 땐 잠들어 있게 되었다는 걸.

그때부터였어, 나는 갑자기 끼어든 앞차에 경적을 울려대며 중얼거렸다. 그때부터 모든 게 뒤죽박죽이 돼버린 거야. 또다시 생각들이 뒤얽히며 머리가 무거워졌다. 나는 라디오의 볼륨을 더 크게 높였다. 드럼 소리에 맞춰 고개를 흔들어대며 생각을 떨쳐내려 애썼다. 하지만 그럴수록 생각은 더 떠올랐고 머리는 더 무거워졌다. 뒤죽박죽. 모든 게 뒤죽박죽이야. 이제는 뒤죽박죽인 정도가 아니라 완전한 혼돈 상태지. 황소상도, 알람시계도 다 무용지물이 돼버렸으니. 아무 때나 잠들었다 아무 때나 깨어나고, 어디까지가 꿈이고 어디서부터가 현실인지 구별할 수도 없게 돼버렸으니. 에린은 맛이 가버린데다 이젠 수잔이란 애송이까지 합세했으니…….

빠앙.

이번엔 내 뒤차가 경적을 울렸다. 나는 소스라치며 핸들을 황급히 틀었다. 1초만 늦었어도 가드레일을 뚫고 고가 아래로 추락했을 것이었다. 그새 또 깜빡 졸았던 걸까? 나는 가슴을 쓸어내리며 중얼거렸다. 잘하는 짓이군. 머리통이 박살나도록 사고를 냈다면 분명 알아낼 수 있을 테니까. 내가 지금 깨어 있는지 꿈꾸고 있는지.

이마의 식은땀을 훔치며 숨을 몰아쉴 때 문득 이것이 현실이란 생각이 들었다. 내가 만약 꿈꾸고 있었다면 너무 놀라 깨어날 수밖에 없었을 테니까. 하지만 바로 다음 순간 그러지 않을 수도 있음을 깨달았다. 에린을 처음 만났을 때 내가 얼마나 놀랐던가? 그때도 아까만큼이나, 어쩌면 그보다도 더 놀라 소스라치지 않았던가? 그런데도 그 순간 곧바로 꿈에서 깨어나지 않았었다. 놀란 가슴을 안고 병원을 빠져나와 차를 몰고 작업실에 도착해, 간이침대에 누워 눈을 감았을 때에서야 비로소 꿈에서 깨어났던 것이다.

이런 생각에 머릿속이 몽롱해지며 또 졸음이 몰려왔다. 이러다간 정말 큰 사고를 내고 말 거야. 뉴욕에 도착하기도 전에 대형 사고를 쳐 그 자리에서 죽든지 꿈에서 깨어나든지 하고 말 거야. 나는 두려움에 휩싸여 핸들을 꼭 붙잡았다. 그리고 눈을 부릅뜬 채 라디오에서 흘러나오는 디스클로저의 노래를 따라 불렀다. 그러니 깨어나. 그러니 깨어나. 그만 때려치워. 더 이상은 못 참겠어. 진절머리가 난다구. 나는 큰 소리로 노래하며 생각을 멈추려 안간힘을 썼다. 하지만 고장 난 수도꼭지에서 물이 새듯 생각들은 여전히 흘러나왔다. 내가 지금 꿈꾸고 있는 걸까? 아니면 깨어 있는 걸까? 꿈꾸고 있는 걸까? 깨어 있는 걸까? 머리가 어질어질해지고 눈꺼풀이 점점 더 무거워졌다. 무력감에 울음이 터져나오려할 때 문득 그 주문이 떠올랐다.

상관없어, 이것이 꿈이든 현실이든.

언젠가부터 정말로 상관하지 않게 되었기에 쓰지 않았던 이 주문은 즉각적인 효과를 발휘했다. 상관없어, 이것이 꿈이든 현실이든. 대여섯 번 중얼거리자 어지럼증이 가라앉기 시작했다. 그래서 나는 멈추지 않고 계속 되뇌었다. 상관없어, 이것이 꿈이든 현실이든. 모든 게 다 내 뜻대로 이뤄지기만 한다면. 상관없어, 이것이 꿈이든 현실이든. 나는 제한속도까지 엑셀을 밟아대며 몇 번이고 되뇌고 또 되뇌었다.

신기한 일이었다. 뉴욕에 들어섰을 땐 실제로 그렇게 됐다. 이것이 꿈이든 현실이든 정말로 아무 상관이 없어진 것이다. 한 시간 넘도록 되뇐 주문이 실제로 마법을 일으키기라도 한 것 같았다. 아니, 그 반대였을까? 애초에 내가 마법에 걸려 있었는데 잠시 그걸 잊었던 것뿐이었나?

어쨌든 난 상관하지 않았다, 더 이상은. 잔뜩 겁에 질렸던 좀 전의 나 자신이 우습게 느껴지기까지 했다. 옛 친구와의 통화가 나로 하여금 예전의 나 자신으로 돌아간 듯한 착각에 빠지게 만들었던 것이다. 물 밖으로 밀려나면 죽을 수밖에 없는 올챙이 시절의 나 자신으로.

하지만 이제 난 물 밖에서도 숨 쉴 수 있어, 나는 다운타운 방

면으로 차를 몰아가며 중얼거렸다. 물 밖에선 폐와 피부로, 물속에선 아가미로 호흡할 수 있는 양서류처럼 나 역시 거듭난 거야. 꿈과 현실을 자유자재로 오갈 수 있는 존재로.

그러니 지금 내게 중요한 건 이것이 꿈인지 현실인지가 아니었다. 어느새 내 생각은 내가 지금 신고 가는 그림들로 옮겨가 있었다. 내가 지난 일 년간(아직도 믿기지 않는다. 정말 그렇게까지 오랜 시간이 지난 걸까?) 그린 백스물세 점의 그림들이 어떤 평가를 받게 될지가 뒤늦게 걱정되기 시작한 것이다. 백 겹의 러시아 인형처럼 나를 빽빽이 둘러싼 그림들을 돌아보며 나는 생각했다. 저것들이 내 눈에만 꿈처럼 황홀해 보이는 거라면 어떡하지? 그동안의 수고가 모두 헛수고였던 걸로 판명난다면? 남은 돈이 채 삼백 달러도 안 되는데 더는 돈을 구할 수 없게 된다면? 그래서 결국 아버지에게로 돌아갈 수밖에 없게 된다면?

아버지를 떠올리자마자 머릿속에서 섬뜩한 쇳소리가 울리는 듯했다. 지난 일 년간 아버지의 '아'조차 떠올리지 않으려 애썼던 건 바로 이런 이유 때문이었다. 아버지에 대해 생각하는 것만으로도 내 안온한 꿈현실에 균열이 생길 듯 느껴졌기에. 그런데 이렇게 떠올려버리고 말았다니. 후회해도 늦었다. 악몽의 전주곡 같은 불길한 쇳소리는 머릿속에서 점점 더 커져갔다. 그 소리가 넌 절대 벗어날 수 없어, 아버지에게서. 아버지에게서, 하고 외쳐대는 듯 느껴졌을 때 차창 밖으로 도로 옆 공사현장이 스쳐지나갔다. 쇳소리는 내 머릿속이 아니라 실제로 들려오고 있었던 것이다.

어이가 없어 헛웃음이 터졌다. 왜 자꾸 사서 걱정하는 거야? 내 그림들이 모두 완벽하다는 걸 알잖아. 나는 차창을 닫고 라디오 볼륨을 줄이며 스스로를 다독였다. 걱정할 필요 없어. 누구나 보기만 하면 알 수 있을 테니까. 이 그림들이 모두 완벽하다는 걸. 아니, 그 이상이라는 걸. DD도 단 1초 만에 알아볼 수밖에 없을걸.

내 새로운 불안은 매디슨 애비뉴로 들어서자마자 잦아들었다. 멀리 보이는 드바인 갤러리 본관 건물에 걸린 전시 플래카드 때문이었다. 고풍스런 화강암 건물 한쪽 벽을 뒤덮은 그 플래카드엔 에린의, 아니 나 자신의 그림 'D.14'가 거대하게 확대되어 있었다. 그리고 그것을 본 순간 나는 웃음을 터뜨리고 말았다. 그 그림이 부끄러울 정도로 촌스럽고 조악해 보였기 때문이었다.

꼭 고대 동굴벽화라도 보는 것 같아, 나는 신호에 걸려 정차한 채 내 옛 그림을 감상하며 중얼거렸다. 불과 일 년 전엔 저것이 내 최신작이자 최고작이었다는 게 믿기지 않을 정도였다.

최신작이자 최고작.

그러니까 그때 DD도 알아봤던 것이다. 그 열네 점의 그림들 중 최신작이 가장 뛰어나다는 것을. 나는 라디오에서 흘러나오는 흥겨운 리듬에 맞춰 핸들을 두들기며 그날을 떠올렸다. 니콜과 함께 부시위크 작업실을 찾아왔던 그날 DD는 거의 10초 동안이나 저 14번에서 눈을 떼지 못한 채 내게 물었었다. "이 그림은 제목이 뭐지?" 나는 대답했다. "D.14요." "D는 뭐지? 디데이를 뜻하는 건가?" "아뇨, 꿈이요. 이것들은 모두 꿈에서 영감을 받은 그림들인데, 그중 저것이 열네 번째라는 뜻이에요." DD는 여전히 시선은 그림을 향한 채 어깨를 으쓱해 보이며 말했었다. "꿈이라니, 유치하게 들리는데. 그냥 14번이라고만 해도 충분할 것 같군."

그래놓고는 저 대문짝만 한 글자들이라니. 나는 전시 플래카드 중앙에 금빛으로 새겨진 '꿈들', '케이트 번햄'이란 글자들을 보며 코웃음 쳤다. 여우같은 노인네. 화가가 죽고 나면 유치함조차 장엄한 분위기를 만들어낼 수 있다는 걸 노리고 그랬겠지. 나는 갤러리 주차장을 향해 차를 몰아가며 중얼거렸다. 하지만 보다시피 난 멀쩡히 살아 있다고. 백스물세 점이나 되는 최신작들과 함께 이렇게 당당히 부활했다고. 그런데 겨우 14번이라니, 지금 장난해? 저 그림이야말로 유치해서 봐줄 수가 없군. 내 최신작들을 보고 놀라서 까무러치지나 마셔.

니콜은 그림들을 보기도 전에 놀라 까무러치려 했다. "세상에, 케이티, 진짜 너 맞아? 오, 하느님……. 경찰이 왜 그동안 널 못 찾아낸 건지 이제야 이해가 간다, 야." 그녀는 인부들을 시켜 그림들을 건물 안으로 옮기게 하고는 내 손을 붙잡고 펄쩍펄쩍 뛰다시피 했다. "이거 꿈 아니지, 케이티? 오, 쌓였던 말이 너무 많아. 3박 4일 내내 수다를 떨어도 모자랄 것 같아. 그래도 지금은 DD 가 기다리고 있으니, 일단 안으로 들어가자."

그 후의 일들은 모두 말 그대로 꿈만 같았다. 하지만 나는 궁금 해하지 않았다. 백스물세 점의 새 그림들 중 채 반도 보기 전에 DD가 눈물을 글썽이기 시작했을 때도 궁금하지 않았다. 내가 지 금 꿈을 꾸고 있는지 깨어 있는 건지. 내 그림의 수익을 갤러리와 반반씩 나누겠다는 전속계약서에 사인하고 0 여섯 개가 적힌 수 표를 받을 때조차 머리가 어지러워지지 않았다. 그동안의 노력이 결코 헛되지 않았다는 안도감, 결국엔 내가 옳았다는 확신이 나 를 오히려 차분하게 만들었기 때문이었다.

"난감하네. 도무지 뺄 그림이 없으니." DD가 불붙이지 않은 시 가를 입에 문 채 B전시장으로 향하며 대리석 복도가 울리도록 크게 혼잣말을 했다. "이번 전시엔 15번부터 50번까지를 순서대 로 거는 게 최선일지도 모르겠군. 나머지는 몇 달 후 더 큰 전시 를 열어서 걸어야 할 것 같아." 생 바르텔레미 섬에서 보낸 최근 의 휴가로 잔뜩 그을린 DD의 미간에 주름이 더 깊어졌다. 따라 잡기도 힘들 만큼 빠른 걸음으로 전시장에 들어선 DD는 거기 걸 린 열네 개의 내 옛 그림들을 보자마자 인부들에게 소리쳤다. "저 것들 지금 당장 떼어서 창고로 옮겨. 0번 창고로."

그 순간 나는 깨달았다. 이제는 정말 아무래도 상관없게 되었다는 것을. 마침내 꿈은 현실이 되고 현실은 꿈이 되었기에, 이 환상적인 꿈현실 속에서 앞으로 그 어떤 것도 잘못될 일은 없으리란 것을. 이것이 꿈이든 현실이든 주인공은 바로 나이며 주도권을 쥔 것도 나였다. 그러니 앞으로도 모든 건 여태까지처럼 내가 원하는 그대로 이뤄질 수밖에 없을 것이었다.

이런 도취감은 해가 질 무렵 니콜과 함께 갤러리를 나설 때까지 조금도 잦아들지 않았다. 그리고 언제까지나 그럴 것만 같았다.

그 소리가 귓가에 들려오기 전까지는.

디리리리링. 디리리리링.

갑자기 들려온 이 익숙한 소리가 알람 소리라는 걸 알아차린 건 계단을 반쯤 내려왔을 때였다. 니콜은 밤새도록 벌일 축하파티에 대한 기대에 들떠 쉴 새 없이 떠들어대는 중이었다. 오, 아쉬워! 이럴 줄 미리 알았으면 쫙 빼입고 출근하는 건데. 오늘 같은 날은 칼라일 호텔 베멀먼즈 바라도 가서 샴페인 한 병 시켜놓고 우아하게 축배를 들어야 되는 건데. 물론 그 전에 버나딘에서 캐비어를 추가한 해산물 코스요리부터 섭렵해야겠지. 오, 오늘이 하필 금요일일 건 또 뭐야. 평일이면 DD 이름 팔아서 어떻게든 한 자리 만들어볼 수도 있을 텐데. 나는 이것이 현실인 듯 불평하며 계단을 내려가는 니콜을 멍하니 보며 그 자리에 멈춰 섰다. 알람 소리는 계속해서 이건 단지 꿈일 뿐이라고, 그러니 이제 그만 깨어나라고 외쳐대고 있었다.

이번엔 꿈속에서 며칠이 지나간 거지?

나는 이것이 꼭 현실인 듯 어둑한 하늘을 가로지르는 새 한 마리를 올려다보며 생각했다. 하룻밤 꿈속에서 꼭 생시인 듯 보름이 흘러갔던 걸 세어보았던 때가 마지막이었어. 그 후론 날짜를 세는 데 늘 실패했었지. 꿈이 너무 길어져 알람이 울려도 알아차리지 못했던 거야.

거리의 가로등이 일제히 불을 밝혔다. 아냐, 그건 다 꿈의 술수였던 거야. 나는 계단 아래에서 허리를 수그린 채 가방을 뒤지고 있는 니콜을 내려다보며 중얼거렸다. 그동안 꿈이 날 속이고 있었던 거야. 알람이 울린 순간 꿈이 그걸 다른 소리로 바꿔버렸던 거야. 그래서 내가 깨어날 수 없도록 꿈이 술수를 부렸던 거야.

이것이 현실인 듯 의아해하는 얼굴로 계단을 다시 올라오는 니콜을 보며 나는 속으로 중얼거렸다. 그래, 꿈이 사기 치고 있었던 거야. 알람 소리를 다른 소리로 착각하도록 꿈이 날 속였던 거야. 마트 주차장에서 차를 빼는데 갑자기 뒤차가 경적을 울릴 때, 사실 나는 간밤에 맞춰둔 알람이 울리는 소리를 들었던 걸지도 몰라. 에린이 틀어놓은 TV 연속극에서 갑자기 전화가 걸려올 때, 오븐에 넣어둔 줄도 잊고 있던 냉동피자가 다 익었다는 걸 알리는 소리가 주방에서 들려올 때, 사실 나는 잠에서 깨어나라는 알람 소리를 듣고 있었던 건지도 몰라.

디리리리링. 디리리리링.

지금도 내 귓가에서 멈추지 않고 울려대는 이 기분 나쁜 알람 소리를.

"전화 왜 안 받아?" 두 계단 아래 멈춰선 니콜이 날 올려다보며 물었다. 나는 이것도 꿈의 술수일까 의심하며 니콜의 얼굴을 유심히 살폈다. 가로등 불빛에 감싸인 그녀의 얼굴에는 방금 전까지의 열광적인 표정 대신 불안이 감돌고 있었다. 그 얼굴이 꼭 에린이 즐겨보는 멕시코 막장드라마에서 곧 닥쳐올 비극을 예감하는 여주인공의 얼굴처럼 보였다.

"전화, 아까부터 계속 울리고 있잖아." 니콜이 이번엔 내 청바지 주머니를 가리켜 보였다. 나는 그제야 내가 아까 주머니에 대포폰을 넣어뒀었다는 걸 깨달았다. 꿈에선 늘 그렇지. 원인 다음에 결과가 오는 게 아니라 결과 다음에 원인이 오는 거야. 뭔가가 일어난 후에야 그럴 수밖에 없었던 이유가 떠오르지. 나는 이번엔 절대 꿈에 속지 않겠다고 다짐하며 주머니에서 핸드폰을 꺼내 들었다.

디리리리링. 디리리리링. 비상시 외에는 사용하지 않는 구형 폴더폰은 알람시계와 똑같은 소리를 내며 끈질기게 울어대고 있었다. "이 전화기로는 걸려올 전화가 없어." 나는 악몽 속에서 그러듯 누구에게 하는 건지 모를, 말해놓고 보니 말이 되지 않는 말을 중얼거리며 핸드폰의 폴더를 열고 귀에 갖다 댔다.

"케이티?" 전화기 저편에서 들려온 목소리가 날 소스라치게 했다. 이것이 정말 꿈이라면 지금 당장 깨어나야 한다는 생각이 들었다. "케이티? 너니? 케이티?" 날 부르는 이 목소리는 꼭 아버지의 그것처럼 들렸다. 하지만 그건 불가능한 일이었다. 아버지가 이 번호를 알고 있을 리 없으니까. 세상에서 이 번호를 마지막으로 알아야 할 사람이 있다면 그게 바로 아버지였다.

"케이티? 거기 있니?" 아버지의 것과 똑같은 침착하고도 다정한 그 목소리는 계속해서 날 부르고 있었다. 이건 내 아버지가 아냐, 나는 두려움으로 뱃속이 조여드는 것을 느끼며 속으로 중얼거렸다. 꿈이 또 속이고 있는 거야. 이제는 꿈이 내 아버지까지 똑같이 흉내 내고 있는 거야.

황급히 전화를 끊는 나를 보며 니콜이 물었다 "왜 그래? 누군데?"

"아버지." 전화기를 붙잡은 손이 떨리는 것을 느끼며 내가 중얼거렸다. "그런데 정말 그럴 린 없어. 아버진 이 번호를 모르시니까."

"아, 내가 좀 전에 알려드렸어." 니콜의 얼굴에 미소가 되살아났다. "아침에 너랑 통화하고 나서, 너희 아버지한테 전화 드렸었거든. 너한테서 연락 오면 그러겠다고 약속했었으니까. 그러고는 정신이 없어 까먹고 있었는데, 좀 전에 너희 아버지한테서 전화가 왔던 거야. 네 전화가 아직도 연결이 안 된다고. 그래서 내가 네 새 번호를 알려드렸지."

니콜의 친숙한 미소와 그럴듯한 말들은 날 안심시키기에 부족함이 없어 보였다. 하지만 이제는 그것조차 꿈의 술수인 듯 느껴졌다. 조금 전까지 빠져 있던 도취감보다도 강한 불안감이 나를 사로잡았다. 이것이 단지 꿈일 뿐이라면 나는 주인공이 아니라 꼭두각시에 지나지 않을 것이다. 꿈 혹은 그걸 만들어내는 신과 같은 누군가가 심심풀이로 갖고 노는 장난감. 그러므로 이것이 단지 꿈일 뿐이라면 순식간에 모든 게 다 잘못될 수 있었다. 가장 환상적인 꿈이 눈 깜짝할 사이에 가장 끔찍한 악몽으로 돌변할 수도…….

악몽.

이 불길한 단어와 동시에 에린의 얼굴이 떠올랐다. 텅 빈 캔버스를 들여다보며 골똘히 뭔가를 생각하고 있는, 캔버스만큼이나 텅 빈 '그 얼굴'. 언제 터질지 모를 시한폭탄이 째깍거리는 소리를 듣는 듯한 기분이 들게 만들던 그 얼굴. 에린은 지금 이 순간도 그 얼굴로 여전히 캔버스를 노려보고 있을까? 절름발이가 한 걸음 떼자마자 주저앉은 듯한 흐릿한 선 하나만 그어놓은 채로…….

"가봐야겠어." 내가 서둘러 계단을 내려가며 말했다.

"어디로? 집으로?"

"응. 집으로."

"아……. 그럼 어쩔 수 없지 뭐. 비싼 저녁은 다음에 얻어먹어야지." 니콜이 급히 차에 오르는 내 옆에 선 채 나무라듯 말했다. "그러게 진작 가족들한테 연락 좀 하지. 하여간 못 말린다니까."

집.

나는 그곳을 향해 출발했지만 그건 아버지가 기다리는 집은 아니었다. 이것이 꿈이라면 지금 윌리엄스버그 다리를 건너 옛집에 간대도 내 진짜 아버질 만날 순 없을 테니까. 꿈이 감쪽같이 흉내낸 가짜 아버지와 가짜 어머니만이 거기서 날 기다리고 있을 테니까. 이것이 꿈이라면 내게 진짜는 오직 에린뿐이었다. 그러므로 내 집 역시 에린이 기다리는 그 외딴 집뿐이었다.

아직까지 그녀가 도망쳐버리지 않았다면.

디리리리링 디리리리링. 교통정체로 링컨 터널에 멈춰 있을 때 알람소리가, 아니 그것과 기분 나쁠 정도로 똑같은 전화벨 소리가 다시 울렸다. 디리리리링. 디리리리링. 나는 휴대폰 폴더를 열어 목소리를 듣지도 않고 전원을 꺼버렸다. 그러고 나서야 그것이 수잔의 전화였을지 모른다는 생각이 들었다. 무슨 일이 생기면 곧바로 연락하라며 이 번호를 적어주었으니까. 하지만 전화기를 다시 켜려고 했을 때 차들이 움직이기 시작해 정말로 그런지 확인할 수는 없었다.

톨게이트를 빠져나가기 직전까지 나는 계속 고민했다. 지금 전화기를 켜서 확인해봐야 할까? 수잔에게 전화를 걸어 에린이 어떤 상태인지 물어봐야 할까? 그러다 매번 끝내 전원 버튼을 누르지 못한 채 핸드폰을 도로 내려놓았다. 이렇게 불안에 휩싸인 채 전화한다면 좋은 소식은 들을 수 없을 것만 같아서였다. 꿈에선 늘 그러니까. 꿈에선 늘 기분에 따라 일이 벌어지니까. 기분이 좋을 땐 좋은 꿈을, 기분이 나쁠 땐 나쁜 꿈을 꾸게 되는 거야. 거울에 반사된 상처럼 꿈은 늘 현실과 정반대지. 원인 다음에 결과가 오는 게 아니라 결과 다음에 원인이 오는 거야.

그러니 일단 기분을 회복해야 해, 나는 신나는 음악이 나오는 방송을 찾아 라디오 채널을 돌려대며 생각했다. 현실에서든 꿈에서든 낙관적인 기분만큼 중요한 건 없으니까. 내 기분이 좋다면 안 좋은 상황도 결국엔 좋게 변화시킬 수 있을 거야. 모든 건 생각하는 그대로 이뤄지게 돼 있으니까.

그러니 기분, 기분이 가장 중요해. 꿈에서나 현실에서나. 나는 스윙재즈가 흘러나오는 채널에 주파수를 고정하며 스캣을 부르듯 중얼거렸다. 특히나 꿈에서는 기분, 그게 전부야. 기분만 좋다면 꿈에선 뭐든지 할 수 있지. 하늘을 날고 화성을 정복하고 바스키아만큼이나 유명한 화가도 될 수 있어. 그러니 중요한 건 기분을 회복하는 거야. 나는 리듬에 맞춰 스텝을 밟듯 엑셀을 밟으며 계속 중얼거렸다. 두세 시간은 더 달려야 하니 시간은 충분해. 도착할 때쯤엔 적어도 떠날 때만큼은 기분이 좋아져 있을 거야. 그러면 잘못될 일 같은 건 하나도 없을 거야. 기분. 그게 제일 중요해. 복잡할 건 하나도 없어. 상황이 복잡하게 느껴질수록 단순하게 생각하는 것, 그게 바로 승리자의 사고방식이지.

도착했을 때 기분은 정말 회복되어 있었다. 갤러리를 나설 때
의 환상적인 기분까진 아니었지만 이 정도면 충분하다고 느껴질
만큼은 평온한 기분이었다. 그래서인지 차고에 차를 대자마자 기
분 좋은 졸음이 쏟아졌다.

차에서 내리지도 못한 채 깜빡 졸았다 깨니 벌써 밤 10시가 넘
어 있었다. 차고를 나서자 도시의 공기와 비교할 수 없을 정도로
깨끗한 밤공기에 머리가 맑아졌다. 앞뜰에서 울어대는 풀벌레 소
리가 잘못될 건 없어, 아무것도 잘못될 건 없어, 하고 내게 속삭이
는 듯했다. 나는 현관으로 걸어가며 중얼거렸다. 그래. 그래. 아무
것도 잘못될 건 없어. 지금 내 기분대로라면. 새로 고안한 주문을
외우듯 나는 이런 말들을 속으로 중얼거리며 현관문을 열었다.
그리고 집 안으로 들어서자마자 깨달았다. 이 정도의 기분만으론
충분치 않을지도 모른다는 것을.

정적.

집 안에 감도는 정적이 내게 뭔가가 잘못되었다는 걸 일깨워주
었다. 아무 냄새도 안 나지만 집 안에 가스가 새고 있다는 걸 감
지한 듯한 기분이었다. 작은 불씨 하나로도 순식간에 온 집 안이
불타게 되리란 걸 알아차린 듯 나는 긴장감에 휩싸였다. 정말로
아무것도 잘못될 것이 없으려면 집 안이 이렇게 조용해선 안 되

었기 때문이다. 모든 일이 정말 내 뜻대로 이뤄지게 될 거라면 에린은 지금 저 거실 소파에 앉아 있어야 했다. 이 시간이면 늘 그랬듯 소파 한가운데 등을 기대고 두 다리는 오토만에 쭉 뻗어 눕다시피 한 채 TV를 보고 있어야 했다. 왕홀을 쥔 제왕처럼 한 손에 리모컨을 쥔 채 TV속에서 허둥대는 나약하고 탐욕스런 인간들을 보며 혀를 끌끌 차거나 훈계하고 있어야 했다. 하지만 지금 거실은 온통 어둠과 정적에 잠겨 있었다. 주방에서 새어나오는 빛만이 거기에 누군가가 있을지 모른다는 걸 암시하고 있었다.

나는 불안감을 억누르려 애쓰며 주방으로 다가갔다. 하지만 테이블에 앉아 있는 수잔을 발견했을 때도 불안은 쉽사리 잦아들지 않았다. 이어폰을 낀 채 노트에 뭔가를 적고 있던 그녀는 내가 다가가 이름을 불렀을 때에서야 흠칫 놀라며 날 올려다보았다.

"아, 이제 오셨어요?" 수잔이 이어폰을 빼며 황급히 노트를 덮었다. 습작을 하고 있었던 모양이었다. 아니면 일기라도 쓰고 있었던 걸까? 이 여자도 나처럼 미쳐가는 중이라 일기를 써 정말 그런지 알아내려던 걸까?

"네, 수잔. 별일 없었어요?" 위층에서 인기척이 들린 듯해 계단 쪽을 돌아보며 내가 물었다. "에린은요?"

"온종일 방에서 그림만 그렸어요." 수잔이 어깨를 으쓱하며 말했다. "저녁 먹겠느냐고 물어도 들은 척도 않고, 방으로 식사를 갖다주겠다고 해도 꺼지라고 소리까지 질러대서……." 그녀가 머

188

그잔에 남은 차를 마저 마시며 의자에서 일어났다. "할 수 없이 저녁은 저 혼자 대충 때우고, 여기 앉아 글이나 쓰고 있었죠 뭐. 할 일이 너무 없어 무안할 지경이었다니까요." 그녀가 멋쩍은 미소를 지어 보이고는 머그잔과 빈 접시 따위를 집어 든 채 싱크대로 향했다.

그림. 그 말을 듣자마자 내 심장박동이 빨라졌다. 138번. 그것이 드디어 에린의 캔버스에 완성돼 있을지 몰랐다. 계단으로 향하는 내 마음속에서 기대감과 불안감이 동시에 커져갔다. 아침에 에린이 캔버스에 긋다 만 선을 떠올리면 불길한 예감을 억누를 수 없었다. 하지만 그녀의 최신작이 내 기대를 저버리지 않을 거란 기대감도 그만큼이나 컸다. 왜냐하면 지난 일 년 동안 늘 그래왔기 때문이었다. 에린이 그림을 그리는 속도는 갈수록 느려졌지만 결과물이 내게 준 충격과 감동은 줄어든 적이 없었다. 137번째까지 한 번도.

138번. 그것이 이번에도 최신작이자 최고작이 될 수 있을까? 혹시 이번엔 처음으로 그전만 못한 그림을 보게 되는 건 아닐까? 계단을 오르는 내 발걸음이 자꾸 빨라졌다. 138번. 그것이 완성돼 있다면 보자마자 알 수 있을 것이다. 1초도 안 되어 알게 될 것이다. 앞으로도 모든 게 예전처럼 다 내 뜻대로 이뤄지게 될지, 아니면 그 반대일지를.

고동치는 심장만큼이나 빠른 걸음으로 나는 어두운 복도를 지나쳐 에린의 방으로 향했다. 그리고 반쯤 열려 있던 문을 통해 방으로 들어선 순간 깨달았다. 내가 여전히 가장 환상적인 꿈현실의 한복판에 있으며 앞으로 그 어떤 것도 잘못될 일은 없으리란 것을.

138번.

그것이 방 한가운데 세워진 이젤에 놓여 있었다. 에린은 창가에 앉은 채 새 담배에 불을 붙이며 방으로 걸어 들어오는 나를 말없이 바라보았다. 보이지 않는 어떤 마법 같은 힘에 의해 끌어당겨지듯 나는 그림으로 가까이 다가갔다. 한 걸음 한 걸음 그림에 가까워질수록 충격과 경외감은 더 강해져만 갔다. 어떻게 이런 일이 가능할까? 나는 그림에서 눈을 떼지 못한 채 생각했다. 도저히 가능하리라 생각지도 못한 일이 눈앞에 펼쳐져 있었다. 여태까지 에린의 최신작을 볼 때면 늘 그랬던 것보다 더한 충격에 나는 휩싸였다.

138번. 그 그림이 그토록 날 놀라게 했던 건, 화폭에 펼쳐진 모든 요소들이 이전까지 에린이 그렸던 그림들과는 정반대였기 때문이었다. 색채들은 어둡고 흐릿했고 형상들은 힘없이 끊어지고 흩어지며 비틀거렸다. 전에는 물감 방울들을 흩뿌리며 거침없이 캔버스를 가로지르던 선들이 이제는 엉금엉금 기고 주저앉고 더듬더듬 물러나며 자꾸만 뒤로, 뒤로 후퇴하다 힘없이 바스러졌다. 모든 것이 말 그대로 정반대였다.

내가 눈으로 보면서도 믿을 수 없었던 건 그 정반대의 스타일이 에린이 예전에 그렸던 그림들과 똑같은 효과를, 아니 오히려 전보다도 강한 효과를 내고 있다는 것이었다. 귀를 찢을 듯한 비명을 눈으로 보는 듯한 느낌은 이상하게도 이 정반대 스타일 속에서 더 강렬한 힘을 발하고 있었다. 예전의 그림이 날렵한 비수로 빠르게 긋는 듯한 충격이었다면 이 그림은 뭉툭하고 울퉁불퉁한 유리파편으로 느리고 더 깊이 파고드는 듯한 충격을 주었다. 예전의 그림들이 생생한 분노였다면 새 그림은 세월에 닳고 닳아 둔중한 슬픔처럼 변해버린 분노였다.

"마음에 들어?"

에린의 목소리가 귓가에 들려왔지만 나는 꼼짝도 못한 채 그림만 바라보았다. 도저히 거기서 눈을 뗄 수가 없었다. 그 순간 세상에 그 그림과 나만이 존재하는 듯했기 때문이었다. 심지어 이걸 그린 에린조차도 이 그림과는 아무런 상관없는 존재처럼 느껴졌다. 나는 거울에 비친 나 자신의 모습을 보듯 그림을 보았다. 가장 추하면서도 가장 아름다운, 나 자신의 정수가 거기에 모두 오롯이 담겨 있는 것만 같았다.

"오, 그렇다고 울 것까진 없잖아, 자기." 에린이 다가와 내 뺨을 어루만졌을 때에서야 나는 내가 눈물을 흘리고 있다는 것을 알아차렸다. 에린은 못마땅한 그림이라도 감상하듯 날 보며 내 얼굴에 담배 연기를 뿜어댔다. 그러다 곧 싫증난다는 듯 담배를 재

떨이에 비벼 끄고는 나를 밀쳐냈다. "비켜봐. 아직 마지막 붓질을 하지 않았으니까. 꼴사납게 질질 짜려거든 저 구석에 가서 하라구."

내가 뒤로 물러나 옷소매로 눈물을 닦는 동안 에린은 작업용 테이블에서 가장 큰 붓을 집어 들었다. 그러고는 검은 물감을 풀어놓은 그릇에 붓을 담그더니 예전의 그녀로 돌아간 듯 거침없이 붓을 휘두르기 시작했다. 나는 내 팔이 잘려나가는 듯한 갑작스런 고통에 휩싸인 채 멍하니 그 광경을 바라보았다. 안 돼, 내 가슴 속에서 비명이 터져나왔다. 하지만 목구멍이 막힌 듯 아무 소리도 낼 수 없었다. 꼭 악몽 속에서 그러듯이. 달려가서 에린을 붙잡아 멈추려 했지만 몸이 마비된 듯 꼼짝도 할 수 없었다. 악몽 속에서 늘 그러듯이.

악몽. 이것 말고는 지금 벌어지고 있는 일을 조금이나마 비슷하게라도 표현할 단어가 없었다. 내가 여태껏 꾸었던 꿈들 중 가장 황홀한 꿈이 순식간에 검은 물감으로 뒤덮여 파괴되는 동안 나는 꼼짝도 못한 채 바라보고만 있었다. 극심한 고통과 무력감이 나를 사로잡았다.

마침내 내가 에린에게 달려들었을 때 138번은 더 이상 존재하지 않았다. 암흑. 내 눈앞에 있는 것은 이제 그림이 아니라 단지 사각형의 암흑일 뿐이었다. 나는 그것을 바라보며 그림을 다시 살려낼 수 있으리란 희망을 품어보려 했다. 저 검은 물감만 걷어낸다면 기적 같던 그 그림이 다시 모습을 드러내리라는 희망을. 하지만 그것이 가능할 리 없다는 걸 나는 알았다. 물감이 채 마르기도 전에 덧칠을 해버렸기 때문이었다. 그러면 아무리 뛰어난 복원전문가가 시도한다고 해도 그림을 되살리는 건 불가능한 것이다.

"왜……?" 내 목구멍에서 나 자신의 것이 아닌 듯한 새된 목소리가 튀어나왔다. 나는 에린의 팔을 붙잡은 채, 내 심장에 칼을 꽂아넣은 사람에게 묻듯 헛되이 묻고 있었다. 왜? 대체 왜 이런 짓을 한 거야? 네가 방금 무슨 짓을 한 건지 알고는 있는 거야?

"약속." 에린이 내 팔을 거칠게 떼어내고는 새 담배에 불을 붙였다. "네가 그걸 어겼으니까."

"……약속?" 나는 여전히 내 눈앞의 암흑에 시선을 고정한 채 중얼거렸다. "널 탈출시켜주겠다던…… 그 약속? 그건 이미…….."

"염병하네." 에린이 코로 담배 연기를 거세게 뿜어대며 코웃음 쳤다. "넌 나한테 자유를 주겠다고 약속했지? 응? 그래놓고 날 다시 이 감옥에 가둬놓은 거야. 그 콧구멍만 한 병실보다 크기만 더 큰 감옥에."

"하지만…… 그게 바로 네가…… 원하던 거…… 아니었어?" 어눌한 발음과 더듬거리는 말투. 내 목구멍에서 나오는 이 목소리는 내가 아니라 꼭 에린의 것처럼 들렸다.

"그게 바로 네가 원하던 거 아니었어?" 혀 짧은 소리로 나를 흉내 내던 에린이 검은 캔버스를 향해 주먹을 휘둘렀다. 이젤이 뒤로 넘어가며 사각형의 암흑이 바닥에 나뒹굴었다. "씨발년." 검은 피로 뒤덮인 듯한 주먹을 내게 들이대며 에린이 소리쳤다. "내가 모를 줄 알아? 이젠 네가 날 아예 그 감옥으로 돌려보내려 한다는 걸?" 에린은 이제 평소의 나만큼이나 또렷해진 발음으로 내게 소리쳤다. "네가 그놈하고 짜고 날 다시 거기로 돌려보내려 한다는 걸?"

"그놈……?" 겁에 질린 채 뒤로 물러서며 내가 되물었다. 그리고 그와 동시에 알아차렸다. 그녀가 누구를 말하고 있는지.

아버지.

그러니까 아까 전화기 너머에서 아버지 목소리가 들려왔을 때, 내가 그토록 갑작스런 불안에 빠졌던 건 바로 이것 때문이었던 것이다. 에린이 도청하고 있다는 걸 은연중에 알아차렸기에.

"그래. 그놈. 네 애비." 에린이 내 마음을 읽은 듯 비틀린 미소를 지으며 내게 속삭였다. "칼 번햄 박사."

그래, 난 이미 알고 있었어. 이런 날이 언젠가 오리라는 걸. 나는 담배 연기의 베일 뒤에서 날 노려보는 에린의 두 눈을 바라보며 생각했다. 에린에게 스며들었던 몇 번의 찰나들 중 딱 한 번, 느낀 적 있었으니까. 그녀가 두려워하는 것이 내 아버지라는 걸. 하지만 그걸 알아차린 순간 곧바로 나 자신으로 돌아왔기에 그 이유를 알아낼 순 없었지. 그 이유를 깨달았던 건 며칠이 더 지나서였어. 에린은 내가 아버지에 의해 치료될까 봐, 그래서 자신이 사라지게 될까 봐 두려워하는 거였어. 그걸 깨닫고 나는 놀라워했지. 대체 에린이 어떻게 알았지? 그녀 자신이 내 광기로 인해 발현된 내 또 다른 인격, 나의 그림자란 것을?

이제야 답이 떠올랐다. 왜냐하면 내가 에린에게 스며들 때마다 그녀 역시 그랬을 테니까. 내 안으로 스며들어 알아낼 수 있었을 테니까. 나에 대해서. 그녀 자신에 대해서.

"아냐, 에린." 내 목소리는 나 자신의 것과 거의 비슷하게 돌아와 있었다. 에린이 나 자신의 일부라는 생각이 두려움을 가라앉혔기 때문이다.

"네가 오해한 거야. 내 아버진 널 해치지 못해." 나는 이제 가장 친한 친구에게 말하듯 다정하게 에린에게 말하고 있었다. "내가 그러도록 내버려두지 않을 거야. 넌 나한테 가장 중요한 사람이니까……."

에린 역시 가장 친한 친구를 보듯 나를 보며 미소 지었다. 그러고는 날 끌어안을 듯 바짝 다가오더니 내 귓가에 속삭였다. "그렇다면 죽여."

나는 귀를 의심하며 한 걸음 물러나 에린의 얼굴을 들여다보았다. 그녀는 내가 보았던 중 가장 환한 미소를 띤 얼굴로 계속해서 속삭였다. "네 애빌, 죽여. 응?" 그녀는 새 장난감을 사달라고 조르는 아이처럼 천진난만한 얼굴로 말하고 있었다. "그래야 내가

진짜로 자유로워질 수 있으니까. 응? 약속했잖아. 날 자유롭게 해
주겠다고⋯⋯."

내가 돌아버린 건 그때가 아니라 그 다음 순간이었다. "너도 알
고 있잖아. 번햄 그 개자식이 죽어 마땅한 인간이란 걸." 에린이
당연한 사실을 말한다는 듯 이렇게 말했을 때였다. "그는 어린 소
녀들을 좋아해. 난 그걸 알고 있었어. 내가 그의 유일한 장난감이
아니라는 걸. 그래서 그가 날 거기 가뒀던 거야."

이 말을 듣고 나서야 비로소 나는 돌아버렸다. 미친년의 그 미
친 말들과 미친 미소가, 얼마 남지 않은 내 이성마저 완전히 마비
시켜버린 것이다.

"피⋯⋯! 이 피 좀 봐요⋯⋯!"

수잔의 외침이 내 정신을 돌아오게 했다. 이제 나는 수잔과 함
께 복도에 서 있었다. 에린의 방문은 밖에서 걸쇠까지 걸린 채 잠
겨 있었다. "씨발년들! 쌍년들!" 방 안에서 에린이 고함을 지르며
문을 두들겨댔다. "이 문 당장 못 열어? 열어! 이 개 같은 잡년들
아!" 문을 부술 듯 강한 힘에 걸쇠의 쇠사슬이 흔들렸다.

"지혈⋯⋯ 어서 지혈해야 해요!" 수잔이 내 팔을 붙잡고 다시
소리쳤을 때에서야 통증이 느껴졌다. 오른손이 온통 피로 흥건했
다. 개에게 물어뜯긴 듯 손등의 살섬이 군데군데 떨어져나가 있
었다.

196

"붕대……! 그게 어디 있죠?"수잔의 벌게진 얼굴에서 땀이 비 오듯 흐르고 있었다. "1층…… 욕실에……."내 말이 끝나기도 전에 수잔이 돌아서서 계단을 달려 내려갔다. 에린에게 쥐어뜯겼는지 머리가 반쯤 풀어헤쳐져 있었다.

"내 말을 정 못 믿겠다면, 가서 확인해보면 될 거 아냐!"방문 너머에서 에린의 외침이 다시 들려왔다. "증거! 그걸 그 개자식이 어딘가에 숨겨뒀을 테니까!"그녀가 문에 바짝 붙은 채 계속 소리쳤다. "날 죽이지 않고 가둬뒀던 것처럼, 그것도 분명 숨겨뒀을 거야. 어딘가에 뭔가가 있을 거라구. 가서 찾아보면 될 거 아냐!"

이제 그 헛소리들은 날 분노하게 하는 대신 헛웃음을 터뜨리게 만들었다. 여전히 피가 흐르는 오른손을 감싼 채 계단을 향하며 나는 생각했다. 피해망상과 편집증에 사로잡힌 정신이상자의 전형적인 궤변. 티끌만큼의 현실성도 없는 저런 헛소리 따위에 내가 왜 그렇게까지 흥분했던 걸까?

계단에서 내려서자 미약한 현기증과 함께 이상한 생각이 떠올랐다. 혹시 이것이 꿈이 아니라 현실인 건 아닐까? 이게 정말 꿈이라면 저 여자가 저렇게까지 미친 소릴 지껄일 수는 없어. 저 미친년이 꿈속의 존재나 내 그림자가 아니라, 정말로 살아 있는 진짜 정신병자이기에 저토록 기상천외한 헛소릴 늘어놓을 수 있는 거야.

"찾았어요!"붕대와 소독약 따위를 든 채 계단을 뛰어올라오는 수잔의 모습조차 이상할 정도로 내게 현실감을 일깨웠다. 계단 아래쪽에 날 앉히고는 내 상처에 소독약을 바르는 수잔의 떨리는 손, 가쁜 숨을 내쉴 때마다 입에서 풍기는 단내, 붕대를 감는 수잔의 이마에 송글송글 맺힌 땀방울 등이 이것이 꿈이 아니라 현실일지 모른다는 내 의심을 더 강하게 만들었다.

"응급처치는 했으니까……." 수잔이 땀에 젖은 머리카락을 뒤로 넘기며 말했다. "이제 병원으로 가면 되겠네요. 상처가 깊어서 꿰매야 할 것 같으니……."

"수잔." 나는 일어나려 하는 수잔의 팔을 붙잡아 앉히며 말했다. "괜찮아요. 이 정도로 충분해요. 피는 곧 멎을 거예요."

"하지만……." 날 보는 수잔의 충혈된 푸른 눈동자가 흔들렸다.

"내가 걱정되는 건 에린이에요. 예전에도 몇 번 발작이 일어났었지만, 저 정도로 심하진 않았었거든요."

"죄송해요……." 수잔은 금방이라도 눈물을 쏟을 듯 말했다. "제가 너무 안일했어요. 상황이 이렇게까지 되기 전에 눈치 챘어야 했는데……."

"아니에요. 수잔이 없었더라면 어땠을지 생각하면 아찔해요. 나 혼자선 감당할 수 없었을 거예요. 에린은 지난번처럼 집을 뛰쳐나갔을 테고, 그대로 영영 실종됐을지도 몰라요."

"그럼 이제…… 입원시켜야 하는 선가요?"

"아뇨, 에린은 병원을 병적으로 무서워해요. 입원시킬 때마다 에린의 증세가 더 악화되기만 해서, 이렇게 이 집을 요양원 삼아 내가 돌보고 있었던 거거든요. 그랬더니 그녀가 많이 호전돼서 안심하고 있었는데……."

수잔은 입을 꾹 다문 채 고개를 끄덕이며 날 보고 있었다. 깊은 연민과 신뢰가 담긴 그녀의 눈빛이 내 자신감을 북돋웠다. "무모하다 생각하겠지만, 웬만하면 에린이 진정될 때까지 집에서 보살피고 싶어요. 물론 당분간은 위험할 테니 방에만 가둬둬야겠죠. 주치의한테서 처방받아놓은 약은 수프나 차에 타서 걸쇠 너머로 건네주고요. 수잔, 당신이 날 계속 도와줄 수만 있다면……." 나는 붕대를 감은 손으로 수잔의 손을 잡으며 말했다. "어떤 보상이든 하겠어요. 일단 지금 당장 월급만큼의 위험수당을 지급할게요. 그리고 앞으로 월급을 두 배로 올려주겠어요. 아니, 원한다면 세 배까지도……."

"오, 롱 부인……." 수잔이 내 손에 감긴 붕대를 조심스럽게 감싸며 말했다. "제가 도움이 될 수만 있다면, 기꺼이요. 오늘의 실수를 만회할 기회를 주셔서 제가 더 감사드려요"

충성심 강한 강아지 같은 수잔의 눈빛이 날 안도하게 했다. 긴장이 풀리자 피로가 몰려오며 손등의 상처가 욱신거렸다. 그 생생한 통증이 이것이 꿈이 아닐지 모른다는 의심을 또다시 일깨웠다. 그런데 이상하게도 이번엔 그것이 그다지 혼란스럽지 않았다. 에린을 마침내 통제할 수 있게 되었다는 자신감이 날 다시 평온하게 만들었기 때문이었다. 이 모든 것이 현실일지 모른다는 생각이 이제는 오히려 나를 더 안도하게 했다.

꿈은 손바닥 뒤집히듯 한순간에 돌변할 수 있지만 현실은 그렇지 않으니까.

현실은 꿈보다 훨씬 느리고 안정적이니까.

그러니 이제는 정말로 상관없었다. 이것이 꿈이든 현실이든. 왜냐하면 결국엔 모든 게 다 내 뜻대로 굴러가게 될 테니까. 수잔을 충실한 간수로 만드는 덴 이미 반쯤 성공했으니, 에린을 고분고분한 죄수로 만드는 것도 단지 시간문제에 불과할 것이었다.

2층에서는 아직도 에린이 문을 두들겨대며 소리치고 있었지만 나는 더 이상 귀 기울이지 않았다. 수잔 역시 마찬가지인 듯했다. 하긴, 개처럼 남의 손을 물어뜯는 인간이 무슨 소릴 지껄이는지 대체 어느 누가 궁금해하겠는가?

잠자리에 들기 전, 손에 감긴 붕대가 젖지 않도록 조심스럽게 샤워를 하며 나는 속으로 중얼거렸다.

상관없어. 이것이 꿈이든 현실이든. 모든 건 결국 다 내 뜻대로 이뤄지게 될 테니까. 불안을 가라앉히기 위해서 되뇌었던 이 마법의 주문을 이제 나는 진심으로 믿고 있었다. 그러니까 마법이 정말 이뤄진 거야, 나는 김 서린 거울을 왼손으로 닦아내며 중얼거렸다. 그리고 거울 속에서 미소 짓는 나 자신의 낯선 얼굴을 바라보며 깨달았다. 이제부터야말로 내가 가장 환상적인 꿈같은 현실을, 진정한 꿈현실을 살아가게 되리라는 것을.

*

지금 이 순간이 꿈일까, 현실일까?

이 물음을 내가 다시 떠올리게 된 건 한 달쯤 지나서였다. 이상한 일이 아닐 수 없었다. 그때가 내가 그걸 정말로 궁금해하지 않게 되었을 무렵이었으니까.

그전까지만 해도 궁금해질 수밖에 없는 순간들이 있었다. 에린이 도망칠 뻔했을 때가 특히 그랬다. 식음을 전폐한 채 난동을 피워대던 에린이 마침내 안정제를 탄 수프를 먹고 잠이 든 사흘째 아침, 나와 수잔이 방을 청소하는 틈을 타 그녀가 탈출을 시도했던 것이다. 만일을 대비해 내가 채워놓은 족쇄가 아니었더라면 에린은 정말 도망쳐버렸을 것이다. 그 족쇄는 내가 뉴욕의 한 성인용품 숍에서 사온 것이었지만 결코 장난감은 아니었다. 쇠고랑 자체가 워낙 무거운데다 양쪽에 쇠사슬까지 연결돼 있어, 그걸 발목에 찬 채 방을 뛰쳐나갔던 에린은 계단에 이르기도 전에 넘어지고 말았다. 하지만 그녀를 붙잡기 직전까지의 그 아찔한 순간에 나는 궁금해할 수밖에 없었다.

이 순간이 꿈일까, 현실일까?

만약 이것이 현실이라면, 에린이 도망쳐버렸을 때 무슨 일이 일어날지 짐작도 되지 않았으니까.

물론 그 순간은 금방 지나갔다. 그리고 그때부터 일은 오히려 더 쉬워졌다. 족쇄를 꺼림칙해하던 수잔도 그것의 필요성을 인정하게 되었기 때문이었다. 그때부터 에린은 발목과 손목에 족쇄를 찬 채 스스로 밥을 먹고 방에 딸린 화장실에서 볼일을 해결하게 되었다. 에린이 모든 걸 포기한 듯 고분고분해졌기에 일은 정말로 쉬워졌다. 수잔의 일은 걸쇠 너머로 식사를 건네고 문가에 놓인 빈 접시를 거두는 게 전부라 해도 될 정도였다.

그러니 난 더 이상 궁금해할 필요가 없었다. 그것이 꿈이든 현실이든 상관할 필요도 없었다. 그래서 아무런 걱정 없이 뉴욕으로 떠나 전시 홍보 일정을 소화했다. 〈아트포럼〉을 비롯한 온갖 잡지와 신문, TV 인터뷰에 응하고 마침내 돌아온 탕아처럼 옛집으로 부모님을 찾아가 뵐 수도 있었다. 어머니가 날 끌어안으며 눈물을 글썽일 때도, 아버지가 내 손을 붙잡고 몇 번이나 "오, 케이티. 꼭 꿈을 꾸는 것 같구나" 하고 말했을 때도 나는 궁금해하지 않았다.

이 순간이 꿈일까, 현실일까?

이것이 잠시나마 다시 궁금해졌던 건 전시가 열리는 날 저녁이 되어서였다. 액자 속에서 황금 옷을 입은 악마들처럼 아찔하게 빛나는 내 그림들, 뉴욕의 유명 인사들은 다 모인 듯한 발 디딜 틈 없는 전시장, 쏟아지는 카메라 플래시 세례와 관람객들의 환호, 내가 그들의 진짜 혈육이기라도 한 듯 날 자랑스러워하며 꽃다발과 입맞춤을 건네는 가족들, 그 속에서 잠깐이라도 궁금해하지 않는다면 그게 더 이상한 일일 것이었다. 내가 지금 꿈을 꾸고 있는 건 아닌지, 제정신인 사람조차도 그런 순간엔 궁금해하게 될 테니까. 그러니 그때 내가 잠시나마 혼란스러워했던 건 그다지 이상한 일이라고는 할 수 없었다.

이상한 건 그날 그 거리에서의 일이었다.

일요일 오후 5시 반의 맨해튼 몰 앞 횡단보도. 웨스트 32번가를 가로지르는 그 횡단보도 근처에서 일어난 사소한 사건 따위에 그것이 궁금해졌던 건, 확실히 이상한 일이었다.

이 순간이 꿈일까 현실일까?

이것을 궁금해하기에 그보다 더 적절하지 않은 때는 없었으니까. 그 무렵 내가 있었던 그 어떤 시간, 어떤 장소도 그보다는 꿈으로 착각하기 쉬웠을 테니까. 현실이라고는 믿을 수 없을 정도로 성공적이었던 첫 전시회, 믿을 수 없을 정도로 비싼 가격에 날개 돋친 듯 팔려나가는 그림들, 믿을 수 없을 정도로 빠르게 높아져가는 유명세와 재산, 그 모든 것들에 이미 익숙해져버린 그 무렵 난 정말로 더 이상 신경 쓰지 않았으니까. 이것이 꿈인지 현실인지.

그 일요일 오후 5시 반, 테이크아웃 커피 잔을 손에 든 채 거리를 걸을 때 내가 신경 썼던 건 다른 것이었다. 사흘 전 내가 구입한 어퍼이스트사이드의 맨션(이것이 현실임을 확인하기 위해 내가 사들이기 시작한 값비싼 것들 중 가장 비싼 것)에서 어제 니콜과 샴페인을 터뜨릴 때 그녀가 했던 농담과도 같은 몇 마디 말들. 그것이 뒤늦게 알아차린 손에 박힌 작은 가시처럼 내 신경을 거슬렀던 것이다.

"불쌍한 미스 카츠!" 센트럴파크 저수지가 한눈에 내려다보이는 거실 테라스에 앉아 두 번째 샴페인을 따다 말고 니콜은 소리쳤었다. "그녀가 지난주에 나한테 전화 걸어서 뭐라고 했는지 알아? 글쎄 네 그림들을 그린 '진짜 화가'가 누구냐는 거야!" 니콜이 샴페인 거품과도 같은 폭소를 터뜨리며 내게 말했다. "정말 불쌍하지 않니? 카츠는 도저히 받아들일 수가 없는 거야. 자기가 그렇게 무시했던 제자가 현대미술계의 가장 빛나는 별로 떠올랐다는 걸."

니콜이 미간에 주름을 만들고 눈을 가늘게 뜬 채 미스 카츠의 허스키한 목소리를 흉내 내며 말했다. "리모네즈, 나는 알아. 그것들이 번햄이 그린 게 아니라는 걸. 난 그저 정말 궁금해서 묻는 것뿐이야……." 카츠를 너무도 똑같이 흉내 내는 니콜의 모습이 우스꽝스러워 나는 배를 잡고 웃었다. 그 얘긴 거기서 끝이었다. 화제는 곧바로 세바스찬 모스로 넘어갔다. 내 그림 13번과 128번을 구입한 밴드 엑시큐션의 리더 모스가 니콜에게 내 번호를 물었다는 것이었다.

"곧 출시될 새 앨범 재킷으로 그녀의 그림을 사용해도 될지, 화가 본인한테 직접 묻고 싶어서 그런데……." 니콜은 이번에도 모스의 게슴츠레한 눈과 건들건들한 자세를 똑같이 흉내 냈고, 술에 취한 나는 깔깔거리며 소리쳤다. "알려줘. 오늘 밤, 그보다 더한 것도 사용해도 된다고!"

니콜은 자신이 고등학생 때 모스의 브로마이드를 보며 자위하곤 했다며 낄낄대다 심각한 얼굴로 속삭였다. "오늘 밤 그를 실제로 사용하게 된다면, 말해줘야 돼. 사소한 디테일도 빠뜨리지 말고. 내 상상 속의 그와 얼마나 다른지, 아니면 비슷한지 진짜 궁금하거든."

그 일요일 오후, 나는 모스의 스튜디오에서 밤을 새우고 아직 잠들어 있는 그를 남겨둔 채 나온 길이었다. 하지만 내가 그때 떠올렸던 건 니콜에게 들려줄 간밤의 사소한 디테일들이 아닌 다른 것이었다. 별장으로 곧바로 돌아가려다 링컨 터널에 들어서기도 전 배가 너무 고파져, 6번가의 한 샌드위치 가게에 들러 BLTE를 허겁지겁 먹을 때 문득 그 순간이 떠올랐기 때문이었다.

미스 카츠가 내 전시 오프닝에서 악수를 청하던 순간.

그날은 하도 정신이 없어 대수롭지 않게 스쳐지나간 순간이었다. 그런데 뒤늦게 그때 그녀의 얼굴이 머릿속에 생생히 되살아난 것이다. 내 손을 잡을 때 미스 카츠의 얼굴에 떠올랐던 그 기묘한 미소. 그녀의 입꼬리는 올라가 있었지만 두 눈만은 그때처럼 차가운 호기심으로 빛나고 있었다. "말해 봐, 그 그림들은 대체 누구한테서 훔쳤던 거지?" 하고 묻던 몇 년 전 그때와 똑같이.

"축하한다, 드디어 해냈구나." 카츠의 입은 그렇게 말했지만 그녀의 두 눈은 다른 말을 하고 있었다. 축하한다, 드디어 해냈구나. 네가 제일 잘하는 거. 도둑질. 사기. 이번엔 정말로 크게 한탕 해냈구나.

샌드위치를 다 먹고 라테를 테이크아웃 해 거리로 나설 때 그 순간 내가 했던 생각이 떠올랐다. 저 여자가 대체 어떻게 알았지, 저 그림들이 모두 훔친 거란 걸? 저것들을 그린 진짜 화가는 지금 외딴 집에 족쇄를 찬 채 갇혀 있다는 걸, 카츠 저 늙은 여우가 무슨 수로 알아낸 거지?

뜨겁고 진한 라테를 홀짝이며 6번가를 따라 걸어갈 때 나는 그런 생각에 빠져 있었다. 미스 카츠. 그녀가 니콜한테 전화까지 했었다니. 그 그림들을 그린 게 내가 아니라고 그렇게까지 확신하고 있다니. 그런 생각을 하면서도 딱히 궁금하진 않았다. 내가 에린의 그림들을 훔친 것이 꿈속에서였는지 현실에서였는지. 왜냐하면 그 두 가지가 이제 내게는 더 이상 다르지 않았기 때문이었다. '현실은 눈뜬 채 꾸는 꿈이다.' 얼마 전 〈가디언〉과의 인터뷰에서도 이렇게 말했었고 그건 결코 거짓말이 아니었으니까.

모스가 날 만나고 싶었던 것도 그 기사 때문이었다고 했지, 나는 윗입술에 묻은 우유거품을 혀끝으로 훑으며 간밤의 기억을 떠올렸다. 트윔블리의 작품이 걸린 스튜디오 거실 소파에서 내 치마에 손을 넣기 직전에 모스가 했던 말들이 귓가에 되살아났다. "나 역시 어릴 때부터 그렇게 생각했죠. 나한텐 늘 꿈이 현실만큼이나 생생했으니까. 나중에 인지과학의 관점에선 그게 사실이란 걸 알고 깜짝 놀랐어요. 꿈꿀 때 우리 뇌의 활동은 현실에서와 구별할 수 없을 정도로 똑같다는 거요. 우리가 눈을 떴는지 감았는지, 실제로 지각할 대상이 있는지 없는지만 다를 뿐, 꿈과 현실은 인간에겐 본질적으로 같은 경험이라는 것."

저 말을 여태까지 여자들한테 몇 번이나 써먹었을까? 오십 번? 백 번? 내가 이런 생각을 할 때 그가 내 허벅지에 손을 올리며 귀에 대고 속삭였었다.

"그러니 꿈이 눈 감은 채 경험하는 현실이라면, 현실은 눈뜬 채 꾸는 꿈이라는 거."

그래. 그러니까 에린은 내게 현실이야, 나는 계속해서 걸음을 옮기며 속으로 중얼거렸다. 어쩌면 미스 카츠는 그걸 꿰뚫어봤던 건지 몰라. 내가 그 그림들을 실제로 에린에게서 훔친 것처럼 느끼고 있다는 걸. 내가 나 자신을 꼭 사기꾼인 듯 느끼고 있다는 걸. 이런 생각이 들자 마음이 조급해졌다. 그새 해가 기울어 있었고 나는 어느새 웨스트 32번가 바로 앞까지 이르러 있었다. 어서 별장으로 돌아가야 해. 나는 식어버린 커피의 마지막 한 모금을 마시고 빈 종이컵을 구겨 쥐며 속으로 중얼거렸다. 그동안 이렇게 오랫동안 별장을 떠나 있던 적은 없었으니까. 혹시 그사이에 무슨 일이 벌어졌을지도 모르는 일이니까. 차가 막히기 전에 출발하려면 서둘러야 해.

나는 종이컵을 버리려 주위를 둘러보았고 몇 걸음 떨어진 인도 끄트머리에 휴지통이 있는 것을 발견했다. 맨해튼 몰 방향으로 펼쳐진 횡단보도 앞의 그 휴지통으로 걸어갈 때 길 건너편 신호 등이 막 녹색불로 바뀌었다. 주머니에서 핸드폰이 진동했다. 꺼 내서 보니 모스에게서 온 메시지였다. '어젯밤 자기가 내 집에 온 꿈을 꿨어. 꽤 화끈한 꿈이었어.' 나는 웃음을 터뜨리며 핸드폰을 주머니에 넣고 종이컵을 휴지통에 던져넣었다. 그러고는 돌아서 려는데 누군가가 내 시선을 잡아끌었다.

횡단보도 중간에 멈춰선 한 사람.

모두가 이쪽으로 건너오고 저쪽으로 건너가는데 혼자서 멈춰 선 채 나를 보고 있는 한 여자. 그 낯선 여자가 그렇게 횡단보도 한복판에서 날 보고 있었기에 나 역시 멈춰선 채 바라볼 수밖에 없었다. 나와 같은 색의 단발머리에 나와 같은 색 피부를 가진 그 자그마한 중년의 여인을. 펑퍼짐한 회색 블라우스와 짙은 남색 바지를 입은 그녀는 싸구려 갈색 천 가방을 누가 훔쳐가기라도 할 것처럼 꽉 움켜쥔 채 실로 엄청난 집중력으로 나를 노려보고 있었다. 문득 한기인시 열기인지 알 수 없는 어떤 감각이 내 척추 를 타고 내려왔고, 그 여자가 다시 발을 내딛는 것을 보았을 때에서야 나는 돌아서서 걷기 시작했다.

날 다른 사람으로 착각했나 봐, 나는 걸음이 자꾸 빨라지는 것을 느끼며 속으로 중얼거렸다. 쓸데없이 너무 오래 지체했어. 러시아워에 걸리지 않으려면 어서 출발해야 해. 아, 그러고 보니 오늘이 일요일이던가?

그때 뒤에서 누군가가 그악스럽게 내 왼팔을 잡아챘다. 소스라치며 돌아보니 그 여자였다. 전에는 한 번도 본 적 없는 중년의 동양 여인. 그녀의 충혈된 가느다란 두 눈이 나를 노려보고 있었다.

"놔요, 이거." 여자의 손을 떼어내려 하며 내가 말했다. 하지만 여자의 차고 앙상한 손은 내 팔에 뿌리를 내리려는 듯 더 강하게 파고들 뿐이었다. 나는 그녀의 붉은 두 눈이 물기로 번들거리는 것을, 핑크브라운 립스틱이 반쯤 지워진 얇은 입술이 열리며 낯선 언어가 쏟아져나오는 것을 꼼짝없이 지켜볼 수밖에 없었다. 여인의 낮은 목소리가 힘주어 뱉어내는 알아들을 수 없는 언어와 그녀의 두 눈에서 번득이는 강렬한 감정의 홍수에 순간 정신이 아득해졌다.

날 가장 겁에 질리게 했던 건 여자의 두 눈에 담긴 확신이었다. 짙은 파운데이션이 군데군데 뭉쳐 있는 여자의 주름진 작은 눈에는 나를 아는 것 같은, 평생 동안 알고 있었던 것 같은 무서울 정도로 강렬한 확신이 담겨 있었다. 그 확신이 나 역시 그녀를 알고 있는 듯한 기묘한 착각을 불러일으켰다. 나는 갑자기 멀미가 난 것처럼 심한 메스꺼움을 느꼈다. 혹시 지금 이 순간이 꿈인 건 아닐까? 내가 꿀 수 있는 가장 이상하고도 끔찍한 악몽을 내가 지금 꾸고 있는 건 아닐까?

그때서야 나는 온 힘을 다해 겨우 그 고목 같은 손을 떼어냈다. 그런데 돌아서서 인파를 헤치며 뛰듯이 걸어가는 내 등 뒤로 여인의 외침이 들려왔다. 가늘고 새된 그녀의 목소리는 이번엔 내가 알아들을 수 없는 낯선 언어가 아니라 영어로 말하고 있었다.

"이뤘다! 꿈! 난! 알았어! 너! 해낼 걸!"

그 끔찍한 발음의 토막 난 단어들이 유리 파편처럼 내 고막에 날아와 박히는 듯했다. 여자의 무딘 손톱처럼 그 고함소리도 떨쳐내려 할수록 더 깊이 달라붙어 내 귀에서 영영 떨어지지 않을 것만 같았다.

이해할 수가 없어, 나는 차를 몰고 별장으로 돌아가는 길에 생각했다. 대체 내가 왜 그렇게까지 놀랐던 걸까? 그 여자는 날 자기가 아는 누군가로 착각했을 뿐일 거야. 아니면 그저 정신 나간 여자이거나. 나는 클래식 음악이 나오는 채널로 라디오 주파수를 맞추며 중얼거렸다. 그래, 미친 여자인 거야. 정신이 온전치 못한 여자가 TV에 나오는 날 보고 망상에라도 사로잡혔던 거겠지. 파크웨이로 들어서자마자 속력을 높이며 나는 헛웃음을 터뜨렸다. 이럴 땐 유명해지는 것도 피곤해. 세상 온갖 또라이와 멍청이들에게 언제 어디서 공격받을지 모르니까. 하긴, 총이라도 안 맞은 걸 감사해야 할지 모르지.

뉴욕에서 멀어질수록 불안감이 가라앉자 나 자신이 우스꽝스럽게 느껴졌다. 나도 참 못 말려. 고작 그 정도의 일로 그렇게나 호들갑을 떨었다니. 이것이 꿈인지 현실인지 궁금해할 정도로 놀랐었다니. 한동안 까맣게 잊었던 그 구닥다리 질문을 하필 그런 순간에 떠올리고 말았다니. 간밤에 술을 너무 많이 마셔서 그런가? 아니, 어쩌면 섹스 때문이었는지도 몰라. 우머나이저가 주는 압도적이고 기나긴 쾌감엔 비할 바가 아니었지만(니콜이 들으면 실망하겠지. 아니 오히려 속으로 기뻐할까?) 어쨌든 남자와 맨몸으로 뒹군 건 몇 년 만의 일이었으니. 나도 모르는 새 이상한 호르몬 같은 게 분비돼 순간적으로 감정이 격해졌던 건지도 모르지. 그 망할 호르몬 이름이 뭐더라? 바소프레신? 옥시토신? 그런데 그런 일이 생리적으로 가능한가?

생각이 여기까지 흘러가자 숙취와 피로가 엄습하며 모든 게 귀찮게 느껴졌다. 나는 밀려드는 졸음을 쫓기 위해 락 음악이 나오는 프로그램을 찾아 채널을 돌렸다. 공교롭게도 때마침 모스가 그 특유의 끈적한 음성으로 목이 터져라 열창을 하는 중이었다. '모르는 척하지 마. 너 자신도 못 속이면서 온 세상을 속일 수 있을 거라 믿는다면, 그건 다 네 착각. 차아아악각.' 나는 채널을 다시 돌리며 한숨을 내쉬었다. 오, 정말이지 완벽한 하루군.

마침내 별장에 도착했을 땐 저녁 8시가 다 돼가고 있었다. 차고에 차를 대자마자 애써 참아왔던 졸음이 눈더미처럼 쏟아졌다. 이미 반쯤 잠든 상태로 안전벨트만 겨우 푼 채 나는 기절하듯 의식을 잃었다.

눈을 떠보니 9시 반이었다. 한 시간 넘게 잤는데도 피로가 풀리긴커녕 몸이 더 무겁게 느껴졌다. 들어가서 씻고 얼른 푹 자야지. 차고를 나와 현관으로 걸어가는 내 머릿속엔 오로지 그 생각뿐이었다. 지금쯤 에린은 안정제를 탄 음식을 먹고 이미 잠들었을 테고, 수잔은 자기 방에서 동화 나부랭이를 끄적이고 있을 테니 잘 자란 인사조차 할 필요 없을지 몰랐다.

그런데 집 안으로 들어서자 불빛이 보였다. 주방에서 새어나오는 불빛이었다. 수잔이 이 시간까지 설거지를 하고 있는 걸까? 나는 자꾸만 흐려져오는 눈을 부비며 주방을 향해 걸어갔다. 수잔에게 오늘도 수고 많았다고, 잘 자라고 말한 다음 욕실에 들어가 씻고 싶은 마음뿐이었다.

그런데 주방에 들어서니 아무도 없었다. 싱크대에 뒹구는 설거지하다 만 그릇들을 보자 불안감이 밀려들었다. 수잔이 설거지를 하다 말고 화장실에라도 간 걸까? 하지만 방금 전 거기엔 아무도 없었는데. 아, 자기 방으로 간 걸까? 나는 그녀의 방으로 향하며 생각했다. 그리고 다음 순간 수잔이 거기에도 없다는 걸 발견했다.

에린의 방. 거기에 있는 거야.

나는 발소리를 죽인 채 계단을 오르며 귀 기울였다. 에린이 갑자기 난동이라도 피워 진정시키러 간 건가? 하지만 아무 소리도 들리지 않는걸. 온 집 안을 감싼 정적이 가시처럼 나를 찌르는 듯했다. 졸음이 가시며 알 수 없는 불안감이 점점 더 커졌다. 2층에 올라서니 에린의 방은 닫혀 있었다. 방문 틈으로 새어나온 불빛이 복도의 어둠에 균열의 무늬를 그려넣고 있었다. 나는 방문에 바짝 다가붙어 숨죽인 채 귀 기울였다. 수잔의 목소리가 들렸지만 너무 작아 무슨 말인지 알아들을 수 없었다. 곧이어 에린의 목소리가 들려왔다. 나는 온 신경을 청각에 집중하려 애썼다.

"……나머진 내가 다 알아서 할게. 지금 날 풀어주기만 하면 십만 달러가 거저 생기는 거야. 이런 죽여주는 기횔 놓쳐버리고 남은 평생 질질 짜지나 말라고."

저 미친년이 대체 어떻게 알았지? 내가 자기 그림들로 크게 한 재산 벌어들이고 있다는 걸? 나는 마른침을 삼키며 계속 귀를 기울였다. 하지만 한동안 아무 소리도 들리지 않았다. 나는 불안한 마음에 고개를 돌려 물러설 곳을 살폈다. 그때 방 안에서 달그락 소리와 함께 수잔의 목소리가 희미하게 들려왔다.

"생각해볼게요. 지금은 나가봐야 돼요."

또다시 달그락거리는 소리가 들리더니 누군가가 이쪽으로 걸어오는 기척이 들렸다. 나는 발소리를 죽인 채 재빨리 복도 구석의 짙은 어둠 속으로 몸을 숨겼다. 방에서 나와 문을 걸어 잠그는 수잔의 손에 구급상자가 들려 있었다. 아하, 에린이 저 년을 꼬이려 자해 쇼를 벌였던 모양이군. 나는 걸쇠를 걸다 말고 멈춰선 수잔의 실루엣을 바라보며 생각했다. 복도가 온통 어둠에 잠겨 수잔의 표정을 볼 수가 없었다. 설마 에린의 수작에 그새 마음이 흔들린 건 아니겠지? 나는 벽에 붙어 숨죽인 채 그녀가 돌아서는 모습을 지켜보았다. 그리고 수잔이 계단을 다 내려간 후에야 조용히 걸음을 옮겨 계단으로 향했다.

1층에 내려서자 설거지 소리가 들려왔다. 나는 주방 입구에 기대선 채 그릇을 씻는 수잔을 지켜보았다. 내가 온 것도 모르고 계속 설거지를 하는 수잔의 얼굴은 골똘히 뭔가를 생각하는 듯 보였다. 십만 달러. 어쩌면 그 돈으로 얻을 수 있는 것들에 대해 생각하고 있는 건지도 몰랐다.

건조대로 접시를 옮길 때에서야 날 발견한 수잔이 소스라치며 손에 쥔 것을 놓쳤다. 접시가 산산조각 나는 소리와 수잔의 외마디 비명이 일순간에 모든 정적을 걷어냈다. 도자기 파편들이 사방으로 튀었다. "죄송해요." 수잔은 파편들을 주워 담으며 두 번이나 그 말을 반복했다. 마치 접시보다 더 값비싼 뭔가를 깨뜨린 것처럼. 나는 그녀를 내려다보며 그대로 서 있었다. 수잔이 접시 조각들을 봉투에 담고 있을 때 나는 내 발치에 남겨진 파편 하나를 집어 들고 그녀에게 다가갔다.

"이걸 빠뜨렸어." 내가 말했다.

수잔이 당황하며 그 파편을 집으려 했다. 나는 그것을 뒤로 물리며 덧붙였다. "에린이 실패할 경우의 수. 그렇게 되면 당신은 십만 달러는커녕 해고당하고 영영 이 업계를 떠나야 해. 하지만 날 돕는다면 당신은 지금 당장 십만 달러를 받을 수 있어. 어느 쪽을 택할래?"

수잔이 날 보며 고개를 천천히 저었다. "정말 죄송해요……."

겁에 질린 수잔의 푸른 눈동자가 내 얼굴을 천천히 비껴가며 내 뒤의 무언가를 보는 듯했다.

"이걸 빠뜨렸어." 귓가에 들리는 에린의 목소리와 함께 목에 칼날이 닿는 것이 느껴졌다. 고개를 반쯤 틀자 에린이 눈을 희번덕거리며 내 목을 움켜쥐었다. "수잔이 벌써 나한테 넘어왔을 경우의 수."

칼날이 내 경동맥을 자를 듯 닿아 있었다. 아, 수잔이 걸쇠를 걸지 않은 건 실수가 아니었구나. 잠금쇠들은 돌리는 척만 하고 제자리로 돌려놓았던 거였어. 저 백치의 탈을 쓴 여우 같으니. 그동안 머저리 행세로 날 안심시키곤 뒷구멍으론 저 미친년하고 날 엿 먹일 계획을 꾸며온 거야.

"씨발년들!"

그 이상은 소리칠 수 없었다. 나는 에린에게 개처럼 끌려갔다. 계단을 오를 때 뒤따라오는 수잔의 발걸음 소리가 들렸다. 돌아보려 하자 칼날이 목을 더 깊이 파고들었다. 나는 고개를 바로한 채 순순히 계단을 마저 올랐다. 복도에 이르렀을 때 에린이 수잔에게 명령했다.

"문 열어."

수잔이 달려가 문고리를 돌렸다. 걸쇠도 잠금쇠도 채워지지 않은 문은 곧장 열렸다. 수잔이 문고리를 잡고 선 채 나를 보았다. 마지막으로 용서를 비는 듯한 눈길이었다. 나는 눈빛으로 호소해 보려 했다. 하지만 그 순간 수잔이 눈길을 돌려버렸다. 다급해진 내가 수잔에게 외쳤다. "지금이라도 날 도와! 그쪽이 너한테 더 유리하단 걸……!"

"사기꾼년! 도둑년!" 에린이 내 다리를 걸어차며 소리쳤다. 그녀는 바닥에 엎어진 내 머리를 짓밟으며 계속해서 욕을 했다. 두 팔로 머리를 감싸자 옆구리와 허벅지에 에린의 발길질이 날아들었다. "쇠고랑 차고 빵에 갇힐 년은 내가 아니라 네년이야! 개좆 같은 쓰레기년! 네 죗값 평생 갚을 수 있게 내가 만들어주지!"

간신히 고개를 들어보니 수잔은 하얗게 질린 얼굴로 입을 틀어막고 있었다.

"얼른 이년 잡아! 아직 안 늦었어! 수잔!" 내가 외쳤다.

에린이 내 머리채를 휘어잡았다. 방 안으로 끌어당기는 그 힘에 저항하려 나는 문틀을 양손으로 붙잡은 채 이를 악물고 버텼다. 머리가죽이 다 벗겨져나갈 것만 같았다. 눈물 때문에 사방이 흐릿해졌다.

"이 쌍년이!" 에린이 외쳤다. 칼이 바닥에 떨어지는 소리가 났다. 에린이 두 팔로 내 허리를 끌어안았다.

"지금이야!" 내가 수잔을 돌아보며 외쳤다.

에린이 내 등을 걷어찼다. 나는 그녀의 팔을 붙잡은 채 바닥에 고꾸라졌다. 에린이 같이 쓰러진 순간 나는 사력을 다해 그녀를 바닥에 눕혔다. 그리고 재빨리 에린의 가슴에 올라타며 수잔에게 외쳤다. "족쇄 가져와! 어서!"

나는 에린의 양팔을 붙잡은 채 온몸의 체중을 실어 그녀를 깔아뭉갰다. 석상처럼 문간에 서 있던 수잔이 문고리를 놓고 한 걸음 안으로 들어섰다.

"빨리! 수잔!" 내가 또다시 외쳤을 때 에린이 몸부림치며 두 팔을 풀었다. "내가 또 잡힐 줄 알아?" 그녀가 맹수처럼 튀어오르며 내 머리를 들이받았다. 내가 비명을 지르며 몸을 뒤로 젖혔을 때 에린이 나를 밀치며 일어났다. 나는 칼이 떨어진 쪽으로 몸을 던졌다. 문간에 떨어진 사냥칼의 손잡이가 손끝에서 한 뼘 멀리 있었다. 내가 기어서 그것을 쥐려는 순간 에린이 먼저 칼을 집어 들었다. 내가 반쯤 몸을 일으켰을 때 에린은 이미 수잔의 목에 칼을 겨누고 있었다.

"학교 갈 시간이다, 이쁜이."

에린이 턱 끝으로 침대를 가리키며 미소 지었다. 침대 위에는 족쇄들이 새 주인을 기다리듯 입을 벌리고 있었다.

"이년 죽는 거 보고 싶지 않으면 네 발로 가서 누워."

에린이 수잔의 목에 칼날을 붙이며 말했다. 수잔은 두 눈을 질끈 감은 채 굳어 있었다. 그녀의 왼뺨을 타고 흘러내리는 눈물 한줄기만이 이 순간 움직이는 유일한 것이었다.

"그만둬. 수잔은 놔주고 나하고 둘이 얘기해."

내가 말했다.

"얘애기이이? 입만 열면 구라나 까는 네년하고 무슨 얘애기이이?"

에린이 수잔의 목에 칼을 더 깊이 들이댔다. "셋 셀 동안 안 누우면 긋는다."

"에린!"

내 목소리가 꼭 수잔의 그것처럼 가냘프게 들렸다.

"하나……."

"네가 원하는 대로 할게."

나는 에린 쪽으로 한 걸음 다가섰다.

"두울……."

"다 할 테니까 제발……."

내가 한 걸음 더 다가섰다.

"셋."

에린이 수잔의 목을 길게 그었다. 커다란 입처럼 벌어진 살갗에서 선홍색 피가 쏟아져나왔다.

"난 약속을 꼭 지켜. 너하곤 다르게."

붉은 가면처럼 피를 뒤집어 쓴 얼굴로 에린이 녹슨 쇳소리 같은 웃음을 터뜨렸다.

수잔이 양손으로 목을 붙잡은 채 비명을 질렀지만 소리가 나오지 않았다. 멈추지 않고 터져나오는 피가 수잔의 비명을 대신하고 있었다. 에린은 어느새 어둠 속으로 사라져 있었다.

나는 수잔의 목을 손으로 막아 지혈해보려 했다. 하지만 상처가 너무 길고 깊었다. 미지근하고 끈적한 피가 손가락 사이로 계속 새어나왔다. 어지럽고 자꾸 구역질이 나는 것이 피비린내 때문인지, 이것이 꿈이 아니라 현실일지 모른다는 두려움 때문인지 알 수 없었다. 나는 품에서 의식을 잃고 파리해져가는 수잔이 현실이라기엔 너무 인형처럼 부자연스러워 보인다고, 수잔의 몸에서 흘러나오는 피가 현실이라기엔 너무나 붉고 끈끈한 것 같다고 생각하면서도 바로 그 이유 때문에 이것이 현실일지 모른다는 생각에 진저리쳤다. 나는 결국 수잔을 무릎에서 내려놓고 일어서서 계단을 향해 달렸다. 손으로 상처를 막아봤자 소용없다는 걸 너무 늦게 깨달은 것이 아니길 빌면서.

아래층으로 구르듯 뛰어 내려가며 나는 내 방 어느 서랍에 반짇고리를 넣어두었는지 떠올리려 애썼다. 더 늦기 전에 수잔의 목을 꿰매면 피를 멈출 수 있을지 모른다. 나는 방으로 뛰어들며 이것이 꿈이라면 화장대 서랍 맨 위 칸에서 반짇고리를 찾아낼 수 있을 거라고 생각했고 정말로 그 안에서 그것을 찾아냈다. 그래, 이건 역시 현실이 아니라 꿈이야. 그러니 이 야단법석은 곧 거짓말처럼 해결되고 모든 건 다시 내 뜻대로 흘러가게 될 거야. 나는 반짇고리를 든 채 계단을 뛰어 올라가며 속으로 중얼거렸다. 정말이야. 이렇게 말도 안 되는 상황이 현실일 리 없잖아. 이것이 현실이라면 이렇게 모든 게 아무런 현실성도 없을 리 없잖아.

2층에 돌아오니 수잔의 머리가 피 웅덩이에 잠겨 있었다. 나는 무릎을 꿇고 수잔의 머리를 허벅지에 올린 후 바늘귀에 실을 꿰었다. 손끝이 떨려 실이 바늘구멍을 자꾸만 비껴갔다. 그러는 동안에도 상처에서 흘러나오는 피가 내 허벅지를 따뜻하게 적셔왔다. 간신히 바늘귀를 꿴 후 수잔의 상처에 바늘을 찔러넣었을 때에야 나는 내가 너무 늦었다는 것을 깨달았다. 수잔의 손목에는 맥박이 없었고 그녀의 입술색은 푸르게 변해 있었다. 나는 수잔의 심장에 귀를 갖다 댔다. 살아 있다고 두드려대는 노크 소리가 들리지 않았다. 이것이 꿈이든 현실이든 내가 붙들고 있는 건 더 이상 인간이 아니었다. 나는 한때 수잔이었던 것의 머리를 바닥에 내려놓았다.

그제야 에린을 잡아야 한다는 생각이 떠올랐다. 이것이 꿈이 아니라 현실이라면 난 꼼짝없이 살인죄를 뒤집어쓰게 될 테니까. 수잔을 죽인 건 내가 아니라고, 이 세상에 존재하지도 않는 어떤 여자라고 아무리 내가 외쳐댄들 대체 누가 그 말을 믿을까?

그년을 잡아야 해. 나는 계단을 뛰어 내려가며 중얼거렸다. 그
년은 멀미 때문에 차 타는 걸 싫어해. 그 미친년은 분명 운전도
할 줄 모를걸. 아마 시동 거는 법도 모를 거야. 그년은 아직 이 근
처에 있어. 나는 차고를 향해 달렸다. 피에 젖은 양말이 마룻바닥
에 자꾸만 미끄러졌다.

상관있어. 이제부턴 모든 게 다 씨발 존나게 상관있다고.
　에린을 찾아 헤매는 내내 나는 중얼거렸다. 에린은 분명 차를
두고 두 발로 뛰쳐나갔건만 어느 쪽으로 갔는지 자취조차 찾을
수 없었다. 차를 몰고 온 읍내를 샅샅이 뒤져도, 집 근처 오솔길을
따라 달리며 구석구석 랜턴을 비춰보아도 에린의 그림자조차 보
이지 않았다.
　상관있어, 이것이 꿈인지 현실인지. 자꾸만 밀려드는 현기증
에 비틀거리며 에린을 찾아다니는 내내 나는 되뇌었다. 상관있
어. 모든 게 다 존나게 상관있다고. 내가 이렇게 피투성이로 밤길
을 헤매는 것도 상관있어. 이것이 현실인데 누군가를 마주친다면
그 사람이 틀림없이 경찰에 신고할 테니까. 그럼 난 그대로 경찰
서에 끌려가 심문받게 되겠지. 난 사람 죽인 적 없어요. 다른 여자
가 한 짓이에요. 그 여자가 누굽니까? 에린이에요. 성은 몰라요.
나이도 몰라요. 어디 출신인지도. 그런데 어떻게 그 여자가 당신
집에 살게 됐죠? 꿈에서 그 여자가 정신병원에 갇혀 있는 걸 알

게 됐어요. 자길 탈출 시켜달라고 그녀가 하도 사정해 내 집으로 데려온 것뿐이에요. 그런데 그때부터 그 여자가 꿈에서도 풀려나 현실이 됐어요. 그리고 방금 전 사람을 죽이고 도망쳐버린 거예요. 내 집에 뒹구는 시체는 내가 아니라 그 여자 작품이에요. 나한테 죄가 있다면 그 여자를 꿈 밖으로 끌고 나온 죄뿐이에요. 상황이 이 지경까지 이르게 될 줄은 꿈에도 모르고 저지른 일이에요. 정말이에요. 꿈에도 몰랐어요.

나는 강기슭에서 골프 코스 쪽으로 이어지는 길을 따라 달리며 머릿속으로 경찰에게 항변하다 헛웃음을 터뜨렸다. 오, 그래. 아주 설득력 있는 얘기야. 경찰은 널 절대 감옥으로 보내지 않을 거야. 대신 네 친엄마가 자살한 커비 법정 정신병원으로 보내겠지. 달릴 때마다 에린에게 걷어차였던 왼쪽 옆구리가 아파왔다. 그 생생한 통증이 이것이 꿈이 아닐지 모른다는 생각을 일깨웠다. 나는 이를 악문 채 계속 달리며 생각했다. 그래, 이건 분명 현실이야. 에린은 아까 큰길로 뛰쳐나가 지나가는 차를 얻어 탔을 거야. 피를 뒤집어 쓴 그 몰골로 태워준 사람한테 자신이 오랫동안 감금된 채 학대당했다고, 그러다 결국 살해당할 뻔한 순간 도망쳐 나왔다고 말했겠지. 깜짝 놀란 운전자가 벌써 그년을 맨해튼 어느 방송국 정문에 떨궈줬을 거야. 지금쯤 그년 인터뷰가 어느 채널에선가 전국에 생중계되고 있을지도 몰라.

생각이 여기까지 이르자 구역질을 참을 수가 없었다. 낮에 먹

은 샌드위치의 아직 소화되지 않은 건더기들이 신물과 함께 목구
멍으로 넘어왔다. 나는 골프 코스를 둘러싼 담벼락을 짚고 허리
를 숙인 채 뱃속에 든 것을 모두 게워냈다. 그제야 머릿속이 맑아
지며 상황이 정리됐다. 그래, 에린은 사라져버렸어. 더 이상 찾아
헤매는 건 시간 낭비일 뿐이야. 그러니 어서 돌아가 수잔의 시체
를 처리해야 해. 이 어둠이 걷히기 전에 아무도 찾아낼 수 없도록
강물 깊숙이 던져넣는 거야. 집 뒤쪽은 강 끄트머리라 물줄기가
가늘고 수심이 너무 얕아. 강 본류가 흐르는 읍내까지 차를 몰고
나가야 해. 주택가에서 가장 먼 자리를 택해 최대한 빠르게 일을
처리하는 거야. 시체에 무거운 걸 매달아 강에 빠뜨리는 거지. 수
잔의 모든 소지품들과 족쇄들, 아령, 무게가 나가는 건 뭐든지 매
달아 다시는 떠오르지 못하게 강 밑바닥에 가라앉히는 거야. 그
것만이 내가 이 악몽에 영원히 발목 잡히지 않을 유일한 방법이
야. 나는 옷소매로 입을 훔치고는 돌아서서 별장을 향해 달리기
시작했다.

상관있어, 존나게 상관있어. 나는 수잔의 배낭에 그녀의 소지
품과 온갖 무거운 것들을 쑤셔넣어 차에 실으며 중얼거렸다. 이
것이 꿈이 아니라 현실이라면 모든 게 씨발 다 끝장이라고. 수잔
의 시체를 찢어낸 침대시트로 꽁꽁 둘러 감은 채 낑낑대며 끌고
가면서도 나는 계속 중얼거렸다. 상관있어. 이렇게 시체를 밧줄

로 제대로 묶지도 못한 채 옮기는 것도 상관있어. 이것이 현실이
고 이러다 실수한다면 경찰에 덜미를 잡힐 테니까. 그러면 모든
게 다 끝장이니까. 그런데 잠깐, 만약 이것이 꿈이라면 아까 벽장
어딘가에서 튼튼한 밧줄을 찾아낼 수 있지 않았을까? 그래, 그러
니까 이건 꿈이 아니라 현실이야. 이것이 꿈이라면 모든 게 이렇
게까지 힘겹고 엉망진창일 리가 없잖아.

피와 땀으로 온몸이 젖은 채 시체를 차고로 끌고 가며 나는 밀
려드는 두려움에 몸을 떨었다. 두려움 때문인지 혼란 때문인지
머리가 깨질듯 아파왔다. 나는 목구멍으로 넘어오는 신물을 삼키
며 이것이 꿈이란 걸 입증할 만한 단서를 하나라도 생각해내려
안간힘을 썼다. 이 피. 이 여자 몸에서 나온 피로 온 집 안이 다 칠
갑이 되겠어. 원래 사람이 죽으면 이렇게나 많은 피가 나오는 걸
까? 아냐, 그럴 리 없어. 수잔처럼 작고 마른 여자 몸에 이렇게까
지 많은 피가 들어 있었을 리 없잖아. 이게 현실이 아니라 꿈이라
그래. 그래, 이건 단지 꿈일 뿐이야. 모든 게 내 뜻대로 흘러가도
록 프로그래밍 된 환상적인 꿈이 에러를 일으켜 잠깐 악몽으로
변했을 뿐인 거야.

나는 이미 굳어서 뻣뻣해진 시체를 차 뒷좌석에 억지로 구겨넣
으며 중얼거렸다. 이건 절대로 현실이 아니라 한낱 꿈일 뿐이야.
그러니 이 순간만 지나고 나면 다시 모든 게 예전처럼 내 뜻대로
흘러갈 거야. 이 시체를 아무도 모르게 강에 제대로 던져넣기만

한다면. 다시는 떠오르지 않게 저 깊고도 넓은 강 밑바닥에 가라 앉히기만 한다면. 그러면 모든 게 다시 괜찮아질 거야. 이런 말들로 두려움을 마비시키려 애쓰며 나는 읍내를 향해 차를 몰았다. 강을 따라 이어진 대로와 상점들에는 지나가는 차도 사람도 보이지 않았다. 어쩌면 이것이 정말 꿈이고 모든 게 벌써 다시 내 뜻대로 흘러가기 시작했기 때문인지도 몰랐다. 아니면 이것이 현실인데 원래 자정이 넘은 이 시간엔 안 그래도 한적한 이 동네에 인적이 완전히 끊기기 때문인지도.

나는 강과 가깝게 맞닿은 도로 중 가장 외진 곳에 차를 세우고 시체를 끌어내리며 이것이 꿈이든 현실이든 방심해선 안 된다고, 언제 어디서 야행성인 동네 주민이 갑자기 튀어나올지 모르니 서둘러 이것을 처리해야 한다고 생각했다. 어깨가 빠질 듯 무거운 배낭까지 둘러멘 채 강둑길로 시체를 끌고 가며 나는 연신 주위를 두리번거렸다. 누군가가 어둠 속에서 날 지켜보는 듯한 불안감에 입이 말랐다. 괜찮아. 이건 꿈이야. 곧 끝나게 될 기분 나쁜 꿈속의 한 장면일 뿐이야.

강둑에 이르자 허리가 끊어질 듯 아팠다. 배낭을 풀어서 내려놓는데 팔다리가 후들거렸다. 땀방울들이 자꾸 흘러들어 눈이 따가웠다. 나는 소매로 땀을 훔치고 시체를 묶은 시트 한쪽 끝을 배낭 손잡이에 단단히 묶었다. 그리고 마지막으로 남은 힘을 쥐어짜 시체를 강둑 아래로 굴려 떨어뜨렸다. 수잔은 별장에 처음 왔을 때처럼 배낭을 멘 채 검은 강물 속으로 사라졌다.

이제 다 끝났어. 거센 물결이 금세 아무 일도 없었다는 듯 잠잠해지는 것을 바라보며 나는 중얼거렸다. 어서 집으로 돌아가 몸을 씻고 자야지. 잠들면 이 악몽에서 깨어나게 될 거야. 모든 게 다 거짓말처럼 없었던 일이 돼 있을 거야. 나는 금방이라도 혼절할 듯 엄습하는 피로 속에 간신히 차를 몰아 집으로 향하며 생각했다.

하지만 현관문을 열고 들어서자마자 눈에 들어온 핏자국들은 이 악몽이 여전히 끝나지 않았음을 내게 일깨워주었다. 분홍신을 신은 소녀가 잘리다 만 발로 춤을 춘 듯한 붉은 발자국들을 따라 계단을 오르며 나는 이것이 꿈이 아니라는, 이 모든 게 결코 한 번도 꿈이었던 적이 없었다는 생각을 억누르려 안간힘썼다. 그러나 수잔이 죽은 자리에 고인 피 웅덩이가 마룻바닥에 스며들며 검게 말라붙어가는 모양이, 그 한가운데 떨어진 실패에서 풀어진 실이 어떤 통계자료의 그래프 같은 곡선을 그리며 피를 머금은 채 굳어 있는 모양이, 웬일인지 그 시도를 더 이상은 불가능하게 만들었다. 이것이 현실이란 절망감에 머리가 무거워지며 졸음이 몰려왔다. 저 핏자국들을 어서 수습해야 하는데, 너무 졸려 눈을 뜨고 있기조차 힘겨웠다.

일단 눈에 잘 띄는 핏자국들만 대충 수습하고, 눈을 좀 붙인 다음 세제로 온 집 안을 깨끗이 닦아야겠어. 나는 졸음을 쫓으려 양손으로 나 자신의 뺨을 때리며 중얼거렸다. 가장 먼저 수습해야할 곳은 살인이 벌어진 에린의 방문 앞이었다. 나는 에린의 옷장에서 새 시트를 꺼내 복도에 고인 피 웅덩이를 닦아내기 시작했다. 검붉은 타르 같은 피에서 비린내가 진동했다. 나는 치밀어오르는 욕지기를 참으며 피를 닦았다. 흰 시트가 온통 검붉게 물들었다. 나무 타일 사이에 말라붙은 피는 잘 닦이지 않았다. 벽에도 핏방울들이 튀어 있었다. 나는 물티슈를 가져다 그 핏자국들을 지워보려 안간힘 썼다. 눈이 감겨올 때마다 내 뺨을 때리고 팔을 꼬집어가며 닦아내고 또 닦아냈다. 물티슈 다섯 통을 다 써가며 온 집 안의 핏자국들을 웬만큼 수습했을 땐 창밖으로 동이 터오고 있었다. 나는 피 묻은 시트와 물티슈들을 쓰레기봉투에 넣어 창고에 던져넣고 방에 들어가 혼절하듯 잠에 빠졌다.

새소리가 잠을 깨웠다. 새 한 마리가 창가에서 단음절의 의문문 같은 소리로 울어대고 있었다.

왜?

왜?

왜?

자꾸 묻는 듯한 그 새소리를 들으며 나는 눈 감은 채 그대로 누워 있었다. 목이 마르고 오줌도 마려웠지만 알람처럼 반복되는 새 울음소리를 들으며 나는 그냥 침대에 누워 있었다. 이대로 계속 눈을 감고 있으면 다시 잠에 빠져들 수 있을 것 같았다.

그런데 아무리 눈을 꼭 감아도 눈꺼풀 사이로 햇살이 파고들었다. 아무리 귀 기울이지 않으려 해도 귓구멍 속으로 새소리가 파고들었다. 창가에 앉은 새가 고개를 갸우뚱하며 날 추궁하는 것만 같았다. 왜 잠에서 깼는데도 눈을 못 뜨는 거야? 왜 그렇게 잠든 척하며 누워서 꼼짝도 안 하고 있는 거야?

왜냐하면 두려우니까. 나는 여전히 눈을 감은 채 이불을 뒤집어쓰며 속으로 중얼거렸다. 눈을 뜨면 알게 될 테니까. 그 모든 게 꿈이었는지 아니면 현실이었는지.

왜?

왜?

새는 계속 물어댔다. 왜 두려운 거야?

왜냐하면 눈을 뜨고 일어났을 때 그 모든 게 현실이었다면 감당할 수 없을 테니까. 모든 게 다 끝장이니까.

왜?

새가 다시 물었다. 확인해보기도 전에 포기하려 하는 거야? 그 모든 게 꿈이었을지도 모르는데 벌써 절망하는 거야? 그 모든 게 꿈이었을지도 모르는데.

왜?

왜?

두려우니까. 두려우니까. 두려우니까. 나는 귀를 틀어막은 채 돌아누웠다. 그런데 뭔가가 이상했다. 다리에 걸쳐진 것이 청바지가 아니라 잠옷 같았다. 나는 눈 감은 채 이불 속으로 손을 뻗어 아래를 더듬었다. 손끝에 닿는 천의 촉감이 정말로 잘 때 늘 입는 트레이닝팬츠 같았다. 어떻게 된 거지? 새벽에 분명 씻지도 못하고 그대로 잠들었는데. 피와 땀에 전 옷들을 벗을 기력도 없이 침대에 뻗었었는데. 나는 이불을 걷고 몸을 일으키며 실눈을 뜬 채 내려다보았다. 그리고 내 몸에 실제로 잠옷이 걸쳐져 있는 걸 알아보았다. 눈을 크게 뜨고 살펴봐도 틀림없이 잠옷이었다. 목과 무릎 쪽이 늘어지고 보풀이 일어난 트레이닝 티셔츠와 바지엔 미세한 핏자국 하나 없었다.

그럼 그 모든 게 꿈이었던 거야?

나는 밝은 햇살이 새어 들어오는 창문을 넘겨다보며 속으로 중얼거렸다. 왜? 왜? 왜? 하고 울어대던 새는 어느새 날아가버렸는지 다람쥐 한 마리만이 나뭇가지를 분주히 오르내리고 있었다. 그 작은 짐승의 움직임에 따라 앙상한 나뭇가지와 거기 매달린 얼마 남지 않은 나뭇잎이 흔들리는 모습을 보고 있자니 갑자기 어젯밤 일들이 정말로 꿈이었던 듯 아득하게 느껴졌다.

머리맡의 시계를 보니 10시가 넘어 있었다. 나는 혀로 메마른 입술을 축이며 심호흡을 크게 한 번 하고는 티셔츠를 천천히 걷어 올렸다. 어제의 일들이 현실이었다면 몸싸움의 흔적이 조금이라도 몸에 남아 있을 테니까. 특히 에린에게 가장 세게 걷어차였던 왼쪽 옆구리 쪽에. 나는 마음을 졸이며 그 자리에 멍 자국이 있는지 살펴보았다.

거기엔 아무런 흔적도 없었다. 햇볕을 쏘인 지 오래돼 희멀건 한 배와 옆구리 어느 쪽에도 멍 자국 같은 건 보이지 않았다. 나는 소매를 걷고 양쪽 팔도 살펴보았다. 군데군데 나뭇가지에 긁힌 자국 같은 건 있었지만 몸 씨름의 흔적은 보이지 않았다.

그 모든 건 정말 다 꿈이었던 거야.

나는 꿈꾸듯 얼떨떨한 기분으로 침대에서 일어났다. 그리고 이 달콤한 예감이 깨지기라도 할까 조심스럽게 걸어 창으로 다가갔다. 창문을 활짝 열자 신선한 공기가 폐 속 깊이 밀려들었다. 목화솜 같은 구름 사이로 빛나는 태양 아래 한 무리의 새들이 떼를 지어 날아가고 있었다. 그 아래 펼쳐진 뒤뜰의 풍경은 아무 일도 없었던 듯 평화로워 보였다.

그래, 그 모든 건 어젯밤 돌아오자마자 차에서 잠들었을 때 꿨던 긴 꿈이었던 거야, 나는 마음속으로 중얼거렸다. 무섭도록 생시 같은 그 꿈을 꾸느라 피곤해 깨어났을 땐 오히려 잠든 것 같은 상태가 됐던 거지. 꿈속의 그림을 현실에 되살려낼 때마다 그랬던 것처럼. 그래, 꼭 그때처럼 나는 가수면 상태로 차에서 내려 집에 들어왔던 거야. 그리고 그 상태로 잠옷을 갈아입고 다시 꿈 없는 잠에 빠졌던 거지. 나는 스스로에게 그렇게 속삭이며 한동안 창가에 붙박인 듯 서 있었다.

하지만 마음 한편에 여전히 남아 있는 불안감을 모른 척할 수는 없었다. 몸에 멍 자국이 없는 건 그저 내가 느꼈던 만큼 타격이 크지 않았기 때문일지도 몰랐다. 그것이 정말 꿈이었다는 걸 확인하려면 이 방을 나서야 했다. 방을 나서서 핏자국이 남아 있는지 살펴봐야 하는 것이다. 만약 그것이 현실이었다면 어딘가에 분명 살인의 흔적이 남아 있을 테니까. 그리고 그것이 꿈이 아니라면 스스로를 속이는 데 낭비할 시간 따윈 없었다. 그것이 현실이었다면 이제라도 받아들이고 냉정하게 궁지를 벗어날 방법을 찾아야 했다. 1초라도 빨리 몸과 머리를 움직일수록 그 방법을 찾을 확률이 더 높아질 것이었다.

나는 손톱을 물어뜯으며 천천히 창에서 돌아섰다. 방문까지의 몇 걸음이 100미터는 되는 듯 느껴졌다. 방을 나서는데 오줌을 더는 참을 수 없을 것 같았다. 나는 화장실로 향하며 거실 쪽을 흘끔거렸다. 두려움으로 눈을 게슴츠레하게 떠서인지 핏자국 같은 건 보이지 않았다. 욕실에 들어가 바지를 내리고 변기에 앉는데 허벅지가 멀끔했다. 어젯밤 일이 현실이었다면 이렇게까지 아무런 상처도 없을 리 없었다. 이런 생각이 들자 두려움이 좀 가시는 듯했다. 나는 세면대로 가 손을 씻고는 수돗물을 들이켰다. 그러자 정신이 맑아지면서 기운이 났다.

나는 크게 숨을 들이마시며 욕실을 나서 거실로 걸어갔다. 이번에는 눈에 초점을 똑바로 맞춘 채 마룻바닥 곳곳을 유심히 살펴보았다. 그 모든 게 현실이었다면 어딘가에 흔적이 남아 있을 것이었다. 어제 피곤에 지쳐 미처 닦아내지 못한 핏자국이 분명 눈에 들어올 것이었다.

나는 두려움을 애써 억누르며 원목 타일 하나하나를 유심히 살펴보았다. 타일 나뭇결 사이사이, 타일들의 틈새 어딘가에 검붉게 굳어 있을 핏자국을 찾아내려 애썼다. 그러다 거실 소파 쪽에서 마침내 작은 핏방울처럼 보이는 자국을 발견했다. 가슴이 내려앉았다. 나는 숨을 죽인 채 무릎을 꿇고 그 흔적을 들여다보았다. 손가락 끝으로 그 자국을 건드리자 점성이 있는 붉은 액체가 묻어났다. 이것이 피였다면 이렇게 묽을 리 없었다. 가까이 들여다보니 역시 피가 아니라 소스였다. 나는 안도의 숨을 내쉬며 일어나 손끝을 잠옷바지에 문질렀다. 에린이 TV를 보며 식사를 하다가 흘린 토마토소스나 핫소스 따위일 것이었다.

하지만 에린은 현실엔 존재하지 않아. 그러니 그 소스도 내가 꿈에서 에린인 상태로 흘렸던 거야. 나는 주방 쪽으로 걸어가며 생각했다. 그래, 에린이 된 상태가 아니었다면 내가 소파에 앉아 TV를 보거나 뭔가를 먹었을 리 없으니까. 그런데 왜 이런 생각이 날 안도하게 하는 게 아니라 오히려 더 불안하게 만드는 걸까? 나는 1층에서 아무런 핏자국도 찾아내지 못한 채 계단을 오르며 속으로 중얼거렸다. 그리고 계단 한 칸 한 칸을 주의 깊게 살피며 내 불안감의 이유를 곧 발견하게 될 듯한 예감에 몸을 떨었다. 그것이 현실이었다면 피 웅덩이로 흥건했던 2층 복도엔 분명 흔적이 남아 있을 테니까. 에린이 수잔의 목을 그었을 때 솟아나온 핏줄기가 온 사방으로 튀어 물티슈만으론 수습할 수 없는 상태였으니까.

나는 다시 손톱을 물어뜯으며 2층에 이르렀다. 그리고 그늘진 복도에 불을 밝힌 후 마룻바닥을 유심히 살폈다. 피 웅덩이가 있던 자리에선 무릎을 꿇고 원목 타일의 틈새까지 샅샅이 살폈다. 벽지와 방문도 가까이 들여다보며 미세한 핏방울 하나라도 찾아내려 했다. 그런데 어디서도 그것을 찾아낼 수 없었다. 에린의 방안 역시 마찬가지였다.

그럼 정말로 그게 다 꿈이었던 거야?

덩굴무늬 창살 너머로 흘러가는 구름들을 바라보며 나는 나 자신에게 대답했다. 그래, 그건 모두 다 꿈이었던 거야. 그런데 몇 번이고 되뇌어봐도 실감이 나질 않았다. 나는 에린의 방을 나서서 빠른 걸음으로 계단을 내려갔다. 핸드폰. 그걸 보면 더 확실히 알게 될 것 같았다. 그것이 만약 현실이었다면 형사에게서 전화가 걸려왔을지도 모를 일이니까. 나는 방으로 돌아가 핸드폰을 켰다. 다행히 낯선 번호로 걸려온 부재중전화는 없었다. 나는 책상에 앉아 이번엔 노트북을 켜고 떨리는 손으로 인터넷을 검색했다. 그 모든 게 만약 현실이었다면 벌써 뉴스가 떠 있을지 몰랐다. 에린의 탈출이나 수잔의 실종에 관한 뉴스가.

그런 뉴스는 없었다. 그런데도 불안감은 가시지 않았다. 에린이 아직 뉴스에 나지 않은 건 그녀가 누군가의 차를 얻어 타고 어딘가로 숨어드는 데 성공했기 때문일지도 몰랐다. 수잔의 시체 역시 단지 아직 발견되지 않은 것뿐일 수도 있었다. 온 집 안이 말끔해 보이는 건 어제 내가 강박적으로 핏자국들을 모두 닦아냈기 때문인지도 몰랐다. 피곤에 지친 와중에도 어떻게든 살인의 흔적을 없애야 한다는 집착으로 물티슈 다섯 통을 다 써가면서⋯⋯. 이런 생각이 들자 핏자국들을 닦아낸 시트와 물티슈가 담긴 봉투가 창고에 없다는 걸 확인해야 비로소 마음이 놓일 것 같았다. 나는 방을 나서서 빠른 걸음으로 주방에 가 창고 문을 열었다. 그 안엔 쓰레기봉투 대신 텅 빈 종이박스 두 개만이 뒹굴고 있을 뿐이었다.

그 모든 건 정말 다 꿈이었던 거야.

창고 문을 닫고 돌아서며 나는 몇 번이고 이 말을 되뇌었다. 그런데도 여전히 실감은 나지 않았다. 어쩔 줄 모르고 주방을 서성이는데 그 새소리가 다시 들려오는 듯했다. 왜? 왜? 왜 그렇게 스스로를 자꾸 괴롭히는 거야? 왜 그 모든 게 꿈이었다는 걸 받아들이고 기뻐하지 못하는 거야? 왜? 왜? 왜?

왜냐하면 꿈이 또 날 속이는 건지도 모르니까, 나는 마음속으로 대답했다. 아니면 나 자신이 날 속이고 있는지도 모르니까. 어쩌면 내가 잠결에 쓰레기봉투를 강가로 가져가 불태워놓고 잊어버린 건지도 모르니까. 무심코 이 생각을 떠올리자 정말로 그랬 던 것 같은 느낌이 들었다. 그래, 잠결에 백서른여 점의 그림도 그 렸던 내가 그 정도 일쯤 못했을까? 그러자 강기슭까지 나가서 직 접 확인해봐야 할 것만 같았다. 강가 어딘가에 쓰레기를 태운 흔 적이 남아 있다면 그건 그 모든 게 꿈이 아니었다는 걸 의미할 테 니까.

내가 왜 이렇게까지 의심하는지 이해할 수 없다고 생각하면서 도 나는 뒷문을 열었다. 그런데 한 걸음 나서자마자 몸이 떨렸다. 뒤뜰에 쌓인 낙엽들을 굴리며 밀려든 바람에서 겨울 냄새가 났 다. 뭐라도 찾아 걸쳐야겠어, 나는 문을 닫고 돌아서서 다시 내 방 으로 향했다.

짤그랑.

이 익숙한 소리가 들려온 건 서랍장에서 옷을 막 꺼냈을 때였 다. 이사 올 때 되는대로 쑤셔넣었던 옷들 틈에서 폴라플리스 재 킷을 찾아 끄집어낼 때 갑자기 알람이 울리듯 이 소리가 났다. 열 쇠들끼리 서로 부딪칠 때 나는 짤랑거리는 소리가. 불룩한 재킷 주머니에 손을 넣으니 열쇠꾸러미가 만져졌다. 꺼내서 보기 전에 도 그것이 무슨 열쇠들인지 알 수 있었다. 라과디아 정신병원 비 밀통로로 통하는 열쇠들. 그것들을 집어들 때 손목에 느껴지는 익숙한 무게감, 귓가에 울리는 익숙한 마찰음들이 오래전 그 꿈 들 속으로 돌아간 듯한 착각을 내게 불러일으켰다.

내가 아직도 꿈을 꾸고 있는 걸까?

나는 미약한 현기증이 되살아나는 것을 느끼며 열쇠들을 꺼내 들여다보았다. 철제 링에 한데 엮인 숫자가 매겨진 열쇠들. 그것들은 새것이나 다름없이 깨끗하고 반짝거렸다. 만약 이것이 꿈이라면 열쇠들이 이렇게까지 깨끗할 리 없다는 생각이 들었다. 비밀 병실을 드나들며 수십 번은 써서 손때가 묻고 흠집투성이가 됐을 테니까.

그래. 그러니 지금 이 순간은 꿈이 아니라 현실이야, 나는 속으로 중얼거렸다. 이 열쇠들 중 실제로 내가 문을 여는 데 사용했던 건 기계실로 통하는 5번뿐이었으니까. 그 안에 숨겨진 비밀통로도 비밀 병실도 꿈이 아닌 현실엔 존재하지 않으니까.

이제는 머릿속에서 흐릿해져가는 그 꿈속의 공간들을 떠올리며 나는 열쇠들을 하나씩 집어 들고 살펴보기 시작했다. 1번…… 이건 에린이 갇혀 있던 비밀 병실을 여는 열쇠였지. 2번…… 이건 비밀통로를 여는 열쇠였어. 3번…… 이건 비밀통로 1층에 있던 방을 여는 열쇠. 4번…… 이걸로 열렸던 문은 없었어. 5번…… 이건 기계실 문. 그리고 6번…… 이건 담벼락에 난 문, 에린을 탈출시킬 때 마지막으로 통과했던 그 녹슨 갈색 철제문을 열었던 열쇠였던가? 나는 가로등이 켜질까 봐 마음 졸이며 그 문에 열쇠를 꽂아넣었던 꿈속의 순간을 떠올리며 6번 열쇠를 집어 들었다. 그리고 그것을 들여다보자마자 알아차렸다. 그 열쇠의 홈에 갈색 페인트인지 녹인지 모를 희미한 흔적이 묻어 있다는 것을.

내가 이 열쇠로 담벼락 비상구를 열었던 것이 꿈이 아니라 현실이었던 것처럼.

이럴 리가 없어. 나는 열쇠에 묻은 그 흔적을 만지작거리며 중얼거렸다. 하지만 손끝에 묻어난 입자들은 정말로 갈색 페인트 가루와 황갈색의 녹이 섞인 것처럼 보였다. 이럴 리가 없어. 나는 떨리는 손으로 다른 열쇠들을 다시 집어 들고 유심히 살펴보았다. 흠집들. 자세히 보니 열쇠마다 홈에 크고 작은 흠집이 나 있었다. 마치 그 비밀통로가 실제로 존재했고 내가 이 열쇠들로 그 통로의 문들을 열기라도 했던 것처럼.

그렇다면 그 모든 게 꿈이 아니라 현실이었단 말이야?

날 둘러싼 벽들이 갑자기 뒤로 물러서며 방이 넓어진 듯했다. 그럼 그동안 내가 착각하고 있었던 거야? 내가 에린의 그림들을 훔쳤던 것도, 에린이 수잔을 죽이고 사라진 것도 모두 실제로 일어난 일이었던 거야? 그 모든 게 꿈일 뿐이라고 여태껏 나 자신을 속여오고 있었던 거야?

속이 메스껍고 다리에 힘이 풀렸다. 나는 쓰러지듯 침대에 주저앉았다. 전시회 때 날 들여다보던 미스 카츠의 차가운 눈빛이 다시 떠올랐다. 축하한다, 드디어 해냈구나. 네가 제일 잘하는 거. 도둑질. 사기. 이번엔 정말로 크게 한탕 해냈구나. 가슴이 뛰고 식은땀이 났다. 하마터면 깜빡 속을 뻔했어, 나는 열쇠들을 들여다보며 속으로 중얼거렸다. 그 모든 게 꿈이었다고 믿은 채 다 잊어버릴 뻔했어. 그러다 시체가 발견되거나 에린이 나타났을 때에서야 깨닫게 됐겠지. 그 모든 게 현실이었다는 걸. 내가 온 세상은 물론 나 자신조차 감쪽같이 속이고 있었다는 걸. 되돌리기엔 이미 너무 늦어버렸다는 것도……

협탁에 놓인 시계를 보니 벌써 11시가 다 돼가고 있었다. 똑딱거리는 시계의 초침이 속삭이는 듯했다. 그 모든 게 정말로 현실이었다면 이렇게 앉아서 낭비할 시간 따윈 없어. 그 모든 게 정말로 현실이었다면…….

에린을 찾아내야 해, 더 늦기 전에.

나는 창가 목련나무에 날아와 앉은 참새를 닮은 작은 회색 새들을 바라보며 생각했다. 하지만 대체 그 정신 나간 년을 어디서 찾지? 그년은 지금쯤 어딘가에 감쪽같이 숨어드는 데 성공했을지 몰라. 언제 또다시 붙잡혀 갇힐지 모른다는 병적인 두려움에 사로잡혀 있으니까. 그래, 그 미친년이 격리병실에 갇혔던 건 뭔가 큰 죄를 지었기 때문이었던 거야. 그래서 쥐새끼가 쥐구멍으로 기어들듯 아무도 찾을 수 없는 곳으로 숨어버린 거지. 과거에 알았던 어떤 이름, 어느 장소를 떠올리곤 무작정 그곳을 찾아간 건지도…….

그래, 바로 그거야. 어떤 이름, 어느 장소. 에린의 방 어딘가에 그것이 적혀 있을지 몰라. 나뭇가지를 오르내리는 회색 새들의

울음소리가 빨리빨리빨리 빨리빨리빨리 하고 나를 재촉하는 듯

했다. 나는 열쇠들을 침대에 내팽개치고 일어나서 방을 나섰다.

어떤 이름, 어느 장소. 그것을 찾아내야 해. 이 방 안 어딘가에

그것이 적혀 있을지 몰라. 나는 에린의 책상 서랍에 들어 있는 모

든 종잇장들을 살피며 계속 중얼거렸다. 하지만 아무리 찾아봐도

낙서나 스케치 외에 글자들은 보이지 않았다. 책꽂이에 꽂힌 화

집의 어느 귀퉁이에라도 뭔가 적혀 있지 않을까 책장을 넘겨보았

지만 그 어떤 글자도 발견할 수 없었다.

그 정신병자가 혹시 문맹이었던가? 그러고 보니 그동안 한 번

도 책 읽는 꼴을, 글씨를 쓰는 꼴을 본 적이 없는 것 같아. 나는 답

답한 마음으로 방을 둘러보며 생각했다. 아냐, 그래도 이 방 안 어

딘가에, 뭔가가 분명 있을 거야. 그년이 어디로 토꼈는지 알 수 있

는 단서가 될 무언가. 나는 계속해서 방 안을 샅샅이 뒤졌다. 옷

장 안, 침대 밑, 욕실 거울장 안, 가구에 가려진 구석진 곳들은 물

론이고 변기 물탱크 안까지 빠짐없이 살폈다. 하지만 없었다. 단

서가 될 만한 종이 쪼가리 한 장 찾아낼 수 없었다.

어떻게 이런 일이 가능할까? 그 백치가 정말 문맹이어서? 나

는 덩굴무늬 창살 너머 펼쳐진 하늘을 멍하니 바라보며 중얼거

렸다. 구름들 사이로 태양이 고개를 빼꼼 내밀었다. 아냐, 그년은

준비하고 있었던 거야. 눈을 찌르는 햇살처럼 갑작스런 깨달음

이 엄습했다. 그 미친년이 날 엿 먹이려고 단서가 될 만한 걸 미

리 다 없애둔 거야. 목구멍으로 분노가 치밀어올랐다. 그 미친 씨발년이 내가 자기를 찾아 나서게 될 걸 알고 날 엿 먹이려고…….

내 눈길이 창가에 서 있는 이젤로 옮겨갔다. 거기 놓인 사각형의 암흑, 한때 138번이 그려져 있었던 캔버스가 꼭 에린의 얼굴처럼 보였다. 날 비웃는 에린의 금속성 웃음소리가 귓가에 들리는 듯했다. 참을 수가 없었다. 나는 이젤로 달려들어 캔버스를 집어 들고는 바닥에 패대기쳤다. 그리고 그것이 찢어질 때까지 발로 짓밟고 힘껏 걷어찼다. 망가진 캔버스가 뒤집힌 채 바닥에 나뒹굴었다.

거기에 뭔가가 쓰여 있다는 걸, 찢어진 캔버스 뒷면에 목탄으로 쓰인 듯한 글자들이 있다는 걸 내가 알아차린 건 바로 그때였다. 그래서 나는 그것을 읽으러 캔버스로 다가갔다. 그런데 허리를 숙이고 아무리 가까이 들여다보아도 도무지 그 글자들을 읽을 수가 없었다. 내가 읽을 수 있는 건 그 글자들 끝에 붙어 있는 물음표 하나뿐이었다. 이상한 무늬와도 같은 그 낯선 문자들은 아랍어나 인도어처럼은 보이지 않았고 분명 한자도 아니었다. 한동안 멍하니 그것을 바라보는데 문득 이상한 생각이 머리를 스쳤다.

한글이다.

내게는 이제 외계어나 다를 바 없는 그 낯선 언어가 그 순간 왜 떠올랐는지는 알 수 없다. 하지만 한번 그 생각이 들자 저 글자들이 한글이 아닌 다른 언어일 가능성은 머릿속에서 빠르게 지워져갔다. 에린. 그 미친년이 날 엿 먹이려 일부러 이따위 짓거릴 해 놓은 거야. 나는 이를 악물며 생각했다. 에린은 내가 한국 출신이 지만 한글을 모른다는 걸 알고 있었어. 그래서 날 놀려먹으려 여기다 한글로 뭔가를 적어놓은 거야. 일 년이 넘도록 날 엿 먹이려 준비했는데 이딴 해괴한 짓인들 못했을까? 그년이 이 미친 짓을 생각해내고 얼마나 신이 나 그 미친 웃음을 혼자 웃어댔을까. 그 씨발년이 날 엿 먹이려고…….

나는 캔버스를 더 갈가리 찢어발기고 싶은 충동에 몸을 떨었다. 하지만 이것이 무슨 뜻인지 알지도 못한 채 그럴 순 없는 일이었다. 이 글자들은 그저 욕설이거나 내 시간을 낭비하게 만들려는 미끼일 공산이 컸지만 그렇지 않을 가능성도 있었다. 어쩌면 이것이 에린의 행방을 암시하는 단서가 될지도 모를 일이었다. 그런데 무슨 수로 이 아무렇게나 휘갈겨 쓴 낯선 언어를 해독해낼 수 있단 말인가?

웨스트 32번가.

이 주소가 떠오른 건 방 안을 두 바퀴쯤 맴돌았을 때였다. 일 년여 전 에린이 비밀 병실에 갇혀 있을 때 내가 그녀에게 했던 거짓말들이, 까맣게 잊었던 내 가짜 기억 속 그 거리가 문득 머릿속에 되살아난 것이다. 한인 상점이 모여 있어 코리아타운이라 불린다는 그 거리. 실제로는 한 번도 가본 적 없었지만 꼭 거기 살았던 듯 익숙하게 느껴졌던 그 거리. 내가 지어낸 가짜 가족들이 운영한 가짜 가게인 '이씨 청과점'이 정말 거기에 있을 것만 같았던, 그래서 언젠가 가서 내 눈으로 직접 확인해봐야 할 것만 같은 생각이 들었던 그 거리. 그래, 거기로 가면 물어볼 수 있을지 몰라. 이 글자들이 정말 한글이 맞는지, 맞다면 무슨 뜻인지, 그 거리의 한국인에게 물어보면 알아낼 수 있을지 몰라. 나는 캔버스 뒷면에 적힌 그 글자들을 핸드폰으로 찍으며 생각했다. 그리고 뉴욕으로 출발할 채비를 하러 서둘러 계단을 내려갔다.

그년을 잡아야 해. 파크웨이를 질주하는 내내 나는 중얼거렸다. 에린은 꿈속의 존재나 또 다른 인격이 아니니까. 그 미친년은 실제로 살아 있는 인간이니까. 실제로 살아 있는 에린이 실제로 살아 있었던 수잔을 죽이고 실제로 도망쳐버렸으니까. 그러니 어서 찾아내야 해. 내가 그년을 못 찾아내면 경찰이 날 찾아낼 테니까. 내가 꿈인 줄 착각한 채 저지른 죄들 때문에 경찰이 날 체포해 철창에 가둘 테니까. 내가 실제로 저지른 절도와 횡령, 사기, 감금, 폭행, 사체유기죄, 거기다 실제로 저지르지 않은 살인죄까지 뒤집어쓴 채 난 평생 감옥에서 썩게 될 테니까. 그년을 찾아내지 못한다면. 찾아내 죽이지 못한다면. 찾아내 죽여서 다시는 떠오르지 않도록 저 강물 속 깊이 가라앉히지 못한다면.

나는 이런 말들을 계속 되뇌며 쉴 새 없이 엑셀을 밟아댔다. 뉴욕에 가까워질수록 속도가 점점 떨어졌다. 차가 막히기 시작했다. 신호에 걸리고 도로가 정체될 때마다 나는 계속해서 브레이크를 밟아야 했다. 내 몸속에서 날뛰던 아드레날린이 점점 잦아들었다. 나는 점점 더 자주 브레이크를 밟았고 점점 더 자주 딴 생각을 하게 되었다.

하지만 만약 내가 또 착각하고 있는 거라면?

링컨 터널에 들어서서 다시 브레이크를 밟았을 때 문득 이 생각이 떠올랐다. 차들은 멈춰선 채 꼼짝도 하지 않았다. 아냐, 이번엔 착각이 아니었어. 나는 보조석에 놓아둔 가방을 돌아보며 중얼거렸다. 아까 분명히 봤잖아. 6번 열쇠에 묻은 페인트 자국과 열쇠들마다 나 있는 그 흠집들을. 차들이 다시 움직이기 시작해 나는 엑셀을 밟았다.

10미터도 못 가 또 멈춰 섰을 때 다른 생각들이 떠올랐다. 6번 열쇠에 묻은 그 갈색 가루는 페인트가 아니라 물감일 수도 있지 않을까? 작업용 테이블에 올려놓거나 바닥에 떨어뜨렸을 때 물감이 살짝 묻었던 걸 수 있지 않을까? 다른 열쇠들에 난 그 흠집도 그럴 수 있는 건 아니었을까? 오래전 현실에서 기계실 문을 열 때 실제로 그 열쇠들을 사용했었으니까. 1번에서 5번까지의 열쇠들을 차례로 하나씩 시험해보았었으니까. 안 맞는 구멍에 억지로 열쇠를 끼워넣은 채 몇 번씩이나 돌려보았으니 열쇠들마다 그 정도 흠집이 나 있는 건 어쩌면 당연한 일이 아닐까?

터널을 빠져나오자마자 또 차가 밀렸다. 나는 브레이크를 밟으

며 가방에서 열쇠들을 꺼냈다. 뉴욕까지 가는 김에 혹시나 필요
할지 몰라 챙겨왔던 것이었다. 교차로에서 신호에 걸렸을 때 나
는 열쇠들을 집어 들고 살펴보았다.

미칠 노릇이군. 나는 6번 열쇠를 들여다보며 중얼거렸다. 다시
보니 정말 그럴 수도 있겠다는 생각이 든 것이다. 6번 열쇠에 묻
은 이 미세한 갈색 가루들, 열쇠들에 난 이 작은 흠집들만으로
그 모든 일이 다 현실이었다고 완전히 확신할 순 없을 것 같았
다. 파란불이 들어왔다. 나는 다시 엑셀을 밟았다. 웨스트 32번
가로 가려면 다음 교차로에서 우회전해야 했다. 나는 잠시 망설
이다 그대로 직진했다. 그리고 다음 블록에서 좌회전을 해 6번가
로 들어섰다. 라과디아 정신병원이 있는 이스트 122번가로 향하
기 위해서.

이게 다 무슨 미친 짓이지? 라과디아 정신병원 주차장으로 들
어서며 나는 헛웃음을 터뜨렸다. 출발할 땐 그 모든 게 현실이란
확신에 가득 차 있었는데 이젠 꿈이었을지 모른다는 쪽으로 다시
마음이 기울어진 스스로가 우스꽝스럽게 느껴진 것이다. 그리고
바로 그 때문에라도 어서 가 빨간 문을 열어봐야 한다는 생각이
들었다. 그러고 나면 끊임없이 오락가락하는 이 미친 정신 상태
에서 마침내 해방될 수 있을 테니까.

그런데 만약 아버지나 레이첼을 마주치면 뭐라고 말해야 하

지? 나는 차문을 열려다 말고 생각했다. 같이 살던 친구가 어제 사람을 죽이고 도망쳤어요. 그런데 그게 꿈인지 현실인지 확인하려면 기계실 문을 열고 들어가, 거기 비밀통로가 있는지 확인해야 하는데……. 또다시 헛웃음이 터져나왔다. 글러브박스를 열자 야구 모자가 있었다. 나는 그 모자를 눌러쓴 채 차에서 내렸다. 그리고 아버지나 레이첼이 다가오는지 확인하려 끊임없이 두리번거리며 병원 북동쪽 복도로 향했다.

아무도 안 보는 틈을 타 비상구로 들어섰다. 계단을 내려가며 열쇠들을 다시 들여다보는데 또 헛웃음이 터졌다. 6번 열쇠에 묻은 갈색 입자들도, 열쇠들마다 나 있는 흠집들도 거의 눈에 띄지 않을 정도라는 걸 알아차렸기 때문이었다. 고작 이 정도 흔적들만으로 그 모든 게 다 현실이었을 거란 확신에 사로잡혔던 두 시간 전의 나 자신이 뭔가에 씌었던 건 아닐까 싶었다.

어둠과 빛이 교차하는 줄무늬 뱀 같은 복도로 내려서며 나는 스스로를 계속 비웃었다. 굳이 이렇게 직접 두 눈으로 확인해봐야 하는 거야? 그 모든 건 당연히 꿈일 수밖에 없잖아. 온 집 안을 샅샅이 살펴도 핏방울 하나 찾아내지 못했으니 그건 꿈이었던 게 분명해. 내 광기로 인해 발현된 또 다른 인격들과 꿈속에서 한 바탕 지독한 싸움을 벌였던 것뿐이라구. 그런데 열쇠에 묻은 희미한 흔적 따위에 혼비백산해 그 모든 게 현실이었다는 망상에 사로잡히다니.

완전히 제정신이 아닌 거지. 나는 복도 끝의 빨간 문을 향해 걸어가며 속으로 중얼거렸다. 에린이란 인격에 빙의된 나 자신이 캔버스 뒷면에 끄적였을 무의미한 글자들을 단서로 꿈속에만 존재하는 인간을 현실에서 찾아내려고 했었다니. 그리고 이렇게 굳이 여기까지 찾아와 저 문을 열어보려고까지 하고 있다니…….

하지만 이제 다 끝났어. 나는 빨간 문 앞에 이르러 생각했다. 비밀통로도, 에린이 갇혔던 비밀 병실도 저 안에 없다는 걸 곧 확인하게 될 테니까. 그러면 이 모든 미친 짓거리도 끝나게 될 테니까. 더 이상 죄책감에 떨 일도, 불안감에 가슴을 졸일 일도 없게 될 테니까. 그러면 난 마침내 자유로워질 테니까. 나 자신의 힘으로 정당하게 얻은 모든 것들을 자유롭게 만끽할 수 있게 될 테니까.

빨간 칠이 군데군데 벗겨져나간 철제문의 열쇠구멍에 5번 열쇠를 꽂으며 나는 벌써부터 마음이 한결 가벼워지는 것을 느꼈다. 문을 열자 밀려나오는 기계들의 굉음과 진동, 열기조차 정겹게 느껴졌다. 꿈처럼 익숙하게 느껴지는 그 기계들 사이로 걸어들어가며 나는 속으로 중얼거렸다. 이제 나는 자유로워지는 거야. 길고 긴 악몽에서 깨어나 진짜 현실을 살아갈 수 있게 되는 거야. 더 이상 내가 나인지 에린인지, 이것이 꿈인지 현실인지 혼란스러워하지 않아도 되는 거야. 분열되지 않은 온전한 나 자신으로 살아갈 수 있게 되는 거야.

나는 오래전 꿈속에서 그랬듯 기계실 가장 깊숙한 곳에 설치된 회색 탱크를 발견하고 그쪽으로 다가갔다. 그리고 그 탱크에 연결된 하늘색 원통형 파이프 안쪽으로 비집고 들어가며 중얼거렸다. 그래. 바로 여기야. 이제 알게 될 거야. 이 벽에 숨겨진 문 따위는 존재하지 않는다는 걸. 꿈에서와 달리 실낱같은 틈조차 결코 존재하지 않는다는 걸. 그리고 바로 다음 순간 나는 깨달았다. 내 두 눈이 이미 그 틈을, 꿈에서 늘 보았던 그 문 모양의 가느다란 틈을 보고 있다는 것을. 오래전 현실에선 아무리 살펴보아도 찾을 수 없었던 비밀통로의 입구를 보고 있다는 것을.

현실의 모든 감각이 내게서 한없이 멀어지는 듯한 아득함과 함께 나는 단 하나의 새로운 감각이 내 등줄기를 타고 내려오는 것을 느꼈다. 꿈의 감각. 그 감각이 내 등줄기를 뻣뻣하게 하는 동시에 혈관을 타고 순식간에 온몸으로 퍼져나갔다. 나는 내 모든 감각기관을 통해 들어오는 자극들이 꿈에서처럼 더욱 선명해지는 것을 느꼈다. 다른 사람들과는 반대로 내게는 꿈이 늘 현실보다 더 생생하게 느껴진다는 것을 난 알고 있었다. 그래, 어쩌면 난 지금 또 꿈을 꾸고 있는 건지도 몰라. 아까 별장에서 출발하려다 말고 차 안에서 다시 깜빡 잠들었던 건지도 몰라. 나는 떨리는 손으로 2번 열쇠를 골라 비밀통로의 열쇠구멍에 밀어넣으며 속으로 중얼거렸다.

그래, 이건 꿈이야. 나는 문을 밀 때 느껴지는 녹슨 쇠가 부대끼는 뻑뻑한 느낌, 끼이익 하는 쇳소리가 꿈에서처럼 너무 생생한 것에 전율하며 비밀통로 안으로 들어섰다. 그리고 어둠 속에서 비상용 철제 계단을 오르며 중얼거렸다. 이건 꿈이야. 꿈인 게 분명해. 이게 꿈이 아니라면 이 모든 게 이렇게 지나치게 진짜같이 느껴질 리 없잖아. 내 발밑에 느껴지는 이 계단의 탄성조차 현실이라기엔 너무 생생하잖아.

그때 내 머릿속에서 어떤 목소리가 속삭였다. 아니, 이건 현실이야. 너도 알고 있잖아. 이것이 현실이기에 이렇게 꿈처럼 생생하게 느껴지는 거란 걸. 아무리 아닌 척하려 해도 소용없어. 이건 현실이야. 나는 그 낯선 목소리, 에린의 것과 비슷한 목소리를 무시하려 애쓰며 철제 계단을 마저 올랐다. 하지만 1층에 있는 갈색 철제문을 봤을 때 목소리는 또다시 머릿속에서 울려 퍼졌다. '어딘가에 뭔가가 있을 거야.' 이번엔 정말로 에린의 목소리였다. 그녀가 방에 갇혔을 때 문을 두들겨대며 외쳐댔던 헛소리가 귓가에 되살아난 것이다. '증거! 그걸 그가 숨겨뒀을 거야. 가서 찾아보면 되잖아. 어딘가에 뭔가가 있을 테니까.' 수수께끼 같은 그 말을 떠올리며 문을 바라보는데 문득 저 방 안에 캐비닛이 있었다는 것이 생각났다.

뭔가가 있을 만한 어딘가는 바로 캐비닛일 거야.

이것이 꼭 꿈인 것처럼 나 자신이 떠올려놓고도 의미를 알 수 없는 이 생각이 나를 사로잡았다. 어딘가에 있는 뭔가. 그 뭔가가 무엇인지도, 그걸 왜 찾아야 하는 건지도 모르면서 나는 홀린 듯 열쇠꾸러미에서 3번을 골라 갈색 문을 열고 들어갔다. 문가를 더듬어 스위치를 올리자 형광등이 켜졌다. 캐비닛. 그것이 맞은편 문가에 여전히 서 있었다. 군데군데 얼룩이 묻은 누리끼리한 벽, 오른쪽 구석에 아무렇게나 쌓여 있는 상자들까지 모든 게 오래전과 한 치도 달라지지 않은 듯했다.

그래, 역시 이건 현실이 아니라 꿈이야. 이것이 현실이라면 모든 게 박제라도 한 듯 이렇게 예전과 똑같을 리 없잖아. 저 캐비닛을 열면 더 확실히 알게 될 거야. 내가 지금 또다시 꿈을 꾸고 있는 거란 걸. 저 안엔 분명 현실엔 존재할 수 없는 뭔가 괴상한 것이 들어 있을 테니까. 나는 이런 생각을 하며 캐비닛 손잡이를 잡아당겼다. 하지만 그것은 굳게 잠겨 있었다. 그 문을 열려면 내가 가진 열쇠들보다 더 작은 열쇠가 필요했다. 나는 캐비닛의 작은 열쇠구멍을 허탈하게 바라보았다. 이 문을 열어볼 수만 있다면 알게 될 텐데. 내가 지금 꿈을 꾸는 건지 깨어 있는 건지.

돌아서려는데 엉뚱한 생각이 떠올랐다. 이것이 꿈이라면 내가 열쇠를 갖고 있을 거란 생각이. 꿈속에선 늘 그랬으니까. 내가 뭔가를 원하면 그것이 내 눈앞에 곧바로 나타나곤 했었으니까. 그러니 이것이 꿈이라면 내가 든 열쇠꾸러미 속에서 캐비닛 열쇠를 찾아낼 수 있을 것이었다. 나는 확신에 가까운 예감을 품은 채 손에 쥔 열쇠들을 다시 하나하나 살펴보았다. 하지만 열쇠들은 조금 전과 똑같이 여덟 개였고 캐비닛을 열만큼 작은 열쇠는 보이지 않았다. 그것 봐. 내가 말했지. 이건 현실이라고. 목소리가 또다시 속삭였고 머릿속이 어지러워지기 시작했다.

아냐, 이건 현실이 아냐. 나는 복도로 나와 방문을 다시 걸어 잠그며 중얼거렸다. 이건 꿈이야. 그런데 그 꿈이 내 뜻대로 움직이지 않게 된 것뿐이야. 꿈이 이제는 내 말을 안 들어. 에린이 족쇄를 풀고 수잔을 죽인 채 도망쳐버린 후론……. 나는 현기증으로 휘청거리며 철제 계단을 내려서려다 말고 뒤돌아보았다. 오래전 꿈속에서처럼 시멘트 계단이 한 층 더 이어져 있었고 거기에 작은 창이 난 회색 문이 있었다.

이것이 정말 꿈이라면, 저 방 안에서 또다시 에린을 발견하게 될지도 몰라. 나는 홀린 듯 돌아서며 생각했다. 꿈이란 건 원래 그러니까. 어떤 일이 일어났다가 곧바로 없었던 일이 되기도 하고, 끝난 줄 알았던 일이 처음부터 다시 시작되기도 하니까. 꿈이란 건 원래 그렇게 뒤죽박죽이니까. 나는 발소리를 죽인 채 계단을 오르며 새로운 희망에 부풀었다. 그래, 이건 분명 꿈일 거야. 그러니 나는 저 안에서 에린을 찾아내게 될지도 몰라. 또다시 저 안에 갇힌 에린을, 그녀가 그린 새로운 그림을 보게 될지도 모르지. 그러면 그 모든 게 꿈이었다는 걸 깨닫고 마침내 잠에서 깨어나게 될 수도 있지 않을까? 그러면 그때부턴 아무런 혼란 없이 진짜 현실을 살아갈 수 있을지 몰라.

작은 창을 통해 들여다 본 방은 불이 꺼져 있어 어두웠다. 복도에서 새어든 형광등 불빛을 통해 그 안에 사람이 없다는 것만은 알아볼 수 있었다. 그래서 나는 1번 열쇠로 문을 따고 안으로 들어서서 불을 켰다. 그러자 오래전 꿈속에서 보았던 것과 거의 똑같은 풍경이 눈앞에 펼쳐졌다. 방 안에 에린이 없다는 것, 이젤과 화구들 대신 벽에 자그마한 TV가 걸려 있는 것만 빼면 모든 게 꿈속에서와 똑같은 듯했다. 널빤지로 가로막힌 창문에 붙은 낡은 풍경사진까지 꿈에서 본 그대로였다. 텅 빈 일인용 침대는 방금 전까지 누군가가 누워 있었던 듯 시트가 흐트러져 있었다.

그런데 침대에 놓인 TV 리모컨이 이상할 정도로 낯익었다. 나는 그것이 에린이 별장에서 저녁에 드라마를 감상할 때마다 쥐고 있던 리모컨과 똑같아 보인다고 생각하며 그것을 집어 들었다. 순간 낯설면서도 익숙한 기시감이 나를 사로잡았다. 그와 동시에 기묘한 생각 하나가 머릿속에 툭 튀어나왔다. 이 자리에 방금 전까지 누워서 리모컨을 돌리고 있던 사람이 바로 나라는 생각이었다.

그건 미친 생각이야, 나는 도망치듯 병실을 나와 떨리는 손으로 문을 다시 잠그며 생각했다. 현기증 때문에 계단을 내려서다 하마터면 발을 헛디뎌 굴러 떨어질 뻔했다. 목구멍으로 넘어오는 신물을 삼키며 난간을 붙잡고 힘겹게 계단을 내려오면서 나는 그 미친 생각을 떨쳐내려 애썼다. 하지만 그것은 내 머릿속에 달라붙어 점점 더 커져갔다. 꿈속의 에린이 아니라 현실의 내가 저 병실에 몇 년째 갇혀 있었고, 어쩌면 지금까지도 갇혀 있는지 모른다는 생각이 들었던 것이다. 어쩌면 꿈속의 존재는 에린이 아니라 바로 나이고, 실제의 나는 지금 저 병실에 갇혀 잠들어 있는 건지도 몰랐다. 약물에 취해 밤낮으로 잠에 빠진 채 계속 꿈만 꾸고 있는 건지도 몰랐다. 깨어 있을 때 리모컨을 돌려가며 보고 또 보았던 TV 연속극과 비슷한 이 길고도 기이한 꿈을.

기계실을 빠져나와 지하 복도를 걸어가는 동안에도 그 미친 생각은 떨쳐지지 않았다. 이제는 이것이 꿈일지 모른다는 생각이 나를 더 두렵게 했다. 이 꿈에서 깨어나면 바로 저 병실에 갇혀 있는 나 자신을, 완전히 미쳐버려 앞으로도 평생 거기 갇혀 있게 될 나 자신을 발견하게 될 것만 같은 생각에 어지럼증은 더 심해졌다. 당장이라도 속에 있는 걸 모두 게워야 할 듯 속이 메스꺼웠다.

비상구 문을 열자마자 나는 복도 맞은편 벤치로 가 쓰러지듯 주저앉았다. 모자를 깊이 눌러썼지만 레이첼이나 아버지는 분명 날 알아볼 거란 생각이 들었다. 하지만 이제 그런 건 아무래도 상관없었다. 오히려 그들이 날 알아보고 무슨 조치라도 취해주었으면, 주사를 놓든 약을 먹이건 전기경련치료를 하든 무엇이든 좀 해주었으면, 그래서 이 지독한 멀미에서 날 벗어날 수 있게 해주었으면 하는 생각마저 들었다. 나는 뜨거운 신물을 삼키며 벽에 머리를 기댄 채 눈을 감았다. 그러자 이번엔 졸음이 기습했다. 잠들면 안 돼, 나는 나 자신을 다그쳤다. 잠들면 아까 본 그 방에서 깨어나게 될 테니까. 그 방에 갇힌 채 절대 거기서 벗어날 수 없게 될 테니까…… . 하지만 그 말을 한 번 더 되뇌기도 전에 내 의식은 이미 낭떠러지 같은 어둠 속으로 떨어지고 있었다.

4

눈을 떴을 때 나는 여전히 북관 복도 벤치에 앉아 있었다. "그러니까 그 빌어먹을 차트만 잠깐 보여달라구요." 한 남자의 격분한 목소리에 돌아보니 간호사실 앞에서 실랑이가 벌어지고 있었다. "몇 번을 말해야 돼요. 병원 규정상 공개할 수 없다니까요." 간호사가 남자에게 덩달아 목소리를 높였다. "여기서 이러시면 안 됩니다." 보안 직원이 끼어들어 남자를 가로막았다. "정 필요하다면 환자 본인더러 직접 오라고 하세요." 간호사가 간호사실로 들어가버리자 보안 직원에게 가로막힌 남자가 낮은 목소리로 욕설을 중얼거리며 씩씩거렸다.

대체 얼마나 이렇게 잠들어 있었던 걸까? 나는 휠체어를 타고 지나가는 한 백발 환자의 턱이 경련하듯 떨리는 모습을 멍하니 바라보며 생각했다. 내가 지금도 꿈꾸고 있는 걸까? 아니면 이제 막 꿈에서 깨어난 걸까? 핸드폰을 찾으려 가방 안을 뒤적거리며 나는 주위를 둘러보았다. 그제야 한 남자가 내 오른쪽에 앉아 있다는 것을 알아차렸다. 아직도 반쯤 잠에 취해 멍한 내 시야에 들어온 그 남자의 구부정한 등허리가 내게 또다시 묘한 기시감을 불러일으켰다. 병원 로고가 줄무늬처럼 새겨진 환자복을 입은 커다란 덩치의 그 남자가 그림을 그리는 중이란 걸 알아차린 건 그 다음 순간이었다. 저 모습이 왜 이렇게 익숙하게 느껴지는 걸까? 나는 그 남자의 힘줄투성이 손이 쥐고 있는 날카롭게 깎은 선홍색 파버카스텔 색연필을 보았고 그제야 내 의문의 답이 무엇인지 깨달았다.

이 빌어먹을 병원은 환자들조차 예전과 변한 게 하나도 없나 봐.

나는 그가 그리는 것이 버펄로일 거라 예상하며 스케치북으로 눈길을 돌렸고 거기 정말 그것이 그려져 있는 것을 보았다. 드넓은 초원에 우뚝 서 있는 버펄로의 커다란 갈색 눈망울, 무엇이든 단숨에 찢어발길 수 있을 정도로 크고 날카로운 두 개의 뿔. 그 버펄로는 작년에 수없이 보았던 모습 그대로 변하지 않은 듯했다. 변한 건 다른 것이었다. 남자의 손은 선홍색 색연필로 버펄로의 뿔에 묻은 피를 그려넣고 있는 중이었다. 나는 그제야 버펄로의 발밑에 한 여자가 드러누워 있는 모습이 그려진 것을 알아보았다. 검은색 단발머리에 긴 팔다리를 가진 그 여자의 흰 원피스 치맛자락이 온통 피로 물들어 있다는 것도.

내가 아직까지도 꿈속에 있는 걸까?

나는 또다시 시작되는 아득한 현기증 속에서 그 그림을 골똘히 바라보았다. 그리고 남자의 손이 움직임을 멈추었을 때 깨달았다. 저 뿔 달린 갈색 짐승이 버펄로가 아니라는 것을. 저것이 버펄로라 아니라 황소란 것을. 게르니카의 황소라는 것을. 저 미친놈이 대체 어떻게 알았지? 내가 처음으로 나의 황소와 사랑을 나누었을 때 꼭 저런 모습이었다는 걸? 나는 찌르는 듯한 편두통이 시작되는 것을 느끼며 고개를 들어 그 미친놈의 얼굴을 바라보았다.

"애나." 버펄로 빌이 기다렸다는 듯 날 바라보며 속삭였다. 예전과 달리 얼굴을 반쯤 뒤덮은 수염을 깎아 낯선 모습이었지만 저 눈, 뭔가에 씐 듯 날 집요하게 응시하는 저 커다란 황갈색 눈동자만은 그때와 조금도 변함없이 그대로였다.

그래, 이건 꿈이야. 꿈에서 깬 줄 알았는데 또 꿈이었던 거야. 악몽 속의 악몽 속의 악몽. 러시아 인형처럼 겹겹이 겹쳐진 악몽들에 갇힌 채 나는 결코 벗어날 수 없게 돼버린 거야. 아무것도 내 뜻대로 할 수 없는, 꿈에서 깨는 것조차 내 맘대로 할 수 없는 겹겹의 꿈속에 갇혀버린 거야. 나는 신물이 넘어오는 목구멍에서 목소리를 억지로 쥐어짜냈다. "이게 뭐지?" 나는 스케치북에 그려진 뿔 달린 짐승을 가리키며 물었다. "이 빌어먹을 황소가 대체 뭘 하고 있는 거지?"

버펄로 빌이 나를 돌아보며 눈을 몇 번 끔뻑이더니 중얼거렸다.

"이건 황소가 아니에요. 버펄로예요."

"그게 이 뿔로 무슨 짓을 한 거야? 응?" 나는 그 갈색 짐승의 피 묻은 뿔을 가리키며 다그쳤다. "여자를 죽인 거야?"

빌이 고개를 가로저었다. "버펄로는 여자를 죽이지 않아요." 그가 책을 읽듯 억양 없는 목소리로 중얼거렸다. "버펄로는 여자를 해치는 나쁜 놈을 죽여요."

"괜찮으십니까?" 다른 남자의 목소리에 돌아보니 어느새 보안 직원이 경계하는 듯한 눈으로 나를 내려다보고 있었다. "혹시 도움이 필요하신가요?" 네. 필요해요. 이 꿈에서, 끝없이 계속되는 이 빌어먹을 악몽에서 날 제발 깨어나게 해줘요. 나는 속으로 중얼거리며 고개를 저어 보였다. 그리고 터져나오려는 울음을 억누르며 가방을 챙겨 든 채 벤치에서 일어났다. 여기서 벗어나야 해. 이 빌어먹을 병원만 벗어나면 끝없는 이 악몽에서도 깨어날 수 있을지 몰라. 나는 여전히 내게 고정되어 있는 버펄로 빌의 눈동자로부터, 날 붙잡아 마취주사를 맞힌 후 구속복을 입혀야 할지 가늠하는 듯한 보안 직원의 눈동자로부터 도망치듯 빠르게 걸음을 옮겼다.

웨스트 32번가 근처 주차장에 차를 댔을 때에서야 정신이 좀 들었다. 병원에서 여기까지는 어떻게 온 건지 신기할 정도였다.

꿈속에서는 내 의지와 관계없이 어딘가로 가고 무언가를 하게 되는 것처럼, 정신을 차리고 보니 이미 이곳에 도착해 있었던 것이다. 여기서 뭘 어째야겠다는 의식조차 없이 단지 병원에서 벗어나야 한다는 생각만으로 기계적으로 차를 몰다보니 어느새 이곳까지 이른 듯했다. 아침과 달리 구름 한 점 없는 하늘에는 태양이 저물기 전에 마지막으로 자신의 건재를 과시하듯 따사롭게 빛나고 있었다. 주차장 직원에게 건네받은 주차증에는 4시 6분이라는 시간이 적혀 있었다. 영원처럼 길게 느껴졌던 병원에서의 그 시간들이 사실은 불과 두 시간도 채 되지 않았다는 사실이 믿기지 않았다.

믿기지 않는 게 어디 그것뿐인가? 나는 웨스트 32번가를 향해 걸음을 옮기며 생각했다. 이제는 지금 보고 있는 이 낯선 거리의 행인들조차, 내가 들이마시는 공기조차 믿을 수가 없는걸. 날 둘러싼 이 모든 것들이 현실인지 꿈인지, 내가 나 자신인지 꿈속의 존재인 건지조차 알 수 없는걸. 나는 이제 일종의 감각적 공백과도 같은 상태에 이르러 있었다. 더 이상 어지럼증도, 불안이나 두려움조차도 느낄 수 없었다. 병원에서 감정을 모두 소진해서인지 나 자신이 꼭 알맹이가 다 빠져나간 껍데기처럼 느껴졌다. 아니, 오히려 그 반대였다. 껍데기가 사라지고 혼령만 남은 허깨비나 유령이 된 것 같았다. 나는 기계적으로 계속 걸었다. 나 자신이 무엇을 찾으러 여기까지 온 건지도 모르는 채로.

웨스트 32번가에 들어서자 낯선 글자로 된 간판들이 내 눈길을 사로잡았다. 네모반듯한 직선들이 가로세로로 얽힌 상형문자 같은 글자들. 그것들을 보았을 때에서야 내가 이곳에 온 이유가 무엇이었는지가 기억났다. 에린이 캔버스 뒷면에 휘갈겨놓은 글씨들. 맨 끝에 붙은 물음표만 알아볼 수 있었던 그 글자들이 한글이 맞는지, 그렇다면 무엇을 뜻하는지 알아내기 위해서였지. 나는 거리에 멈춰선 채 핸드폰을 꺼내 아침에 찍어둔 그 글자 사진을 다시 보았다. 그러자 그것들과 저 간판들에 적힌 낯선 글자들이 같은 언어, 한글이라는 확신이 더 강해졌다.

그런데 이걸 누구한테 해독해달라고 해야 할까?

한국인인 듯한 날씬한 여자 두 명이 이쪽으로 걸어오고 있었지만 막상 다가가려니 엄두가 안 났다. 거리에는 동양인뿐만 아니라 온갖 인종의 뉴요커들이 빠른 걸음으로 지나가고 있었다. 내 눈에 한국인으로 보이는 저 여자들이 실제로는 중국인이나 일본인일 수도 있겠다는 생각이 들었다.

나는 그들을 지나쳐 계속 걸어가며 이번에는 가게들을 둘러보았다. 한인 가게들 중 한 곳에 들어가 직원에게 묻는 편이 나을 것 같았다. 나는 사람이 붐비지 않는 조용한 가게를 찾으려 더 빠르게 걸었다. 걸으면서 둘러보니 이 거리엔 고깃집과 화장품 숍이 유독 많았다. 붉은 살코기를 클로즈업한 고깃집 메뉴판 사진 옆에 흰 살결을 클로즈업한 화장품 숍 포스터가 붙어 있는 모습이 왠지 으스스하게 느껴졌다. 한국인들은 남의 것이든 자신의 것이든 살에 많은 관심을 가진 족속들인 걸까? 아까부터 몸에 자꾸 한기가 느껴지는 게 이런 엉뚱한 생각 때문인 건지 아니면 날씨가 추워져서인 건지 알 수 없었다. 은행과 카페, 술집, 은행, 가라오케, 또 하나의 화장품 가게를 지나자 서점인 듯한 작은 가게 하나가 보였다. 나는 유리문을 밀고 안으로 들어섰다.

가게로 들어서자마자 요란한 댄스음악이 나를 덮쳤다. 분명 서점인 줄 알았는데 아니었나? 나는 문가에 선 채 주위를 둘러보았다. 책장마다 책들이 가득 꽂힌 걸 보니 분명 서점이 맞는 것 같았다. 그런데 그 책장들 사이에 있는 커다란 음반 코너가 눈에 띄었다. 판매대에는 K-POP이라는 글자가 크게 쓰여 있고 한 무리의 십대들이 CD를 만지작거리며 수다를 떨고 있었다. 매장 맞은편 계산대에는 한국인으로 보이는 한 중년의 남자가 신문을 읽고 있었다. 그 남자에게 도움을 청하면 될 것 같았다. 나는 매장 안에 울려 퍼지는 쿵쾅거리는 댄스리듬에 발을 맞추고 싶지 않아 일부러 천천히 계산대 쪽으로 걸음을 옮겼다.

그런데 이상했다. 불과 몇 걸음 거리인 건너편이 갑자기 100미터는 되는 듯 멀게 느껴졌던 것이다. 귓가에 들려오는 이 흥겨운 댄스리듬이, 한국어와 영어가 섞인 가사를 노래하는 여자 가수의 목소리가 마치 주술사가 거는 최면처럼 내 의식을 왜곡시키고 있는 것만 같았다. 하나의 차선을 달리는 듯 단순했던 의식이 한 걸음을 걸을 때마다 두 갈래, 세 갈래로 갈라지는 듯했다. 이 기묘한 감각이 정신을 어지럽게 만들어 나는 또다시 그 지독한 멀미를, 현기증과 메스꺼움을 느꼈다. 세 갈래 네 갈래로 갈라진 내 의식의 어느 차원에서, 마치 어떤 평행우주에서 있었던 일 같은 기억 한 조각이 선명히 떠올랐다. 지금 듣는 것 같은 꼭 이런 노래가 흘러나오는 트럭 조수석에서 올려다 본 한 동양인 남자의 모습이었다. 그 남자가 운전대를 잡은 채 머리를 좌우로 흔들어대며 큰 소리로 노래를 따라 부르다 날 보고 웃음을 터뜨리는 모습이었다.

나는 정말로 멀미에 시달리는 사람처럼 휘청거리며 뭔가 붙잡을 것을, 비틀거리다 쓰러지지 않기 위해 몸을 기댈 것을 찾아 빠르게 걸음을 옮겼다. 그리고 가까스로 계산대가 있는 카운터에 이르러 한 팔로 그 모서리를 짚은 채 숨을 몰아쉬었다. 방금 전까지 몸에 감돌던 한기가 순식간에 열기로 바뀐 듯 이마에 흐르는 식은땀이 느껴졌다. 나는 눈을 꼭 감고 세 갈래 네 갈래 갈라진 내 의식을, 그것의 수만큼 쪼개진 것만 같은 내 몇 겹의 자아들을 하나로 합치려 애썼다. 그러자 홀로그램 속 어지러운 이미지들이 하나의 입체적인 형상이 되듯 하나의 또렷한 생각이 떠올랐다.

가짜 기억. 그건 가짜 기억이었어. 기억 안 나? 네가 에린한테 들려준 네 거짓 과거 말이야. 청과점에서 일하는 엄마를 돕던 오빠를 따라 트럭에 타 노래를 함께 불러댔다는 그 가짜 기억 말이야. 넌 너 자신도 깜빡 속을 정도로 실감나게 그 얘길 지어냈었지. 넌 방금 그 거짓 기억을 실제로 겪은 듯 실감나게 떠올렸던 것뿐이야.

"맞아. 바로 그거야."

마음속으로 말했다고 생각했는데 내 목구멍에서 소리가 흘러나왔다. 고개 숙인 채 신문을 읽던 중년 남자가 고개를 들어 나를 보았다. 두꺼운 안경알 너머 남자의 작은 눈이 커졌다. 크게 뜨인 작은 눈 속 검은 눈동자가 당황스러운 듯 흔들렸다.

"도움, 필요해요, 미스?" 남자의 작은 입에서 절름발이의 걸음처럼 서툰 영어가 튀어나왔다.

"네. 필요해요." 내가 주머니에서 핸드폰을 꺼내며 말했다. 남자는 내가 자신에게 총을 겨누기라도 한 것처럼 불안한 눈길로 나를 보았다. 나는 에린의 메시지를 찍은 사진을 남자에게 들이밀었다. "이게 무슨 뜻인지 읽을 수 있으세요?"

핸드폰 액정을 넘겨다보는 남자의 작은 눈이 세모꼴이 되더니 작은 입이 비틀리며 웃음이 터져나왔다. 남자가 한국어로 무슨 말인가를 중얼거리더니 날 향해 다시 서툰 영어로 말했다. "황소가, 누구지?"

의식이 순식간에 다시 세 갈래, 네 갈래로 갈라지는 듯한 현기증 속에서 내가 되물었다. "네?" 잘못 들은 거야. 이제는 헛것까지 들리나 봐.

남자가 액정 속 글씨들을 가느다란 손가락으로 가리키며 다시 천천히 말했다. "황소가, 누구지?" 그러고는 또다시 웃음을 터뜨렸다. "무슨, 질문, 이래요?"

서점 밖으로 나오니 해가 기울고 있었다. 그런데도 나는 마치 눈부신 햇살 아래 서 있는 듯 강한 열기를 느꼈다. 목이 타는 듯 말랐지만 어지럼증 때문에 한 발짝도 움직일 수가 없었다. 내가 할 수 있는 건 프리즘을 투과한 햇빛처럼 분열된 내 의식들이 다시 하나의 초점으로 모이기를 기다리는 것뿐이었다. 그리고 마침내 한 겹의 현실, 한 겹의 의식 속으로 돌아왔을 때에서야 나는 비로소 내가 멍하니 보고 있던 길 건너 가게의 간판을 알아보았다. 'L마트'. 저기서 차가운 음료수를 하나 사서 마셔야겠다는 생각이 날 다시 걸을 수 있게 만들었다.

자동유리문을 지나 마트 안으로 들어서자 달콤한 과일향이 코끝을 스쳤다. 그 상쾌한 향기가 내 머리를 맑게 하는 게 느껴져 나는 알록달록한 과일들이 진열된 판매대로 다가갔다. 황소가 누구냐니, 그게 무슨 개소리야? 나는 헛웃음을 터뜨리며 커다란 오렌지 하나를 집어 들고 향기를 맡아보았다. 달콤한 향기가 내 침샘을 자극했다. 음료수보다 이 과일이 갈증 해소에 더 효과적일 거란 생각이 들었다. 나는 충동적으로 옆에 걸린 비닐 백을 뽑아 오렌지들을 골라 담기 시작했다. 에린 그년이 대체 어떻게 알았을까? 평생 아무한테도 얘기한 적 없었는데. 나는 흠집이 난 오렌지를 봉지에 집어넣으려다 도로 내려놓으며 속으로 중얼거렸다. 그 미친년이 그걸 어떻게 알았을까? 이 세상에서 나 말고는 누구도 알지 못하는 그 황소를.

문득 정신병원에서 버펄로 빌을 마주친 일이 떠올라 나는 오렌지를 집어 들던 손길을 멈췄다. 버펄로 빌의 그 황소 그림. 그 미친놈도 알았던 걸까? 알아서 그딴 그림을 그렸던 걸까? 아냐, 나는 오렌지를 비닐 백에 집어넣으며 고개를 저었다. 그건 그냥 정신병자가 그린 미친 그림일 뿐이야. 하지만 그 빌어먹을 미친년은 대체 어떻게 알았을까?

어느새 봉지가 다 찼지만 나는 여전히 판매대 앞에 선 채 생각에 빠져 있었다. 그러자 에린에 대한 분노가 나를 사로잡았다. 그녀가 내 다른 인격이나 꿈속의 존재가 아니라 정말로 살아 있는 사람인 것처럼 나는 갑작스런 분노에 휩싸여 생각했다. 황소가 누구냐니. 그건 또 무슨 미친 소리야? 황소는 누구도 아니고 그저 황소일 뿐이야. 아, 혹시 에린이 그걸 보았던 걸까? 내가 예전에 적어놓았던 노트를? 그 미친년이 내 서랍을 몰래 뒤지다 그걸 찾아냈던 걸까? 그래, 그거야. 그년이 귀신같이 그걸 찾아내 읽고는 그따위 헛소릴 써 갈겨놓은 거야. 날 엿 먹이려고, 그 빌어먹을 년이 날 이렇게 엿 먹이고 감쪽같이 토껴버리려고…….

그때 매장 안쪽에서 한 여인의 커다란 목소리가 들려왔다. 그

여자는 내가 하나도 알아들을 수 없는 언어, 아마도 한국어인 듯
한 언어로 말하고 있었지만 이상하게도 그 목소리가 익숙하게 느
껴져 나는 그쪽을 넘겨다보았다. 빨간 유니폼 티셔츠를 입은 중
년 여자가 카트를 끄는 키 큰 남직원과 함께 이쪽으로 오고 있었
다. 그 여자의 얼굴보다 목소리가, 뭔가를 강하게 호소하는 듯한
그 높은 톤의 목소리가 먼저 나로 하여금 그녀를 알아보게 만들
었다.

그 여자다.

맨해튼 몰 앞 횡단보도에서 내 손을 붙잡고 놔주지 않던 그 정
신 나간 여자. 나는 또다시 이유 모를 어지럼증과 메스꺼움을 느
끼면서도 그녀에게서 눈을 떼지 못한 채 그 자리에 붙박인 듯 서
있었다. 큰소리로 남직원을 혼내는 듯한 모습으로 보아 여자는
이곳 사장이나 매니저쯤 되는 듯했다. 그래, 저 여자는 분명 그 여
자야. 그때 저 여잘 마주쳤던 횡단보도가 이 거리 바로 근처에 있
으니까. 나는 주스 진열장 앞에 멈춰서는 여자의 가느다란 눈매
와 높은 광대뼈, 얇은 입술을 뜯어보며 생각했다. 여자를 따라오
던 남직원이 큰소리로 뭔가를 불평하듯 말하자 여자가 그 직원을
달래듯 목소리를 낮췄다. 나란히 서서 이야기를 주고받는 두 사
람의 얼굴이 놀랄 만큼 닮아 보였다. 눈매와 광대뼈, 얇은 입술과
각진 턱선, 미간과 입가를 일그러뜨린 표정까지, 마치 어머니와
아들처럼 꼭 닮아 보였다. 어쩌면 저 둘은 정말 어머니와 아들인

지도 몰라, 나는 나 자신이 왜 그렇게 관심을 가지는지도 모른 채 그들을 계속 지켜보며 생각했다. 남자는 이런 곳에서 아르바이트를 하기엔 나이가 많아 보여. 서른 중반, 아니 마흔쯤 됐을까? 그래, 저 남잔 저 여자 아들인 거야. 억척스런 사장 어머니와 무능하고 게으른 아들.

그때 나는 또다시 알 수 없는 기시감과 함께 내 의식이 두 갈래로 갈라지는 것을 느꼈다. 그리고 갈라져나간 의식 속에서 나는 저들의 모습이 너무도 낯익어 보인다고, 특히 저 남자의 모습이 낯익다고, 꼭 아까 서점에서 떠오른 가짜 기억 속에서 트럭을 몰며 노래를 부르던 그 어린 남자의 모습 같다고 생각하는 나 자신을 느꼈다. 그 기묘한 생각에 또다시 욕지기가 치밀었을 때 여자가 이쪽을 향해 다시 걸음을 옮겼다. 그리고 바로 다음 순간 나는 그녀의 눈길이 꼭 그때처럼, 그녀가 횡단보도를 건너오던 그때처럼 내게 꽂히는 것을 보았다. 나 역시 꼭 그때처럼, 이유도 모른 채 도망쳐야 한다고 느끼면서도 여전히 그 자리에 붙박인 듯 멈춰 서 있었다.

나는 오렌지가 든 비닐 백을 움켜쥔 손끝 하나 꼼짝하지 못한 채 중년 여인의 얼굴에 그때처럼 강렬한 감정의 물결이 일어나는 것을, 그 여자가 젊은 남자를 향해 흥분한 말투로 뭔가를 말하는 것을, 그러자 젊은 남자가 놀란 얼굴이 되어 나를 돌아보는 것을 바라보았다. 마침내 남자의 쌍꺼풀 없는 긴 눈, 나와 꼭 닮은 그 눈이 내 눈과 마주친 그 순간 나는 비닐 백을 내팽개치고 돌아서서 출구를 향해 달렸다. 뒤에서 남자가 나를 따라오며 알 수 없는 말들을 외쳐대는 소리가 들려왔다. 나는 그 남자에게서, 남자가 반복해서 외치는 그 이상한 말들에게서 도망치려 온 힘을 다해 거리를 달렸다. 나 자신이 어디를 향해 가고 있는지도 모른 채행인들을 밀치며 달리고 또 달렸다.

남자도 남자의 목소리도 더 이상은 날 따라오지 않는다는 것을 느끼고 멈춰섰을 때 나는 브로드웨이 한복판에 서 있었다. 곧 잔물결 뒤에 이어지는 큰 파도와도 같은 깨달음들이 연달아 내 의식으로 밀려들었다. 나는 그 마트가 한인 거리의 끄트머리에 위치해 있다는 것을 깨달았다. 그 자리는 바로 내가 에린에게 했던 거짓말 속 '이씨 청과점'이 있던 자리였다. 나는 그 마트의 이름인 'L마트'의 L이 이씨의 약자일지도 모른다는 것을, 오래전 그자리에 정말로 있었던 '이씨 청과점'이 가게를 확장하며 'L마트'로 이름을 바꾼 것일지 모른다는 것을 알아차렸다. 그리고 마지막으로 한 가지 사실을 더 깨달았다. 날 따라오던 날 닮은 남자가계속해서 외쳐대던 '수진'이란 말이 사람 이름이었다는 것, 그것이 내가 거짓으로 지어냈던 내 한글 이름이었다는 것을.

더 이상은 안 돼. 더 이상은. 더 이상은. 안 돼. 이렇게 더 이상은 살 수 없어. 나는 차 안에서 핸들에 머리를 찧어대며 중얼거렸다. 더 이상 이렇겐 살 수 없어. 이렇게 몇 겹의 현실 속에서, 몇 개의 자아로 조각조각 찢겨진 채 살아갈 수는 없어. 더 이상은 살 수 없어. 진짜 기억과 가짜 기억, 진짜 현실과 꿈속의 현실, 하나의 의식과 또 다른 의식, 하나의 나 자신과 또 다른 나 자신, 그리고 또 다른 나 자신, 더 이상은, 더 이상은, 더 이상은……. 나는 머리가 아프도록 핸들에 이마를 찧어대며 울음을 터뜨렸다. 그러다 핸들에 머리를 기댄 채 혼절하듯 깜빡 잠이 들었고 꿈속에서 작은 열쇠를 보았다. 나는 작은 열쇠를 쥔 채 어두운 방 안으로 걸어가고 있었다. 그 방 한구석에 놓인 회색 캐비닛으로 다가간 나는 작은 열쇠로 그 문을 열었다.

나는 차 유리창을 두드리는 소리에 잠을 깼고 주차요원에게 곧 차를 빼겠다고 대답하면서 그 캐비닛을, 실제로 존재하는지 꿈속에만 존재하는지 아직도 확실치 않은 그 라과디아 병원 비밀 방 안의 캐비닛을 열어봐야 한다는 것을 알았다.

하지만 그 열쇠, 캐비닛을 열 작은 열쇠를 대체 어디에서 구해야 할까? 나는 왜 내가 캐비닛을 열어야 하는지도 모르면서 그것을 열 방법에 대해 생각했고 내 의식의 다른 한 갈래에서 누군가의 목소리가, 꼭 에린의 것처럼 들리는 목소리가 '아버지의 방'이라고 대답하는 것을 들었다.

난 단지 그게 미친 생각이란 걸 확인하려는 것뿐이야, 나는 부모님 집을 향해 차를 몰며 생각했다. 어쨌든 뭔가를 하긴 해야 하니까. 가만히 있다간 정말로 미쳐버릴 것 같으니까. 이미 미친 것보다 더 미쳐서 완전히 정신을 놓아버리게 될 것 같으니까. 나는 목이 타는 듯한 갈증과 뱃속이 오그라들 듯한 허기를 무시한 채 브루클린으로 향하며 중얼거렸다. 어쨌든 그 캐비닛은 라과디아 정신병원에 있으니까, 그걸 열 열쇠를 아버지가 가지고 있을 가능성이 아예 없지는 않을 테지. 만약 아버지 방에서 그 열쇠를 정말 찾아낸다면, 그래서 캐비닛을 정말 열어볼 수만 있다면 알게 될 테지. 이 미친 생각이 얼마만큼이나 미친 생각인 건지.

집에 도착해 초인종을 눌렀지만 안에서 답이 없었다. 아버지는 아직 병원에서 돌아오지 않으셨고 어머니는 볼일이 있어 나가신 모양이었다. 어릴 때부터 비상용 열쇠를 숨겨두던 선인장 화분 밑을 들춰보니 거기에 열쇠가 있었다.

집에 들어서자마자 나는 주방으로 향했다. 냉장고를 열어 오렌지 주스 한 병을 다 비우고 나니 오히려 더 강한 허기가 밀려들었다. 나는 냉장고와 찬장을 뒤져 찾아낸 치즈 한 덩어리와 팝타르트 따위를 싱크대에 선 채 입에 욱여넣었다.

부모님이 돌아와 이런 내 모습을 보면 얼마나 놀라실까? 허기가 수습되자 나 자신이 도둑이라도 된 듯 창피한 기분이 들었다. '케이티? 연락도 없이 여긴 웬일이니?' 어머니가 물으시면 뭐라고 대답하지? 열쇠를 찾으러 왔어요. 무슨 열쇠? 라과디아 정신병원 비밀통로에 숨겨진 방에 있는 캐비닛 열쇠요. 캐비닛? 그 안에 뭐가 들었는데? 뭔진 모르지만 왠지 아주 중요한 게 들어 있을 것 같아요. 그런데 그 열쇠가 왠지 아버지 서재에 있을 것 같은 생각이 들어서……. 귀신이라도 보듯 날 보는 어머니의 눈길이 눈에 선했다. 어릴 때 밥을 먹다가, 그림을 그리다 누군가의 시선을 느끼고 고개를 들면 꼭 그런 눈으로 날 지켜보고 있던 어머니가 흠칫 시선을 돌리곤 하셨었지.

완전히 미쳐버린 거야, 나는 팝타르트 포장지를 구겨 휴지통에 버리며 중얼거렸다. 완전히 정신이 나가 내가 뭘 하려는지 왜 그걸 하려는지도 모르면서 여기까지 와 헤매고 있다니……. 벽시계를 보니 부모님 중 누구라도 곧 돌아오실 시간이었다. 이렇게 구제불능으로 미쳐버린 내 모습을 들키기 전에 어서 집을 나가야 한다는 생각이 들었다. 나는 가방을 다시 챙겨들고 주방을 나와 현관으로 걸음을 옮겼다. 그러다 다시 돌아서서 아버지의 서재로 향했다. 이대로 그냥 가버린다면 후회하게 될 것을 알았기 때문이었다.

난 단지 그게 미친 생각이란 걸 확인하려는 것뿐이야, 나는 또다시 이렇게 중얼거리며 아버지의 오래된 마호가니 책상 서랍들을 뒤졌다. 만년필과 문진, 페이퍼 나이프 따위의 문구들과 서류들만 눈에 띌 뿐, 열쇠 같은 건 보이지 않았다. 세 번째 서랍 안에서 열쇠 두 개를 발견했지만 캐비닛을 열 만한 크기의 열쇠는 아니었다. 나머지 서랍들에도 서류와 스크랩북, 세미나 자료집이나 잡지, 클립과 스테이플러 따위만이 들어 있을 뿐이었다.

그런 열쇠 따위 없는 게 당연하잖아, 머리로는 그렇게 생각하면서도 내 손과 두 눈은 여전히 그것을 찾고 있었다. 아버지가 돌아오시기 전에 열쇠를 찾아내려 더 빠르게 움직이며 책장에 놓인 장식품들을 하나하나 유심히 살피고, 그것이 들어 있을 만한 작은 상자와 화병 속을 들여다보았다. 그 안 어디에도 열쇠가 없다는 걸, 이제는 더 이상 그것이 숨겨져 있을 만한 곳이 남아 있지 않다는 걸 깨닫고 나서도 내 두 눈은 계속해서 방 안 곳곳을 살피고 있었다.

이제 인정해. 네가 완전히 돌아버렸다는 걸. 네가 버펄로 빌만큼이나 회까닥 돌아버렸다는 걸 인정하고 그만둬, 이제는 더 이상 할 미친 짓거리도 남아 있지 않다는 걸 인정하고 그만……. 책장으로 돌아서며 중얼거렸을 때 책 한 권이 눈에 들어왔다. 《거울 나라의 앨리스》. 어릴 적 아버지가 침대맡에서 읽어주곤 하셨던 책이었다. 그 옆에는 같은 책의 다른 판본도 한 권 더 꽂혀 있었다.

나는 책장으로 다가가 그 오래된 책을 뽑아들었다. 손때가 묻고 가장자리가 낡은 그 책을 펼치자 맨 앞장에 내가 노란 크레용으로 그려놓은 꽃 한 송이가 나타났다. 그것을 보자 아버지와의 소중한 추억들이 밀려들며 가슴 한편이 뻐근해졌다. 나는 그제야 나 자신이 마음속 깊은 곳에서, 여러 갈래의 의식들 중 하나의 의식 속에서 아버지를 조금이나마 의심하고 있었다는 것을 깨닫고 죄책감을 느꼈다.

에린, 그년 때문이야. 그 빌어먹을 년이 헛소리로 날 이렇게까지 돌아버리게 만들었던 거야. 세상에서 날 가장 사랑하는 내 아버지마저 의심할 정도로 날 회까닥 돌아버리게 만들었던 거야. 에린이 날 이렇게 만든 거야. 내가 찾아야 할 건 캐비닛 열쇠 따위가 아니라 바로 그년이야. 나는 또다시 밀려드는 분노로 입술을 깨물며 책을 도로 꽂았다. 그 씨발년이 날 헷갈리게 만들려고, 이렇게 내가 시간낭비 하는 동안 감쪽같이 토껴버리려고 그딴 헛소리를 지껄였던 거야. 나는 방문을 향해 걸음을 옮기며 생각했다.

하지만 에린. 그 미친년을 이제 대체 어디서 찾아야 하지? 나는 밀려드는 막막함에 방문을 열다 말고 멈춰선 채 속으로 중얼거렸다. 그런데 한숨을 내쉬며 방을 막 나서려할 때 어떤 예감 같은 것이 뇌리를 스쳤다. 그 예감이 보이지 않는 손으로 날 끌어당기기라도 한 듯 나는 돌아서서 다시 책꽂이로 다가갔다. 그리고 왜인지도 모르면서 내가 방금 꽂아놓은 책 바로 옆에 있는 다른 판본을 뽑아 들었다. 그 책을 펼쳐보자마자 나는 내가 그걸 결코 읽을 수가 없다는 것을 알아차렸다. 그건 그 책이 낯선 언어로 쓰여 있기 때문은 아니었다. 그 책 한복판에 정사각형 모양의 구멍이 나 있었기 때문이었다. 그리고 그 구멍 안에는 작은 열쇠 하나가, 캐비닛에 꼭 맞을 만한 크기의 열쇠 하나가 들어 있었다. 나는 그 열쇠를 꺼내 들며 중얼거렸다.

이것이 바로 그것이다.

아버지의 열쇠는 비밀 통로 1층 방의 캐비닛에 꼭 맞았다. 캐비닛 문을 열자 내 사랑의 잘린 머리가 텅 빈 눈으로 나를 바라보고 있었다. 나는 게르니카 황소의 크고 단단한 두 뿔과 부드러운 갈색 털을 쓰다듬어보았다. 나를 향해 빛나던 황소의 두 눈동자가 있던 자리엔 깊은 어둠만이 담겨 있었다. 언젠가 피카소에 대한 책에서 본 사진 한 장이 떠올랐다. 피카소가 황소 탈을 쓴 채 바닷가에서 장난스런 포즈를 취하고 있는 사진이었다. 피카소의 황소머리처럼 이것도 안이 텅 비어 사람이 뒤집어 쓸 수 있도록 제작된 것이었다. 그것을 들어 올리자 그 안에서 반쯤 남은 향수 한 병이 나왔다. 나는 그것을 열어 투명한 유리병에 담긴 그 노란 빛깔 액체의 향기를 맡아보았다. 묵직한 가죽 냄새와 달콤한 감귤 향기. 그것은 게르니카 황소의 냄새였다.

그때 등 뒤에서 문이 열리며 누군가의 발걸음 소리가 들려왔다. 그 사람이 누구이든 나는 두렵지 않았다. 가장 두려운 진실을 이미 마주하고 있었기 때문이었다. 나는 고개를 천천히 오른쪽, 내 생모가 하느님 혹은 하느님 형상을 한 악마를 보았던 방향으로 돌렸다. 에린이 벽에 기대 딱하다는 듯 날 보고 있었다. 그녀가 주머니에서 담배갑을 꺼내 한 개비를 꺼내며 말했다. "너도 내내 알고 있었잖아. '게르니카 황소'가 바로 칼 번햄이란 걸."

내 의식은 순식간에 두 갈래, 세 갈래로 갈라졌다. 그중 어느 갈래의 의식 속에서 나는 에린의 말이 맞다는 것을, 내가 그 무서운 비밀을 내내 알고 있었다는 것을, 결코 한 번도 잊은 적 없었다는 것을 알았다. 그리고 다른 갈래의 의식 속에서 나는 에린이 그 모든 걸 알고 있는 건 그녀가 나 자신이기 때문이라는, 여러 조각으로 쪼개진 내 자아 중 하나이기 때문이란 것을 알았다. 그리고 또 다른 갈래의 의식 속에서 그것 또한 내가 다 알고 있었다는 것을 알았다.

"넌 그걸 애써 모른 척하려 했지. 그 뿔 달린 괴물을 아버지가 아닌 진짜 황소라 믿으려 했지." 에린이 쓴웃음을 지으며 담배 연기를 내뿜었다. "그가 이 세상에서 네가 의지할 수 있는 유일한 사람이었으니까. 그 괴물이 네가 가진 전부, 온 세상이었으니까. 그래서 넌 그 괴물을 사랑하기로 했고 진실로부터 도망치기 위해 날 만들어냈던 거야."

나는 나 자신이 이 방에 혼자 있다는 것을, 평생 그래왔듯 혼자서 안간힘 쓰며 갈라진 내 의식들을 하나로 모으려는 중이라는 것을 알았다. 하지만 에린은 여전히 실제로 존재하는 인간인 것처럼 내 얼굴을 향해 매캐한 담배 연기를 뿜어대고 있었다. 어쩌면 그동안 도망쳐온 진실과 홀로 마주하는 것이 너무 두려워 에린이 여전히 진짜처럼 느껴지는 것인지 몰랐다. 아니면 단지 내가 돌이킬 수 없을 만큼 미쳐 있기 때문인지도 몰랐다.

"저 비밀 병실은 네가 전에 갇혀 있던 곳이야." 에린이 담배 끄트머리로 위층을 가리켜 보이며 말했다. "열일곱 그때, 넌 미쳐가면서 그동안 가둬두었던 기억을 풀어버렸지. 기억 안 나?"

"기억 나. 내가…… 아버지의 죽은 딸이라고 헛소리를 했던 것까지. 그런데 그게 무슨 뜻인지는 아직도 도무지 알 수가 없어." 내가 에린에게, 나 자신의 다른 자아에게, 수없이 갈라진 내 의식의 어느 갈래를 향해 말했다.

"마트에서 본 키 큰 그 남자, 그러니까 네 친오빠는……." 에린이, 내 다른 자아가, 내 의식의 어느 한 갈래가 말했다. "네가 생일날 사달라고 졸라댄 케이크를 사러 트럭을 몰고 나갔다 한 소녀치어 죽였어. 그 소녀는 칼 번햄의 딸이었지. 네 오빠가 살인자가되길 원치 않았던 네 친모는, 칼 번햄이 널 가질 수만 있다면 네오빠의 죄를 덮어줄 수도 있다는 걸 알게 됐어. 그래서 널 번햄에게 내어준 거야." 에린이 캐비닛에 담배를 비벼 끄며 다시 쓰디쓴웃음을 지었다. "넌 네가 케이크를 사달라고 졸랐기에 오빠가 살인자가 된 거라 생각했어. 그 소녀의 죽음이 다 네 잘못이라 생각했던 거야."

"말도 안 돼……." 내가 황소 머리 안에 향수병을 다시 집어넣으며 중얼거렸다. "그건 내 잘못이…… 아니었어." 나는 캐비닛을 닫고 거기에 이마를 기댔다. 오랜 세월 내 안에 갇혀 있던 울음이 터져나왔다. "그건 내 잘못이…… 아니었어…… 절대로…… 아니었어. 내 잘못이 아니었어. 절대로…… 아니었어. 내 잘못이…….” 나는 캐비닛에 이마를 찧어대며 몇 번이고 되뇌었다.

울음이 잦아들었을 때 에린이 새 담배에 불을 붙이며 말했다. "그래. 아니었어. 하지만 넌 네 오빠, 사고뭉치지만 널 끔찍이 생각하는 그를 사랑했어. 그리고 한국에서 아들의 존재는 절대적이지. 아들이 무너지면 가문도 무너져. 하지만 딸은 달라. 있어도 없어도 그만인 존재. 아들을 살릴 수만 있다면 버려도 되는 존재……." 어느새 에린의 목소리는 나 자신의 그것처럼 변해 있었다. "수백 년을 이어져온 그 오래된 생각이 바로 네 친모의 광신이었고, 네 터무니없는 죄책감을 키워낸 토양이었던 거야."

에린이, 아니 내가 담배를 입에 문 채 캐비닛 문을 다시 잠갔다. 나는 담배꽁초들을 손수건에 싸 가방에 집어넣고 방에서 걸어나왔다. 그리고 문을 걸어 잠근 후 나 자신이 오래전 갇혀 있던 병실을 올려다보았다. 다시 눈앞에 나타난 에린이 내 손을 계단 위로 잡아끌었다.

"넌 너 때문에 죽은 소녀 몫까지 살아내야 한다고 생각했어. 그래서 이수진이란 정체성과 기억을 지우고, 닥터 번햄의 죽은 딸 역할을 충실히 해내기로 했던 거야." 한 계단 앞서서 올라가는 에린의 두 발에는 내가 한 번도 보지 못한 새 구두가 신겨 있었다. 겹겹의 비밀들이 벗겨져나가는 속도가 에린의 두 발처럼 너무 빨

276

라 힘에 부쳤다.

"죽은 사람 몫까지 살아내야 한다는, 그저 그런 평범한 삶을 살아선 결코 안 된다는 부담감이 너로 하여금 그림에 그토록 집착하게 만들었던 거지. 그 집착이 네 광기를 극한까지 밀어붙였고, 가출한 후 발작으로 기절한 널 찾아낸 번햄은 네가 비밀을 폭로할지 모른다는 생각에 널 이곳에 가두었어." 병실 앞에 이른 에린이 내 손에서 뺏어든 열쇠로 문을 열며 말했다. "네가 병실에서 난동을 피우며 사람들에게 진실을 외쳐댈까 봐 두려웠던 거야."

나는 에린을 따라 방 안으로 들어갔다. 아무도 없는 그 병실은 새로 올 누군가를 기다리기라도 하듯 깨끗이 정돈돼 있었다. 에린이 담배꽁초를 마룻바닥에 버린 후 비벼서 껐다. 그리고 침대에 걸터앉아 새 담배에 불을 붙이며 말을 이었다.

"하지만 넌 여기 갇혀 있는 동안 더 놀라운 진실을 알게 됐지. 이 침대 밑에서 한 소녀가 남긴 메모를 발견한 거야. '황소가 또 다시 나를 찾아왔다. 나는 그것이 꿈이 아닌 걸 안다. 하지만 아무도 날 믿어주지 않는다.'" 에린이 나지막이 속삭이듯 말했다. "넌 네 자신이 칼 번햄의 희생양에 불과했고 그가 또 다른 희생양들을 만들고 있다는 걸 깨달았어. 그건 네가 결코 감당할 수 없는 진실이었지. 그래서 넌 이 방을 나오면서 그 무서운 진실을 나와 함께 여기 가둬버렸어."

에린이 깊은 한숨을 내쉬듯 담배 연기를 길게 내뿜었다.

"하지만 그 어마어마한 분노를 영영 가둬둔 채로 진짜 그림을 그릴 순 없었어. 진실을 표현하고 싶은 네 욕망은 결국 네가 이 방을, 나를, 다시 찾아내도록 만들었던 거야."

거기서 내 기억은 끊어진다. 그때 내가 감당할 수 없었던 진실들을, 그토록 오랜 시간이 지난 후에도 나 자신이 여전히 감당할 수 없었기 때문이었다.

다시 눈을 떴을 때 나는 침대에 모로 쓰러져 있었다. 뺨에 닿은 시트가 눈물과 땀으로 축축했다. 몸을 일으켜 핸드폰을 보니 9시가 넘어 있었다. 하지만 창문을 가로막은 널빤지에 붙은 낡은 풍경사진 속은 여전히 태양이 환하게 내리쬐는 한낮이었다. 나는 에린이, 아니 내가 피운 담배꽁초들을 손수건으로 집어 가방에 넣고 침대를 정리한 후 병실을 나섰다. 하지만 지하 복도를 지나 병원 정문을 빠져나올 때까지도 나는 여전히 그것을 느끼고 있었다. 나 자신을 금방이라도 찢어발기고 터져나올 것만 같은 그 오래된 분노를.

차에 올랐을 때에야 나는 깨달았다. 나 자신이 해야 할 일이 무엇인지를. 죽은 그 소녀를 위해 두 사람 몫으로 충분할 만큼의 성공을 거두었으니, 이제는 내가 다른 소녀들을 위해 그녀들 몫까지 충분할 만큼의 복수를 해야 할 차례라는 것을. 그제야 또 다른 죽은 소녀 하나가 내 머릿속에 떠올랐다.

"수잔……."

내가 그녀의 이름을 중얼거렸을 때 에린의 목소리가 들려왔다. "너와 동갑이었다는 소녀, 생일 케이크를 먹고 싶다는 네 사소한 탐욕 때문에 죽었다고 생각한 그 소녀." 어느새 보조석에 앉아 있던 에린이 말했다. "그녀는 네 안에서 너와 함께 나이를 먹었어. 그리고 네가 성공을 위해 불러낸 인격인 내가 폭주하자 감시자인 세 번째 인격으로 나타난 거야. 무슨 말인지 알아듣겠어?"

내가 고개를 끄덕였다. "이제야 알겠어. 넌 내 분노였고 수잔은……." 내가 시동을 걸며 중얼거렸다. "내 죄책감이었어."

에린이 대시보드에 올린 커다란 두 발을 춤추듯 까딱거렸다. "그리고 내가 그 징징거리는 약해빠진 걸 죽여버렸지!" 에린이 미소 띤 얼굴로 내게 윙크했다. "이젠 네가 그 개자식을 죽일 차례야."

그래서 나는 곧 내가 살인하게 될 것임을 알았다.

다음날 아침 나는 다시 브루클린 로프트를 향해 차를 몰고 있었다. 어제 끼워 맞춘 퍼즐 조각의 빈자리를 마저 채워넣어야 했기 때문이다. 나는 밤새 뒤척이며 내 혈육이 죽였다는 그 소녀에 대해 생각했다. 그녀의 이름은 수잔 번햄이었을까? 왜 그 이름을 집에서 단 한 번도 들어본 적 없었을까? 그녀의 이름을 입에 올리기엔 가족들의 슬픔이 너무 커서였을까? 아니면 그들은 내가 없을 때만 죽은 아이에 대한 이야기를 했던 것일까? 나는 가족들에게 한 번도 묻지 않았었다. 아니, 물을 수가 없었다. 당신의 죽은 딸이, 자매가 어떤 아이였냐고. 이제는 물을 준비가 되었다고 나는 생각했다.

"오, 케이티! 미리 연락하고 오지 그랬니. 이렇게 아무 예고도 없이……." 어머니가 정원용 앞치마를 두른 채 나를 끌어안으며 반겨주었다. 한창 일을 하시던 중이었는지 얼굴이 상기돼 지난번 봤을 때보다 더 젊어지신 듯 보였다.

"그냥 지나는 길에 들른 거예요. 정원 일 하시던 중이었나 봐요?"

"응. 겨울 날 준비를 하느라고. 오늘은 무화과나무에 옷 입히는 중이었단다."

"제가 도와드릴까요?"

"그럴래? 거의 다 끝나가던 참이었거든." 어머니가 빠른 걸음으로 뒷마당으로 향하며 말했다.

"어젠 네 아버지랑 같이 죽은 꽃대랑 가지들 잘라주고 퇴비도 줬단다. 그래야 내년에 새 꽃들이 또 예쁘게 피어날 테니 말이다." 어머니가 퇴비와 나뭇조각들로 뒤덮인 화단을 가리켜 보였다. 정원 한구석의 무화과나무는 콜타르를 바른 종이로 감싸인 채 테이프로 둘둘 말려 있었다. 안에는 삼베를 감아놨다고 어머니가 말했다.

나는 어머니를 도와 플라스틱 들통에 낙엽들을 긁어모아 나무를 감은 종이 위의 뚫린 부분에 쏟아 넣었다. "이제 그걸로 모자를 씌워주렴." 어머니의 말에 내가 들통을 뒤집어씌우자 나무는 꼭 모자를 쓴 검은 눈사람처럼 보였다.

"이제 월동 준비는 다 끝난 건가요?"

주방에서 어머니가 커피를 준비하는 동안 내가 물었다.

"그런 셈이지. 히비스커스 화분도 어제 차고에 넣어두었으니까." 어머니가 머그잔에 커피를 따라 내게 건네며 말했다. "새빨간 히비스커스. 네가 제일 좋아하는 꽃이지, 안 그러니?"

나는 커피를 한 모금 마셨다. 신맛이 좀 강한 것 같았다. "레이첼이요. 빨간색은 레이첼이 좋아하는 색이에요." 내가 말했다.

"그랬던가?" 어머니가 자신의 커피를 가져와 테이블에 앉으며 앓는 소리를 냈다. 아침의 노동으로 인한 피로가 이제야 밀려드는 모양이었다. "네가 좋아하는 색은 뭐였지?" 어머니가 커피를 한 모금 마시며 물었다.

"노란색이요. 수선화, 데이지, 해바라기……. 늘 노란 꽃들을 좋아했어요, 저는."

머그잔을 내려놓는 어머니의 눈동자 초점이 어느새 멀어져 있었다. 그녀는 예전부터 갑작스런 최면 상태에 빠지듯 종종 이렇게 멍한 얼굴이 되곤 했었다. 요즘 들어 이런 증세가 더 심해지고 있다면 혹시 치매 전조 증상인 건 아닐까? 어머니의 청회색 눈동자가 넓은 창으로 들어온 햇빛을 받아 거의 투명하게 보였다. "가끔 그런 생각이 들어." 어머니가 혼잣말처럼 중얼거렸다. "정말 알고 싶은 건 정작 알 수가 없고…… 알고 싶지 않은 것들만을 알게 되는 게…… 살아가는 일 아닌가 하는……." 이런 순간엔 늘 작은 동공만이 떠 있는 어머니의 눈이 꼭 파충류의 그것처럼 보이곤 했다. 그래서 나는 저 눈을 두려워하곤 했었지. 하지만 이제는 더 이상 두렵지 않았다.

"어떤 아이였어요?"

내 물음에 어머니가 눈길을 내게로 돌렸다.

"난 그 애의 이름도 몰라요. 그 애 머리색과 눈동자색도, 그 애가 무얼 좋아했는지도……."

"그 애? 어떤 애 말이니?" 다시 잔을 들던 어머니가 눈을 연신 깜빡였다.

"번햄 가 막내딸이요. 제가 이 집에 들어오기 전에 교통사고로 죽었던……."

"그게…… 무슨 소리니?" 어머니의 눈이 커지며 검은 점이 박힌 커다란 유리구슬처럼 보였다. "번햄 가 막내딸은 예전부터 지금까지 너밖에 없었고, 앞으로도 너뿐이야." 그녀의 긴 속눈썹이 죽어가는 곤충의 다리처럼 떨렸다. "번햄 가문의 그 누구도, 교통사고로 목숨을 잃은 적 없단다."

어머니의 눈동자와 목소리의 떨림은 이것이 칼 번햄의 또 하나의 기만이었음을 내게 일깨워주었다. 집을 나서며 나는 이 겹겹의 기만들에 감춰진 진실을 알아낼 길은 칼에게 직접 묻는 방법 뿐임을 깨달았다.

차에 오르자 추위 때문인지 몸이 떨렸다. 나는 시동을 걸었지만 히터는 켜지 않았다. 몸속으로 스며드는 냉기처럼 서늘한 생각 하나가 머릿속을 파고들었다. 칼 번햄에게서 진실을 알아낸 후엔 내가 원하지 않더라도 그를 죽일 수밖에 없으리라는, 그러지 못하면 그가 날 죽이게 될 것이란 깨달음이었다. 하지만 그 전에 마지막으로 확인해야 할 것이 있었다. 칼 번햄이 죽어 마땅한 인간이란 것이 내 오해가 아니란 걸 증명해줄 사람이 필요했다. 곧 그 사람이 누구인지가 떠올라 나는 맨해튼을 향해 차를 몰았다.

레이첼은 일 년 전과 똑같은 당직실 소파에 일 년 전과 똑같은 자세로 혼자 잠들어 있었다. 테이블에는 일 년 전 그랬던 것처럼 양파 한 조각이 비어져나온 샌드위치 포장지가 놓여 있었다. 이제는 레지던트가 아닌 어엿한 전문의임에도 상황은 그리 달라지지 않은 모양이었다. 그게 아니라면 블라인드 그늘 아래서도 알아볼 수 있는 레이첼의 푸석푸석한 피부는 피곤이 아닌 노화 때문인 건지도 몰랐다. 나는 레이첼의 머리맡 소파 팔걸이에 앉아 그녀의 어깨를 잡고 흔들었다. "레이첼."

그녀는 악몽 속에서 어디론가 도망치는 중인듯 다리를 몇 번 꿈틀거리더니 등받이를 향해 돌아누웠다.

"일어나, 레이첼." 나는 레이첼의 어깨를 더 세게 잡아 흔들며 귓가에 대고 말했다. 그녀가 소스라치며 눈을 반쯤 뜨고 나를 올려다보았다.

"몇 명이나 되지? 그 방에 갇혔던 소녀들." 내가 물었다.

레이첼은 아직도 꿈속에 있는 듯 몽롱한 눈으로 나를 보았다. 나는 복사한 열쇠들을 그 눈앞에 흔들어 보였다.

"부인할 생각하지 마. 아버지한테 내가 직접 물어보길 원하지 않는다면. 언니가 어떻게 얻어낸 신뢰인데, 그걸 하루아침에 무너뜨리고 싶진 않겠지?"

열쇠들을 보는 레이첼의 눈에서 일시에 졸음이 걷혔다. 그녀가 몸을 일으켜 앉자 하나로 묶었던 머리카락의 일부가 흘러내리며 왼쪽 얼굴을 가렸다. 레이첼은 머리끈을 풀어 다시 머리를 하나로 묶었다.

"이래서 네가 얻는 게 뭐야?" 그녀가 잠긴 목소리로 물었다.

"진실. 자유." 내가 말했다.

레이첼이 코웃음을 치며 장난스럽게 두 손을 들어 보였다. "내가 여기 들어온 재작년부터 지금까지 네 명." 그녀가 미간을 찌푸린 채 이마를 긁적였다. "환각과 환청, 자살충동 모두 극심한 아이들이라 특별한 관리가 필요했어. 고생깨나 했지." 그녀가 입을 크게 벌리며 소리 내어 하품을 했다.

"황소를 보았다고 하지 않았어, 그들이?"

레이첼의 얼굴이 입을 반쯤 벌린 상태 그대로 굳어졌다. "그걸…… 어떻게…….'

"방에 갇힌 후로 아이들 증세가 더 심해지지 않았어?"

여전히 벌려진 채 굳어 있는 그녀의 입은 이번에도 내 말이 사실임을 증명해주었다.

"그 아이들은 지금 어떻게 됐지?"

레이첼이 찌푸린 미간을 펴며 내 어깨 너머 벽 쪽에 시선을 고정했다. 돌아보니 그 벽에는 아무것도 없었다.

"강한 전기자극과 약물치료로 위기를 넘긴 후엔, 많이 호전돼서 일반 병실로 옮겼어. 대부분 누워서 지내긴 하지만, 더 이상 자해 같은 건 하지 않아." 다시 날 바라보는 그녀의 두 눈에 과장된 자부심의 빛이 떠올랐다. 옷을 뒤집어 입듯 거짓을 뒤집어 진실처럼 보이게 만드는 이 방법을 그녀는 아버지에게서 배운 것일까?

"자해가 아닌 자살을 했군. 그들 모두가? 아니면 그중 일부만?"

"딱 한 명뿐이었어!" 레이첼이 손가락을 들어 보이며 소리쳤다. "그 앤 완전히 돌아버려 어떤 방법으로도 돌이킬 수 없었어. 차라리 죽는 게 그 애한텐 더 나았을 거라구!" 큰소리로 외쳐대는 레이첼의 모습이 어린 시절의 그녀를 보는 듯한 착각을 불러일으켰다.

이것으로 충분했다. 나는 고개를 숙인 채 더 항변할 말을 찾는 듯한 레이첼을 내버려두고 당직실 빠져나왔다.

지금 당장 경찰에 신고해야 해, 맨 처음 들었던 생각은 이것이었다. 칼 번햄에 관한 추악한 진실은 경찰의 조사를 통해 모두 깨끗이 밝혀낼 수 있을 거야. 내가 나 자신의 목숨을 걸고 칼에게서 직접 그걸 알아낼 필요는 없어. 그가 죗값을 치르게 만드는 것도 내가 아니라 경찰이, 법이 할 일이야.

그런데 복도와 로비를 걸어가는 동안 그 생각이 점점 비현실적인 것처럼 느껴지기 시작했다. 경계심에 찬 눈으로 복도를 서성이는 보안요원과 약제실의 간호사들, 환자를 휠체어에 태우고 진료실로 가는 조무사, 유니폼을 말끔하게 차려입고 제각각 자신의 일을 하고 있는 직원들의 모습이 이상하게도 내게 그런 생각을 불러일으켰다. 피곤에 찌든 직원들의 얼굴을 흘끔거리며 나는 피해망상에 사로잡힌 사람처럼 속으로 중얼거렸다. 저들은 매일같이 자신들을 괴롭히고 성가시게 하는 미친 소녀들 편에 서지 않을 거야. 저 직원들은 모두 결국엔 자기들 고용주인 칼 번햄 박사 편에 서게 될 거야. 아니면 저들은 인자한 칼 번햄 원장님이 그런 끔찍한 일을 벌였으리라곤 상상조차 못할지 몰라. 레이첼처럼 그걸 짐작할 만한 위치에 있는 극소수의 직원조차 절대로 칼을 의심하지 않을 거야. 어쩌면 칼의 희생양이었던 소녀들 자신조차 스스로의 지각능력을 의심할지언정 칼은 의심하지 않을지 몰라.

286

나 자신이 지난 십여 년 동안 그랬던 것처럼.

칼 번햄은 법망을 빠져나갈 수도 있을 거야. 그는 모든 상황에 이미 대비가 돼 있을지 몰라. 그토록 오랫동안 날 속였던 것처럼 세상 모두를 속이는 데 성공할 수도 있는 거야. 조력자를 고를 때, 심지어 희생양을 고를 때부터 그는 모든 걸 이미 계산에 넣었을지도 모르지. 레이첼은 절대로 아버지를 고발하지 않을 테고 벌써부터 증거들을 없애기 시작했을지 몰라. 내가 고발한다고 해도 내 유명한 광기 때문에 신빙성의 문제가 제기될 거야.

칼 번햄은 법망을 빠져나갈 수 있어.

진실은 영영 묻혀버릴 수 있어.

병원을 나서서 주차장으로 걸어갈 때까지 이런 생각들은 나를 계속 따라왔다. 아침부터 내내 흐렸던 하늘에서 진눈깨비인지 눈일지 모를 차가운 것들이 떨어져내리기 시작했다. 에린이 맞았어. 난 그 개자식을 내 손으로 직접 처단해야 해. 콧등에 떨어진 서늘한 것의 촉감에 몸을 떨며 나는 속으로 중얼거렸다. 내가 직접 그 개자식에게서 진실을 알아낸 다음 죽이는 게 가장 확실한 방법이야. 그 괴물을 법의 심판에 맡기는 건 그가 감옥에 갇혀서라도 목숨을 부지하도록 자비를 베푸는 셈이 될지도 몰라. 만에 하나의 가능성에 불과할지라도 그런 일이 생겨선 절대로 안 돼. 그러니 나 자신이 심판자가 되어 그를 벌해야 해. 나 자신과 그 아이들을 위해서 내 손으로 직접 그 개자식을 죽여야만 해.

이런 생각에 빠진 채 차에 올라 안전벨트를 맬 때 에린의 목소리가 다시 들려왔다. "오, 죽이는 건 쉬워, 이쁜이." 에린이 대시보드 위의 발가락들을 긁어대며 말했다. "언제나 그다음이 문제지. 제대로 해내지 못하면 평생 발목 잡히고 마는 거야."

"알아, 에린. 나도 안다고. 하지만 난 방법을 찾아낼 거야." 내가 말했다.

마침내 내가 방법을 찾아낸 건 별장에 거의 다다랐을 무렵이었다. 수십 가지 아이디어들이 세워졌다 폐기된 자리에 불현듯 떠오른 그 방법은 내가 생각하기에도 어처구니없을 정도로 비현실적으로 느껴졌다. 하지만 오히려 그래서 완전범죄를 가능하게 할 유일한 방법인 것 같았다. 어쩌면 어처구니없을 정도로 비현실적인 범죄에 대한 복수는 똑같이 어처구니없을 정도로 비현실적인 방법으로밖에 이뤄질 수 없는 것인지도 몰랐다.

나는 별장에 도착해서도 한참을 차에 그대로 앉아 그 계획을 머릿속으로 꼼꼼히 그려보았다. 나는 칼 번햄이라는 괴물을 함정으로 유인해 사냥한 후 나 자신은 감쪽같이 빠져나갈 계획을 꾸미고 있는 것이었다. 만약 이 함정이 정확히 내 설계대로 작동한다면 나는 아무런 꼬리도 잡히지 않고 마침내 내 분노로부터 자유로워질 수 있을 것이었다. 하지만 어느 한 부분이라도 내 예측에서 빗나간다면, 최악의 경우 나는 내 분노와 함께 영영 갇히는 신세가 될 것이었다. 칼 번햄의 손에 죽는 것보다 그것이 날 더 두렵게 했다. 내게서 에린을 떠나보내지 못하고 나 자신이 곧 에린이 되어버리는 것.

내가 아버지를 처단하기 위해 떠올린 무기는 사용해보기 전엔 제대로 작동하는지 확인할 방법이 없는 것이었다. 그리고 그것이 작동하지 않는다는 것을 깨달았을 땐 이미 돌이킬 수 없을 것이다. 나는 실패 끝에 날 기다리고 있을 죽음을, 감옥이나 정신병원의 창살 쳐진 비좁은 방을 떠올리며 두려움에 몸을 떨었다. 그 무기가 아닌 다른 방법을, 더 확실하고 예측 가능한 방법을 사용해야 할까? 나는 차에 앉아 한참을 생각하고 또 생각했다. 하지만 아무리 머리를 쥐어짜도 그보다 나은 무기는 생각해낼 수 없었다. 나는 마침내 차에서 내려 집으로 걸어 들어가며 결국 이 방법밖에 없다는, 이 무기에 내 운명을 맡기는 수밖에 없다는 것을 깨달았다.

사냥이 시작된 건 이틀 후 오후 1시였다. 나는 오전 10시에 병원에 도착해 상황을 살피고 무기를 준비했다. 그리고 오후 12시 반에 미끼를 던졌다. 그것은 창문에 붙은 빛바랜 풍경사진이 잘 보이도록 찍은 비밀 병실 사진이었다. 나는 그 사진과 함께 칼 번햄에게 메시지를 전송했다.

'오세요, 아버지.'

30분도 안 되어 사냥감이 함정으로 들어섰다. 문을 열고 들어서는 칼의 얼굴에는 여느 때와 다름없는 아버지의 미소가 감돌고 있었다.

"이거 무슨 추억 찾기 게임 같은 거니 케이티? 이 방을 다시 찾아냈다니 놀랍구나. 예전에 머물 때 기억을 되살려낼 수 있었던 거니?"

나는 책상에 걸터앉아 담배에 불을 붙이며 대답 없이 그를 바라보았다.

"아마 레이첼한테서 열쇠를 받아낸 모양이구나. 그 애가 네게 진 빚이라도 있었던 거니?"

칼이 문을 닫고는 두 손을 장난스럽게 들어 보였다. "어쨌든 날 놀라게 할 생각이었다면 대성공이라고 말하지 않을 수 없구나!" 한 걸음 다가오는 그의 얼굴이 이번에는 걱정스런 아버지의 표정으로 바뀌었다. "고통스런 과거를 돌아보는 건 예술가에게 피할 수 없는 작업이지. 하지만 케이티, 그렇게 담배를 피워대다간……."

"개수작 집어치우고 이제부터 묻는 말에 답해." 나는 그를 향해 담배 연기를 길게 내뿜으며 말했다. "내 친오빠란 작자는 네 딸을 죽인 적이 없었어. 너한테 레이첼 말고 다른 딸은 존재한 적 없으니까. 그렇다면 대체 넌 무슨 수로 날 그 추잡한 손아귀에 넣을 수 있었던 거지? 그리고 도대체 왜, 어째서 그렇게까지 했던 거야?"

칼 번햄은 안경 너머 황소 같은 커다란 눈망울로 내 몸 이곳저곳을 훑어내렸다. 그것은 아버지의 시선이 아니었지만 분명 성적인 눈길도 아니었다. 나를 향한 그의 불꽃은 오래전, 내 성장이 끝났을 때 이미 꺼져버렸을 테니까. 칼은 내 몸에 어떤 무기가 숨겨져 있는지 확인하려는 것이다. 이어서 그는 방 안 곳곳으로 시선을 돌렸다. 이곳을 자신이 갇힐 덫이 아니라 나를 가둘 덫으로 만들 수 있는지 가늠해보려는 듯했다. 짧은 탐색을 끝낸 후 칼은 자신감을 얻었는지 긴장이 풀린 얼굴이 되었다. 그는 잠시 기억을 더듬는 듯 눈을 가늘게 떴다가 갑자기 웃음을 터뜨렸다.

"우습지, 그건 갈비 때문이었어."

가장 소중한 추억이 담긴 사진첩을 들춰보는 듯한 미소가 칼의 얼굴에 떠올랐다.

"한국식 바비큐 맛이 기막히다며 동료가 데려간 그 거리에서 널 처음 보았지. 네 오빠의 어깨에 목마를 탄 네가 내 곁을 지나며 날 빤히 내려다보았어. 도자기 인형처럼 완벽한 네 모습을 보는 순간 숨이 멎을 것만 같았지."

그의 시선은 내가 아니라 내 뒤에 있는 창문을 향하고 있었다. 그는 그 가짜 풍경을 마치 진짜 풍경을 보듯 바라보며 중얼거렸다.

"넌 그런 내가 우스워 보였는지 날 보며 싱긋 웃었어. 그러곤 청과점 안으로 사라져버렸지. 그때 갑자기 둑이 무너져내린 것 같았어. 소년 시절이 끝난 후부턴 외면하려 발버둥 쳐왔던 내 가장 은밀한 욕망, 그 주위로 수십 년간 철통처럼 쌓아올린 제방이, 단 한 번의 네 미소에 무너져내린 거야.

그 후로 난 틈날 때마다 그 거릴 서성이게 됐어. 내가 치료하는 가장 가망 없는 환자들처럼 행동하기 시작한 거야. 흔히들 말하는 중년의 위기란 게 나한텐 하필 그런 식으로 찾아올 줄은 몰랐어."

칼의 인상이 어느새 소년처럼 앳되게 변해 있었다. 나는 처음으로 가면이 벗겨진 그의 진짜 얼굴을 보고 있다는 것을 깨달았다. 그는 마치 더 이상 자라지 못한 난쟁이가 죽마 위에 서서 키 다리인 척하듯 평생을 살아왔던 것이다. 그러다 중년에 이르렀을 때 더 이상 죽마가 버텨내지 못했고, 죽마에서 떨어진 순간 마침 그의 눈높이에 내가 있었던 것이리라.

"난 매일 청과점에서 가장 비싼 과일들을 사서 너한테 한 개씩 주곤 했어. 그럴 때마다 네가 날 보며 수줍게 웃었으니까. 그렇게 몇 달 동안이나 난 매일같이 그 거릴 맴돌았지. 하지만 말 한 마디 거는 것조차 결코 쉽지 않았어. 네 옆엔 항상 어머니나 오빠가 있었으니까."

칼은 꿈속을 헤매는 듯 반쯤 눈을 감은 채 계속 말을 이었다.

"넌 계산대에서 어머니의 계산을 돕다가 오빠가 배달을 나가면 꼭 따라 붙어 함께 트럭에 올라타곤 했어. 그때가 네가 제일 행복해 보일 때였지. 난 그런 널 멀리서 그저 바라볼 수밖에 없었어. 목이 타는데 계속해서 바닷물을 들이키는 것처럼 난 날마다 그 짓을 하고 또 했어. 그럴수록 내 갈증은 더 커져만 갔고 그런 나 자신에 대한 혐오도 더 이상은 견딜 수 없을 지경이 됐지."

그의 얼굴에 가장 무력한 희생자와 같은 연약한 표정이 떠올랐다. 그 자신이 수많은 소녀들의 삶을 부숴버린 가해자라는 것을 믿을 수 없을 정도로 상처받은 자의 표정이었다.

"나는 그만둬야 했어. 그래서 어느 토요일 오후, 마지막으로 널 보고 작별인사를 해야겠다 생각하고 웨스트 32번가를 향해 차를 몰았지. 이대로 허무하게 내 사랑이 끝난다는 생각에 가슴이 찢어질 것만 같았어. 그냥 이대로 어딘가에 부딪쳐 내 삶도 끝나버렸으면 싶었어. 그런 생각에 빠져 웨스트 28번가를 달리다, 평소처럼 6번가로 좌회전하는 차선을 타지 못하고 직진 차선 맨 앞에서 신호에 걸려 서게 됐지. 그런데 녹색 신호가 들어왔을 때 트럭 한 대가 신호를 무시한 채 6번가에서 전속력으로 달려오는 게 보였어. 그 트럭을 보자마자 네 오빠 것이란 걸 알 수 있었지. 네 오빠 늘 무법자처럼 차를 몰곤 했어. 그 순간 내가 신호를 받고 그대로 직진하면 저 트럭에 받혀 죽을 수 있겠단 생각이 들었어. 평소처럼 그 안에 네가 타고 있다면 이보다 더 완벽한 해피엔딩은 없을 거란 생각이. 그래서 난 엑셀을 밟아 그대로 직진했고, 트럭

이 운전석 차문을 부수며 부딪쳐오는 순간 의식을 잃었지."

그가 기침하듯 갑작스런 웃음을 터뜨렸다.

"웃기지 않아? 너에 대한 내 사랑이 갈비에서 시작해서 갈비로 끝날 뻔했다는 게? 난 그 사고로 왼쪽 갈비뼈 세 대가 부러졌어. 다행히 척추는 멀쩡해서 장애인 신셀 면할 수 있었지.

병원에서 깨어나 보니 네 어머니가 사신처럼 머리맡에 서 있더군. 그녀는 나에게 아들을 살려달라고 애원하며 빌고 또 빌었어. 수술비와 입원비, 차 수리비, 합의금까지 다 합친 수십만 달러의 보상금을 낼 형편이 못 돼 아들이 감옥엘 가게 생겼단 거야. 아들이 감옥 가면 자긴 죽는다고, 영주권 심사에서 또 탈락해 추방당할 거라고, 그 여잔 끔찍한 영어로 애원해댔지. 아들 대신 자길 감옥에 넣어달라고, 죽으라면 죽겠다고, 평생 당신네 노예가 되라면 되겠다고. 그때 난 내 사랑이 길을 찾았다는 걸 깨달았어. 난 네 어머니에게 당신 소원을 들어줄 테니 그 대신 당신 딸을 달라고 했지. 꼭 그런 딸이 하나 있었으면 좋겠다고 늘 생각했다고."

그러니까 내 어머니란 작자는 몇십만 달러란 돈에 망설임 없이 나를 팔아넘겼던 것이다. 그리고 내가 안 가겠다고 떼쓸까 봐 오빠가 그 집 딸을 치어 죽였다고 거짓말을 했던 것이다. 그 집 딸이 너 때문에 죽었다고, 네가 케익을 사달라고 철없이 졸라대는 바람에 죽었다고, 그러니 죽은 그 애 대신 그 집에 가 말 잘 듣는 딸이 되어야 한다고, 죽은 그 애 몫까지 열심히 살아서 꼭 성공해야 한다고. 나를 감싸고 있던 겹겹의 거짓이 모두 벗겨져나간 자리엔 아무리 오랜 세월이 흘러도 아물지 않을 듯한 상처만이 남아 있었다. 나는 담배꽁초를 책상에 비벼 끈 후 마지막 남은 한 가지 질문을 던졌다.

"그리고 넌 값비싼 장난감인 날 이용하기 위해 나한테 환각제를 먹였던 건가? 내 광기가 사이코 살인마인 친모로부터 물려받은 1급 진품이란 거짓말과 함께?"

"글쎄……. 처음부터 그럴 생각은 아니었어."

칼이 여전히 시선을 먼 곳에 둔 채 고해성사하듯 중얼거렸다. 고해성사. 그는 지금 그것을 하고 있었다. 누구에게도 말 못한 채 가슴 속에 묻어둔 짐을 내려놓은 후 그걸 들은 사람을 죽여버리려는 것이다.

"난 그저 매일 네게 책을 읽어주고 보살펴주면서, 언젠가 그 숨이 멎을 만큼 아름다운 네 미소를 다시 볼 수 있게만 된다면 그걸로 만족할 수 있다고 생각했어. 널 보면 볼수록 내 욕망이 줄어드는 게 아니라 오히려 커져갈 뿐이란 걸 너무 늦게 깨달은 거야."

그의 얼굴에 다시 한 번 미소가 피어났다.

"그런데 또 한 번 기적이 일어났지. 어느 날부터 네가 게르니카 속 황소가 자꾸만 움직인다고 하는 거야. 난 그게 일시적인 환시가 아니라 광기의 전조란 걸 알았지. 측두엽뇌전증은 대개 유전성이지만 평생 잠재된 채 모르고 지나갈 수도 있어. 하지만 너의 경우, 극심한 스트레스 상황이 잠재된 광기를 발현시킨 거였어. 그래서 난 그걸 이용해보기로 했지. 난 네 미약한 광기를 극대화시킬 촉매제로 LSD를 사용했어. 네가 자기 전 마시는 우유에 그걸 탄 후에 황소로 분장하고 나타난다면, 만일 실패한대도 그게 내 짓이었다는 걸 너는 모를 거라고."

"병을 치료하는 의사가 아니라 키워내는 의사라니. 닥터 번햄, 당신은 정말 대단한 의사야." 나는 새 담배에 불을 붙이며 웃음을 터뜨렸다. 한번 시작된 웃음은 좀처럼 가라앉지 않았다. 나는 고개를 숙이고 배를 잡은 채 계속 웃어댔다.

"그래, 정말 굉장한 경험이었어. 난 내가 뿌린 씨앗이 아름다운 꽃으로 활짝 피어나는 걸 보았지. 이미 존재하는 질병을 치료하는 건 이제 무좀을 치료하는 것만큼이나 따분할 뿐이었어. 난 새로운 재능에 눈뜨게 됐던 거야. 그리고 내 놀라운 재능이 바로 지금의 널 만들어낸 거지. 떠오르는 천재 화가 케이트 번햄, 넌 나의 가장 위대한 작품이야."

웃음을 그치고 고개를 들었을 때 나는 칼이 손에 뭔가를 들고 있다는 것을 깨달았다. 내가 웃어대는 사이 그가 숨겨둔 전기 충격기를 꺼내든 것이다. 그는 그것을 들어 보이며 미소 띤 얼굴로 다가왔다.

"네 어머닌 네가 자랑스러울 거야. 네 아버지도, 오빠도 이루지 못한 아메리칸 드림을 네가 이뤄냈으니. 넌 곧 사라질 테지만 그게 네 그림 값을 더 비싸게 만들어줄 테지."

나는 그제야 그가 이 순간을 즐기고 있다는 것을, 가장 진부한 악당 역을 연기하듯 자신의 모습을 연출하고 있다는 것을 깨달았다. 나는 곧 내가 죽거나 그가 죽게 될 이 마지막 순간에서야 비로소 그가 무엇인지 알게 된 것이다. 그는 배우였다. 그는 인자한 아버지 역을, 냉철한 의사 역을, 게르니카의 황소 역을, 비열한 악당 역을 혼신을 다해 연기하는 진정한 배우였다.

"번햄 가는 미술사에 그 찬란한 이름을 영원히 남기게 될 거야. 실종된 천재 화가의 미스터리. 이게 내 걸작의 화룡점정이 되겠지." 칼은 핵심 장면을 연기하는 배우답게 감상적인 미소를 지으며 말했다. "굿 바이, 내 사랑."

바로 지금이 무기를 꺼낼 차례란 것을 나는 깨달았다. 그가 전기 충격기를 든 팔을 내게로 뻗는 순간 나는 방아쇠를 당겼다. 내게로 달려드는 칼 번햄을 피해 도망치며 나는 그동안 참아왔던 고통을 절규로 쏟아냈다. 그러자 침대 밑에서 내 수호신인 황소가 튀어나와 우렁찬 울음소리와 함께 칼에게로 돌진했다.

울음소리에 놀란 칼이 돌아선 것과 거의 동시에 황소의 날카로운 두 뿔이 그의 배를 꿰뚫었다. 칼이 무너져내리듯 바닥에 주저앉았다. 황소는 포효하며 머리를 흔들어 칼의 배를 갈기갈기 찢어놓았다. 그의 배에서 피와 함께 회백색 내장의 일부가 흘러나왔다. 칼은 거울 앞에 선 앨리스처럼 자신이 만들어냈던 것과 똑같은 형상의 괴물을 믿기지 않는 듯 마주 보았다. 한 인간이 살아서 느낄 수 있는 극한의 고통과 공포로 부릅떠진 칼의 핏발 선 두 눈은 곧이어 내게로 향했다.

나는 그에게 다가가 무릎을 꿇고 그의 두 눈을 똑바로 응시했다. 문득 그가 완전히 의식을 잃기 전 뭔가를 말해야 한다는 생각이 들었기 때문이었다. 내 몫과 다른 소녀들 몫의 대사, 생존자가 가해자를 처단하는 이 핵심 장면을 완성시킬 어떤 말을 꼭 해야 할 것만 같았기 때문이었다.

하지만 목소리가 나오지 않는 꿈속에 있는 듯 아무 말도 할 수 없었다. 칼 번햄이 대본을 외워 말하듯 그 많은 말들을 술술 내뱉었던 것과는 정반대였다. 나는 백지로 된 대본을 받아든 삼류 배우처럼 입조차 떼지 못한 채 죽어가는 그를 바라보고 있었다. 왜 진작 생각해놓지 않았을까? 하다못해 적어두지도 못했을까? 나는 그를 죽일 수 있을지에 대해 고민하느라 정작 그를 죽일 때 무슨 말을 할지에 대해선 미처 생각하지 못했던 나 자신을 책망했다. 황소가 계속해서 집요하게 그를 난도질하고 있었기에 이제 길어야 1, 2분이 남았을 뿐이었다.

한 마디. 단 한 마디 말이라도. 나는 마음속으로 그 말을 떠올리려 애쓰며 칼의 얼굴을, 황소가 머리를 움직일 때마다 부러진 인형의 머리처럼 흔들리는 그의 핏기 잃은 얼굴을 바라보았다. 여전히 날 바라보는 회녹색 눈의 깜빡임만이 그가 아직 살아 있다는 것을 증명하고 있었다. 몸통이 거의 반 토막이 나기 직전에도 그가 이렇게 의식을 잃지 않고 버틸 수 있다는 것이 놀라울 정도였다.

내가 마침내 입을 떼려 했을 때 칼의 입이 먼저 커다랗게 벌어졌다. 그리고 마지막으로 뭔가 중요한 말을 하는 것처럼 창백한 입술을 달싹거렸다. 하지만 무성영화 속 주인공의 대사처럼 그 말이 들리지 않았다. 그의 목구멍에서는 목소리 대신 가래 끓는 소리 같은 것이 새어나왔고, 그때 마침내 그의 상반신이 잘려 나가며 고대 그리스의 파괴된 흉상처럼 무너져내렸다. 문득 그가 꼭 내 거짓 기억 속 아버지처럼 두 토막이 났다는 생각이 떠올랐고 다음 순간 나는 그가 죽었다는 것을, 그의 회녹색 두 눈동자에서 의식의 불씨가 완전히 꺼져버렸다는 것을 깨달았다. 그러자 통쾌함보다 회한이, 내가 그에게 아무것도 말하지 못했으며 영영 말하지 못할 것이라는 깊은 회한이 나를 사로잡았다. 하지만 처형을 마친 황소는 고개를 치켜들며 우렁찬 울음으로 승리의 기쁨을 표현하고 있었다.

그래, 이제 다 끝났어.

나는 목구멍으로 차오르는 울음을 애써 삼키며 속으로 중얼거렸다. 나는 피로 물든 황소의 머리를 끌어안고 오래전 그랬던 것처럼 부드럽게 쓰다듬고 입 맞추었다. "곧 나가게 해줄게. 조금만 기다려줘." 내가 속삭이자 황소는 만족스러운 듯 바닥에 꿇어앉아 그르렁거렸다. 그리고 내가 방 안 곳곳에 남겨진 내 흔적들을 말끔히 지울 때까지 조용히 기다려주었다.

나는 할 일을 마친 후 문을 열고 황소를 계단으로 이끌었다. 그리고 비밀 통로 1층 방으로 황소를 몰아넣은 후 바깥으로 향하는 문을 열었다. 황소는 문밖으로 뛰쳐나가며 힘찬 울음소리와 함께 담장을 따라 돌진했다. 나는 황소가 코너를 돌아 이스트 122번가에 면한 담장 쪽으로 사라지는 것을 지켜본 후 반대쪽 담장을 향해 달렸다. 그리고 담벼락에 난 비상구를 통해 이스트 123번가로 빠져나갔다.

*

빌 젠슨이 무죄판결을 받았다.

그동안 내가 얼마나 마음 졸였는지. 빌이 경찰에 내 이름을 발설할까 봐 얼마나 오랜 시간 두려움에 떨었는지.

다행히 버펄로 빌은 말하지 않았다. 내 이름도, 그가 나라고 착각했던 전처 애나의 이름도 끝내 부르지 않았다. 내가 두 뿔을 얼음송곳처럼 날카롭게 갈아둔 황소 머리를 씌워준 순간부터 그가 정말로 황소, 아니 버펄로가 된 건 아닐까 싶을 정도였다. 그 지난한 심문과 재판과정 내내 그의 입에서 새어나온 건 인간의 언어가 아닌 짐승의 울음소리뿐이었으니 말이다.

자신의 꿈을 마침내 실현시켰기에 빌은 거기서 영영 깨어나고 싶지 않았던 것일까? 그에게 물어볼 수는 없었다. 어쩌면 시간이 아주 오래 흐른 뒤에는 그럴 수 있을지도 모른다.

어쨌든 다행스러운 건 앞으로 빌의 일상이 이전과 크게 달라지진 않으리란 것이다. 라과디아에서 법정 정신병원으로 거처가 바뀌게 되는 것, 그리고 이루지 못한 꿈을 종이에 그리고 또 그려대는 일에서 마침내 해방되었다는 것 외에는.

나는 그동안 스스로에게 수없이 물었던 그 질문을 이 순간 다시 떠올리고 있다.

어쩌면 이것이 혹시 꿈인 건 아닐까?

이것이 현실이 아니라 꿈이기에 모든 게 결국 다 내 뜻대로 이뤄진 것은 아닐까? 이 모든 건 단지 꿈일 뿐이고 실제 내 몸은 지금 비좁은 감방에, 아니면 정신병원 독방에 갇혀 딱딱한 침대 위에 잠들어 있는 것은 아닐까?

그래. 어쩌면 그럴지도 모른다. 내가 그것을 대체 어떻게 알 수 있겠는가? 내가 알 수 있는 건, 지금처럼 모든 게 순조로울 땐 굳이 알려고 애쓰지 않는 게 낫다는 것뿐이다.

돌아보면 난 결국엔 꼬리를 잡힐 거라 생각했던 것 같다. 그렇게 어처구니없을 정도로 비현실적인 계획이 끝내 성공할 리 없다고, 마음 깊은 곳에선 그렇게 믿고 있었던 것 같다. 그래서 이 글을 더 공들여 썼던 것 같다. 이 노트가 결국엔 불태워지지 않고 출판될 것이라 믿었기 때문에.

어쩌면 난 이것이 내 유고가 될 거라 느꼈던 건지도 모르겠다. 만약 붙잡히게 된다면 그 전에 스스로 목숨을 끊으리라 마음먹고 있었으니까. 평생 마음의 감옥에 갇혀 살았던 내가 남은 일생마저 감옥에 갇혀 살 수는 없다고 생각했었으니까. 내가 죽더라도 이 글이 나 자신이 저지른 살인에 대한 변론이 될 거라 믿었기에, 이것을 가능한 한 잘 쓰고 싶다는 욕심을 품었던 것 같다.

우스운 일이다. 바로 그랬기 때문에 이걸 태워버리기가 이제는 아깝다는 생각이 드니 말이다. 감옥에 갇힐 일도, 스스로 목숨을 끊을 일도 없게 된 지금, 이 글이 이 세상 누구에게도 읽히지 않고 이대로 사라진다는 게 아쉽다는 사치스런 감상에 젖어 있다니.

하지만 이제는 이것을 태워야 한다. 이 글이 내 범죄를 입증할 증거가 될 것이기 때문만은 아니다. 여기 쓴 모든 사건으로부터 나 자신이 벗어나기 위해선 꼭 그래야만 할 것 같기 때문이다. 모든 이야기들을 여기 다 옮겨놓은 후 태워버리면 겹겹의 악몽 같은 그 오랜 시간들도 결국엔 잊을 수 있게 될 것 같기에.

그러니 남은 이야기들을 마저 쓴 다음 어서 이 노트를 태워야겠다.

*

오늘 아침에야 에린을 떠나보냈다. 그녀를 떠나보내는 건 생각보다 쉽지 않았다. 그동안 분노는 내가 가진 단 하나의 확실한 것이었으며 모든 것이었기 때문이었다.

"네가 떠난 빈자리를 무엇으로 채워야 하지?"

내가 에린에게 물었다.

"뭔가 달콤한 것들. 일단 세상에서 제일 죽여주는 생일 케이크부터 시작하도록 해, 자기. 그것들은 때로 오르가슴보다 낫거든."

에린이 말했다.

그녀는 탭댄스용 구두처럼 생긴 반짝반짝한 새 신을 신고 커다란 챙 달린 모자까지 쓴 차림으로 문을 열었다. 마치 햇살이 눈부신 미지의 땅으로 떠나는 진짜 살아 있는 여행자처럼.

"네가 그립진 않을 거야."

내가 말했다.

"나도 이 염병할 놈의 집구석이 그립진 않을 거야."

에린이 반짝이는 금속성 웃음을 터뜨리며 문밖으로 걸어나갔다. 오래전 비밀 병실에서 탈출하던 그때처럼 깊은 숨을 크게 들이마시며.

"그래도 마지막으로, 한 번만 안아보자."

내가 따라 나서며 말했다. 사실은 가지 말라고 하고 싶었다.

"오, 설마 지금 우는 건 아니겠지 이쁜이?"

에린이 나를 놀려대며 돌아서서 두 팔을 크게 벌렸다.

"그래, 까짓 거 이리 와. 와서 이 엄마 품에 안기렴."

나는 처음이자 마지막으로 에린을 끌어안으며 눈을 감았다. 그녀의 품은 내가 가졌던 어떤 어머니나 연인의 가슴보다 따뜻했다. 이대로 그녀를 놓아줄 수 없을 것 같았다. 어쩌면 우리는 지금까지와는 다른 방식으로 함께 더 잘해나갈 수 있을지도 모른다는 생각이 들었다. 내겐 아직도 그녀가 필요했다.

난 그녀를 놓치지 않으려 더 꼭 끌어안았지만 그럴수록 에린의 몸은 조금씩 작아져갔다. 그녀의 단단하면서도 푹신한 살이 시든 과일처럼 쪼그라들었다. 눈사람이 녹아내리듯 그녀가 내 품 안에서 자꾸만 작아졌다. 어느 순간 내가 안고 있는 여인이 에린이 아니라 수잔이란 생각이 들었다. 다시 살아 돌아온 그녀의 깡마른 몸이 초봄의 공기처럼 따스하게 내 품에서 부서져갔다. 이제 내가 안고 있는 건 여인이 아니라 작고 무력한 한 소녀였다. 내가 죽였다고 생각했던 소녀, 실은 다만 살아서 스스로를 죽여가고 있었을 뿐인, 그 소녀, 영영 상실해버린 나의 어린 시절을 나는 안고 있었다. 그리고 기억이 망각 속으로 흘러들어가듯 그 작고 여린 형체마저 내 품 안에서 완전히 허물어져내렸다.

나는 헛되이 허공을 붙잡고 있는 내 두 팔을 느끼며 눈을 떴다. 내 곁엔 이제 아무도 없었다. 문밖의 저 태양처럼 나는 혼자였다.

나는 뒷마당으로 뛰쳐나가며 에린의 이름을 불렀지만 그녀가 이미 멀리 떠나버렸다는 걸 알았다. 하지만 은총처럼 내리쬐는 햇볕만큼이나 따스한 온기가, 에린의 몸에서 전해진 온기가 아직도 내 가슴에 고스란히 남아 있음을 느낄 수 있었다. 어쩌면 그녀는 떠나버린 게 아니라 내 안에 스며든 것인지도 몰랐다. 나는 그렇게 믿고 싶었다. 아니, 믿어야 했다. 그녀는 내가 가졌던 가장 커다란 힘이었고 내겐 앞으로도 그 힘이 필요할 것이기 때문이다.

나는 태양의 세례를 받듯 눈부신 햇살 아래 한참을 그렇게 홀로 서 있었다. 그리고 그 길로 차를 몰아 맨해튼으로 향했다.

케이크 숍으로 들어서자 진열대 너머로 천상의 무지갯빛 같은 파스텔색 케이크들이 줄줄이 놓여 있었다. 그것들을 바라보자 희미하게나마 기억해낼 수 있을 것 같았다. 꼭 저런 케이크 하나에 열 개의 촛불을 밝히고 소원을 빌고 싶었던 어린 시절 그 순간을. 무엇을 빌고 싶었던 건지는 기억나지 않지만 꼭 저런 케이크여야만 한다고, 꼭 저렇게 예쁘고 커다란 케이크에 촛불을 밝히고 소원을 빌어야 한다고, 그러면 그 소원이 정말로 이뤄질 거라고 믿었던 그때를 기억해낼 수 있을 것만 같았다. 그래서 나는 그때의 내게, 가질 수 없는 건 원하는 게 아니었다고 오랫동안 스스로를 미워해왔던 소녀에게, 저 중에서 가장 크고 달콤한 케이크를 선물하기로 했다. 나는 한참을 고민하다 결국 초콜릿 케이크를 골랐다. 직원은 내게 초가 몇 개 필요하느냐고 물었다. 나는 잠시 생각하다 한 개면 충분하다고 말했다.

　나는 센트럴파크 저수지가 내려다보이는 내 아파트 테라스에
앉아 케이크에 촛불을 밝혔다. 오늘이 온전한 나 자신으로 태어
난 첫 번째 생일이라는 생각이 들었다. 나는 촛불을 바라보며 무
엇을 빌어야 할지 고민하다가 내 소원들이 이미 다 이루어졌다는
걸 깨달았다. 그것이 이루어지기 전까진 내가 바라고 있는 줄도
몰랐던 소원까지도. 나는 촛불을 그냥 불어서 끈 후 케이크를 크
게 떠 입에 넣었다. 나는 입 안에서 녹아내리는 초콜릿 크림을 아
무런 죄책감도 없이 음미했고 에린이 옳았다는 것을 깨달았다.

*

　이것을 지금 태우려다 문득 써야할 말이 더 남아 있다는 걸 알
았다. 그가 죽어갈 때 내가 하려고 했던 말, 그가 죽는 그 순간까
지 끝내 하지 못했던 말을 여기에라도 써야만 내가 정말로 잊을
수 있으리란 걸 알았다. 그러니 거기까지 다 쓰고 난 다음 이 노
트를 없애야겠다.

*

　아버지에게.

당신을 무엇이라 불러야 할지 한참을 고민했지만

결국 난 이렇게 당신을 아버지라 부른다.

당신을 죽이기 전까지 이것 말고 다른 이름으로는 당신을 불러본 적 없었으니까. 그리고 당신은 내 아버지가 맞다. 당신은 내 몸을 창조하진 않았으나 내 정신을 창조했으니까. 반은 인간이고 반은 황소로 태어난 미노타우로스처럼 난 당신에 의해

반은 현실에 반은 꿈에 속한 괴물로 다시 태어나게 됐으니까.

당신은 날 괴물로 만들고

내가 탈출하지 못하도록 겹겹의 미로까지 만들어 그 안에 날 가둬두었다. 그래서 그 미로를 벗어나기까지 이토록 오랜 시간이 걸렸고 난 결국 당신을 죽였다.

그런데 왜 여전히 그 모든 게 끝나지 않은 듯 느껴지는 걸까?

왜 당신이 아직도 살아 있는 것처럼, 당신이 정말로 죽을 때까지 몇 번이고 더 죽여야 할 것처럼 느껴지는 걸까?

구멍.

그래, 구멍 때문이야. 당신이 내 머리에 뚫어놓은 구멍, 그것은 당신을 죽인다고 해서 메워질 수가 없는 것이니까. 남은 평생 발버둥 친대도 영영 완전히 메울 수가 없는 건지도 모르니까.

그래, 나는 구멍이었다.

당신에게 내가 하나의 구멍일 뿐이었기에

나는 구멍이 되었고 그 구멍을 통해 세상을 보게 되었지. 게르

니카의 황소가 뚫고 지나간

그 구멍을 통해 본 세상은 거울에 비친 상처럼 모든 게 반대로 뒤집혀 있었어.

가장 잔혹한 파괴가 가장 관대한 사랑이 되고

가장 새빨간 거짓이 가장 굳건한 진실이 되고

가장 추악한 현실이 가장 아름다운 꿈이 되었지

그래, 모든 게 완전히 정반대였어. 그러니 얼마나 놀라운 일인지. 내가 그 모든 거짓된 진실 혹은 진실한 거짓 속에서

마침내 이렇게 한 톨의 순수한 진실을, 모든 게 실제로는

보이는 것과 정반대라는 사실을 발견해낼 수 있었다는 것이.

그래, 이제야 알겠다. 네가 만든 세상 속에선 모든 걸 반대로 뒤집어야만 말이 되기에 구멍은 내가 아니라

바로 너였다.

왜냐하면 내 안에서 커져간 구멍 속에선 고통의 열기와

압력으로 인해 꿈과 현실이 뒤섞인 또 하나의 우주가 자라났고 그것은 추하고 끔찍하고 무시무시하면서도

아름다웠어

그러므로 내 구멍은 구멍이 아니라 이 세상에서 나만이 볼 수 있는 하나의 나라였고 그 나라는

이 세상 모두가 알아볼 수 있는 네 나라보다 풍요롭고 진실했어. 그러니 나는 절대로 구멍이 아니었어 구멍인 건 너였어.

네가 베푸는 선보다 네가 저지르는 악이

네가 부르짖는 진실보다 네가 빚어내는 거짓이

비할 수 없이 더 크기에 모든 건 결국 한없이 마이너스가 되고

너는 단지 구멍, 거대한 구멍이 될 수밖에 없었던 거야.

그래, 구멍은 바로 너였어. 네가 바로 구멍이었어.

이제야 알겠어. 내가 왜 너를 죽이고도 몇 번이고 더 죽여야 할 것 같은 생각을 이렇게 떨쳐낼 수가 없는 건지.

왜냐하면 너는 단지 구멍 그 자체이기에, 아무것도 들어 있지 않은 공백, 공허, 0보다도 못한 존재이기에

애초부터 네가 0조차 못 되었기에

너를 죽인다 해도 거기에 진정으로 사라진 건 없었던 거야.

구멍 위에 또 구멍을 뚫을 순 없으니까. 구멍에 아무리 날카로운 비수를 긋는대도 실낱같은 흔적조차 남길 수 없을 테니까.

그러니 너 자신이 창조한 괴물에 의해 네가 찢겨져 죽어갈 때

내가 너에게 아무 말도 못했던 건

이렇게까지 회한에 찰 일은 아니었다. 어차피 내가 말했더라도 너는 알아듣지 못했을 테니까.

네 귓구멍은 그저 구멍에 난 구멍, 내 언어가 가 닿을 수 없는 구멍일 뿐이었으니까.

너는 그저 하나의 구멍, 메아리조차 돌아오지 않는 거대한 구멍이었기에 이 뒤늦은 편지의 수취인도 사실은 네가 아니라

너라는 환영

내 머릿속 구멍에서 나 자신이 키워낸 거대한 환영의 일부일 뿐이었던 거야. 그래, 이제야 알겠어. 내가 이 마지막 작별 인사를 건네야 할 대상은 네가 아니었어. 구멍한테 편지를 부칠 순 없으니까 구멍에 대고 안녕이라고 말할 순 없으니까.

내 머릿속 구멍으로 흘러든 끈적끈적하고 비린 꿈의 찌꺼기들을 먹고 진주처럼 자라난 신기루의 나라

그 나라에 나는 지금 이 편지를 부치고 있었던 거야.

그러니 나는 이제 그곳을 향해 마지막 인사를 건네고 불태울 것이다. 이 모든 기록들을 그리고 그 모든 굳건한 환영들을.

내가 세웠던 무시무시하도록 끔찍하면서도 아름다웠던 나라

이 세상에서 단지 나만이 볼 수 있었던 내 구멍 속 나라야

이제는 그만 안녕.

나는 이제 널 불태워 없앨 것이다. 오래 전 게르니카를 함락시켰듯 널 내 손으로 무너뜨리고 나면 이제는

영영 아무도 모를 것이다.

세상 어느 역사책에도 지도에도 존재하지 않았던 이 나라에서 결코 가능할 수 없는 사랑을 가능하도록 만들어보려 내가 얼마나 애썼는지. 결코 속을 수 없는 거짓에 속아보려고 내가 얼마나 많이 눈 감았었는지. 결코 갚을 수 없는 원수를 갚기 위해 내가 얼마나 많은 시간을 인내했고, 결코 가능할 수 없는 꿈을 이루기

위해 내가 얼마나 많은 꿈속을 헤매었으며

마침내 그것을 이루었는지.

정말로 영영 아무도 모를 것이다. 머지않아 나 자신조차도

그러니 이제는 안녕.

나는 지금 이 노트와 함께 그 모든 신기루들을 불태우고

진짜 세상으로 걸어 나갈 것이다.

다시는 그 어떤 환상에도 속지 않도록

두 눈을

똑바로 뜨고. ■

게르니카의 황소

1판 1쇄 발행 2021년 11월 19일

지은이 · 한이리
펴낸이 · 주연선

(주)은행나무
04035 서울특별시 마포구 양화로11길 54
전화 · 02)3143-0651~3 ㅣ 팩스 · 02)3143-0654
신고번호 · 제 1997—000168호(1997. 12. 12)
www.ehbook.co.kr
ehbook@ehbook.co.kr

ISBN 979-11-6737-095-2 (03810)